図説 教養として知っておきたい日本の名作50選

JN170930

本と読書の会［編］

青春新書
INTELLIGENCE

はじめに

日本文学とひと口に言っても、そのジャンルは実にさまざまだ。古典から近現代の小説まで、その幅はとてつもなく広く、それらのすべてに目を通すのはほぼ不可能である。

仮にその中から名作といわれる作品だけを拾って読もうとしても、いったい何を読めばいいのか途方に暮れてしまうだろう。

題名や作者など、おおよその内容は知っていても、実はその「物語」をまったく読んだことがないという人が意外と多いのである。

本書では、日本文学の金字塔50編を集め、感動のエッセンスをちりばめたあらすじと人物相関図を用いて、「物語の世界」をわかりやすく説明している。

たとえば、樋口一葉の『にごりえ』、太宰治の『人間失格』、夏目漱石の『こころ』、谷崎潤一郎の『細雪』、川端康成の『伊豆の踊子』などを取り上げた。

いずれも、日本人ならば常識として知っておきたい作品、日本文化のすばらしさを再認識させられる作品ばかりである。

なお、それらの作品の世界観を損なわないよう、あらすじの漢字の表記については、できるだけそれぞれの原文を尊重して用いるようにしている。

読んだことがある人もない人も、本書を読めばその作品の新たな魅力に出会うことができるだろう。そして、少しでも興味を持ったならば原作に立ち返っていただき、あらためて日本文学のおもしろさを〝発見〟してもらえれば幸いである。

〈第一章〉 心の葛藤や苦悩を描いた物語

「こころ」 親友を自殺に追いやった「先生」の苦悩 夏目漱石 12
「人間失格」 自殺を繰り返した末、脳病院に入れられる自分 太宰治 18
「舞姫」 自己の目覚めと挫折を描く、国境を越えた悲恋の物語 森鷗外 24
「大つごもり」 病気の伯父のために奉公先の金に手を出したお峯は… 樋口一葉 30
「暗夜行路」 愛を求めた孤独な心は、自然の中に平安を見出す 志賀直哉 36
「夜明け前」 木曾の「夜明け」を待ち望んだ男の一生 島崎藤村 42
「田舎教師」 貧しい境遇ゆえに田舎教師になった青年の短い一生 田山花袋 48
「浮雲」 下宿先の娘と同僚との三角関係に苦悶する青年の心理 二葉亭四迷 54

「カインの末裔」　自然にも農場主にも逆らえず放浪する農夫　有島武郎　60
「濹東綺譚」　うらぶれた濹東に安らぎを求めた作者自身の思い　永井荷風　66

〈第二章〉たくましく生きる姿を描いた物語

「坊っちゃん」　田舎の中学で、世間の不条理に反抗する一本気な青年　夏目漱石　74
「放浪記」　貧しい中でもたくましく生き抜く芙美子の半生記　林芙美子　80
「路傍の石」　自分に忠実に、そしてひたむきに生きる少年を描く　山本有三　86
「しろばんば」　養母の愛情を受けながら、精神的に成長していく少年　井上靖　92
「次郎物語」　激動の日本を生き抜く少年の成長過程　下村湖人　98
「夫婦善哉」　甲斐性なしの男を支える女の浪花人情物語　織田作之助　104
「生れ出づる悩み」　情熱と貧しさの間で苦悩する青年への人間愛　有島武郎　110

〈第三章〉　さまざまな愛のかたちを描いた物語

「伊豆の踊子」　踊子の清純な心に、青年の孤独は癒されていく　川端康成　118
「にごりえ」　自らの境遇を嘆く娼婦の運命をリアルに描く　樋口一葉　124
「野菊の墓」　淡い恋のはかなさに強く心を打たれる純情物語　伊藤左千夫　130
「雁」　偶然に左右された薄幸の女性と医学生のはかない恋　森鷗外　136
「蒲団」　中年男が門下生の娘に持った恋の悩み　田山花袋　142
「痴人の愛」　官能的な女性に翻弄される男の複雑な愛情　谷崎潤一郎　148
「お目出たき人」　話したことのない女性への一方的な片思い　武者小路実篤　154
「婦系図」　家柄にこだわる一族への復讐と悲劇　泉鏡花　160
「其面影」　妻と義妹との三角関係に苦悩した秀才の堕落　二葉亭四迷　166
「当世書生気質」　維新の戦争に弄ばれた出生の秘密と書生の恋　坪内逍遥　172

〈第四章〉家族や友情について描いた物語

「細雪」大阪の旧家の４姉妹を描いた昭和の絵巻物語　谷崎潤一郎　180
「和解」永年にわたり対立する父との和解は成立するのか　志賀直哉　186
「真実一路」それぞれの信じる道を生きる家族の葛藤　山本有三　192
「父帰る」妻子を捨てて家出した父への恨みと肉親の情　菊池寛　198
「不如帰」理不尽で封建的な家族制度に翻弄される若い夫婦　徳富蘆花　204
「山椒大夫」母親と生き別れた安寿と厨子王の悲しき人生　森鷗外　210
「銀河鉄道の夜」少年と死者を乗せた汽車は、銀河を走り抜けていく　宮沢賢治　216
「友情」恋愛に破れ、友人までも失った青年の悲痛　武者小路実篤　222

〈第五章〉 心の深淵を描いた物語

「雪国」 雪国の芸者とのせつなく叙情的なふれあい 川端康成 230
「羅生門」 生きるためには手段を選ばない人間のエゴイズム 芥川龍之介 236
「藪の中」 藪の中の死骸をめぐり、食い違う人々の証言とその真相 芥川龍之介 242
「檸檬」 不吉な塊に押さえつけられた心を檸檬が救う 梶井基次郎 248
「白痴」 住みついた隣人の女房は、物静かな白痴だった 坂口安吾 254
「金色夜叉」 ドラマチックに展開される愛と憎悪を描いた未完の物語 尾崎紅葉 260
「風の又三郎」 不思議な転校生と過ごした12日間の物語 宮沢賢治 266

〈第六章〉戦争や社会問題を描いた物語

「二十四の瞳」小さな村の12人の子どもとおなご先生の物語　壺井栄　274
「ひめゆりの塔」激戦の沖縄に散った少女たちの悲しい運命　石野径一郎　280
「黒い雨」原爆の惨状や後遺症を、市民の日常を通してリアルに描く　井伏鱒二　286
「野火」殺人、人肉喰い…極限に追いつめられた人間の究極の心理　大岡昇平　292
「斜陽」没落した貴族の娘かず子が選んだ人生　太宰治　298
「破戒」本当の自分であるために、丑松は出身を告白する　島崎藤村　304
「浮雲」激しい恋に落ちた男女は、敗戦後の日本で落ちぶれていく　林芙美子　310
「蟹工船」労働者たちは人間性を取り戻すため、闘いを挑む　小林多喜二　316

〈第一章〉

心の葛藤や苦悩を描いた物語

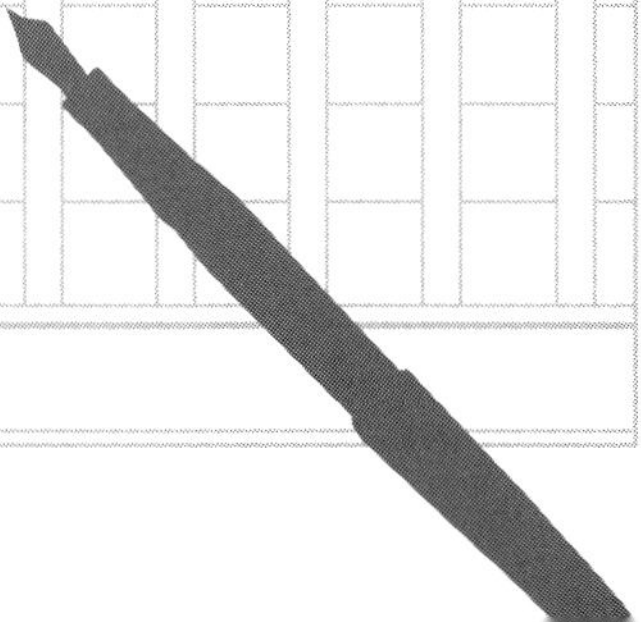

こころ

夏目《なつめ》漱石《そうせき》

1914年発表

親友を自殺に追いやった「先生」の苦悩

夏目漱石

1867～1916年。江戸・牛込に生まれる。東京帝国大学英文科を卒業後、教師となり松山中学校などに赴任するが、文部省の命でロンドンへ留学。帰国後の1905年、『吾輩は猫である』を発表し、以降『坊っちゃん』『草枕』『三四郎』など多数の作品を残した。『明暗』連載中に胃潰瘍のため死去。

暗い影を背負った先生と私の出会い

私は高校時代に鎌倉の海岸で「先生」と知り合い、東京に戻ってからも先生宅をたびたび訪れては交流を深めていく。

先生は暗い影のある風変わりな人で、特に仕事をしていない。人付き合いもほとんどない。美しい奥さんと残された財産で暮らしているようだ。

毎月誰かの墓参りに雑司ヶ谷を訪れるが、そのことについて私には何も語ってくれず、私はますます先生に興味を持っていった。

大学入学後も先生を頻繁に訪ねて、先生とも奥さんとも親しくなっていった私は、次第に先生が人を信用していないことに気づく。

あるとき先生は「恋は罪悪ですよ」と強い語気で私に言い、また別の機会には「人間はいざという際に誰でも悪人になる」と興奮して話すことがあった。

先生の性質が変わり厭世《えんせい》するようになったのは、大学時代の親友の変死からだと奥さんは言う。

先生の過去に何かあると思った私は先生に問いただすが、先生は「時期が来たら残らず話す」と約束してくれただけだった。

帰郷した私のもとに届いた手紙は、先生の遺書だった

私は大学を卒業し、一度故郷に帰省することになる。病床の父は私の卒業を非常に喜び、次いで就職口の心配をしたが、私は就職に積極的になれなかった。

先生に就職の斡旋をお願いしたらどうかという親の手前、私は渋々先生に就職の件で手紙を書いた。だが人付き合いの少ない先生に、この件についてまったく期待していなかったのである。

明治天皇の崩御を聞いて元気をなくした父は、私が再び上京する2日前に危篤に陥ってしまう。

そして兄や妹の夫などが呼び集められる中、私は先生から1通の長い手紙を受け取

る。ぱらぱらと手紙をめくると、最後の頁に書かれた言葉が私の目に入ってきた。そこには「この手紙が届く頃、私はこの世にいない」と記されていた。

親友を死に追いやった、先生の隠された過去

手紙は先生の遺書で、そこには過去が綴られていた。

20歳前に両親を亡くした先生は信頼する叔父に財産を横領され、人を信じられなくなったという。親類と絶縁し、故郷を捨てた先生だったが、上京後、下宿先の奥さんとお嬢さんの優しい対応に徐々に心をほぐされていく。

そんなとき、親友のKが親から勘当されて、経済的にも困窮し神経も衰弱しているのを見兼ねた先生は、Kを下宿先に同居させた。

先生は奥さんとお嬢さんに、Kとできるだけ話をしてくれるように頼む。Kは下宿先の温かい雰囲気に次第に回復し、段々お嬢さんと仲良くなっていった。そしてお嬢さんに恋する先生を嫉妬で苦しめるようになったのだ。

ある日、Kからお嬢さんへの恋心を告白された先生は、Kを出し抜いて奥さんと話をし、お嬢さんとの結婚話を取りつける。

それを知ったKは自殺してしまう。Kの遺書には、先生に対する恨みや文句は一切書かれていなかった。

その後先生はお嬢さんと結婚したものの、このことを誰にも話せず、常に罪の意識と孤独に苛《さいな》まれて生きてきたのだった。

そして、ついに乃木大将の殉死を機に先生は自殺を決意し、過去を奥さんに隠したまま、この世を去ったのである。

作品の背景

◎『こころ』は後期の代表的な作品で、人間社会に対して風刺を利かせた『吾輩は猫である』や、ユーモアと反俗精神にあふれた『坊っちゃん』などの明るい初期の作品とは異なる。

◎漱石は1910年に修善寺で瀕死の大病を患っており、そのときに死を身近に感じたことが後期の漱石の死生観や人間観に大きな影響を与えた。

◎大病後、『彼岸過迄《ひがんすぎまで》』『行人《こうじん》』で主人公の苦悩や狂気を描いた漱石は、『こころ』でさらに登場人物が罪の意識に苛まれた末、自殺にまで追い込まれていく心の葛藤を描き出している。

人物相関図

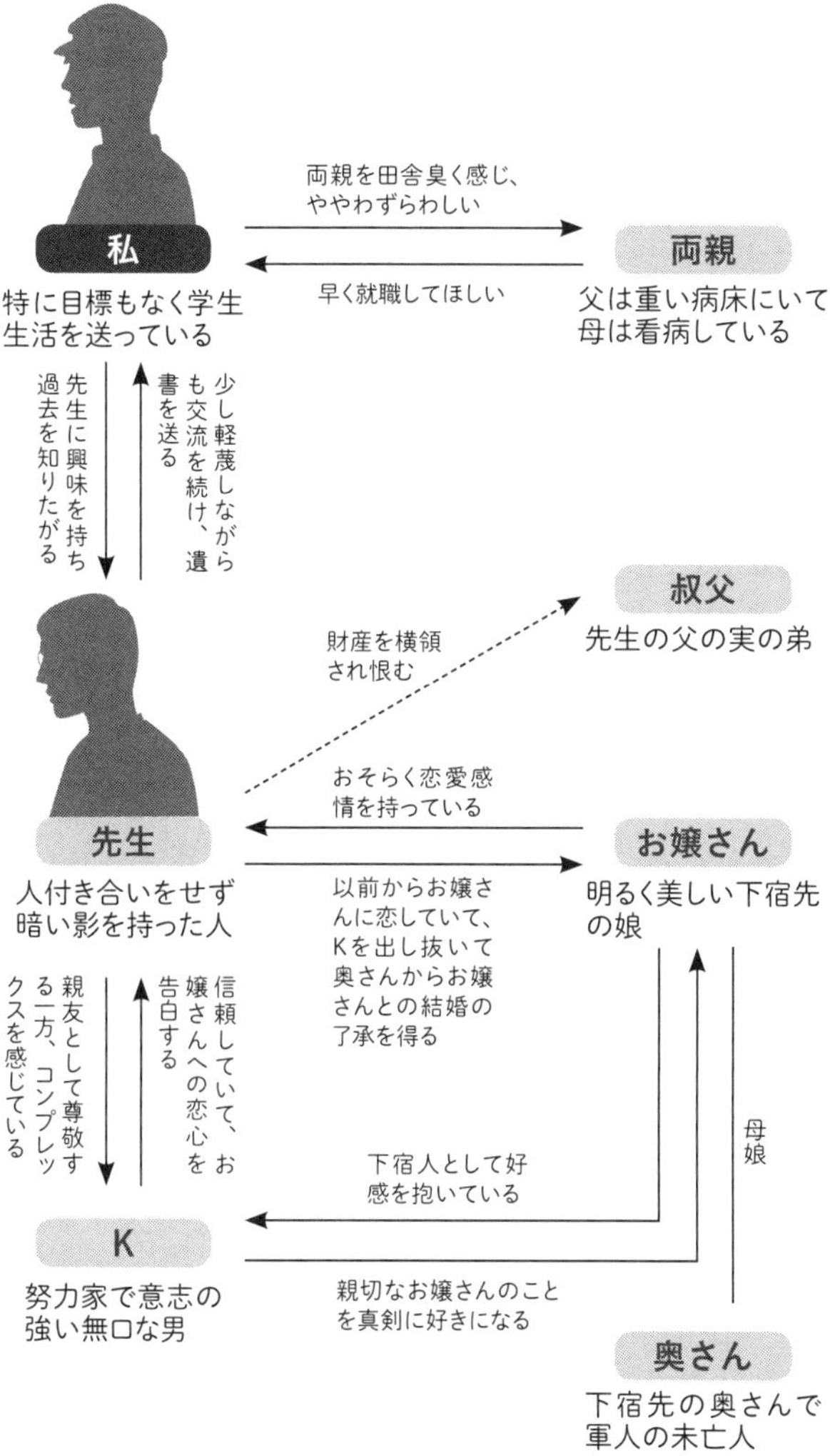
私
特に目標もなく学生生活を送っている
両親を田舎臭く感じ、ややわずらわしい
早く就職してほしい
両親
父は重い病床にいて母は看病している
先生に興味を持ち過去を知りたがる
少し軽蔑しながらも交流を続け、遺書を送る
叔父
先生の父の実の弟
財産を横領され恨む
おそらく恋愛感情を持っている
先生
人付き合いをせず暗い影を持った人
お嬢さん
明るく美しい下宿先の娘
以前からお嬢さんに恋していて、Kを出し抜いて奥さんからお嬢さんとの結婚の了承を得る
親友として尊敬する一方、コンプレックスを感じている
信頼していて、お嬢さんへの恋心を告白する
母娘
下宿人として好感を抱いている
K
努力家で意志の強い無口な男
親切なお嬢さんのことを真剣に好きになる
奥さん
下宿先の奥さんで軍人の未亡人

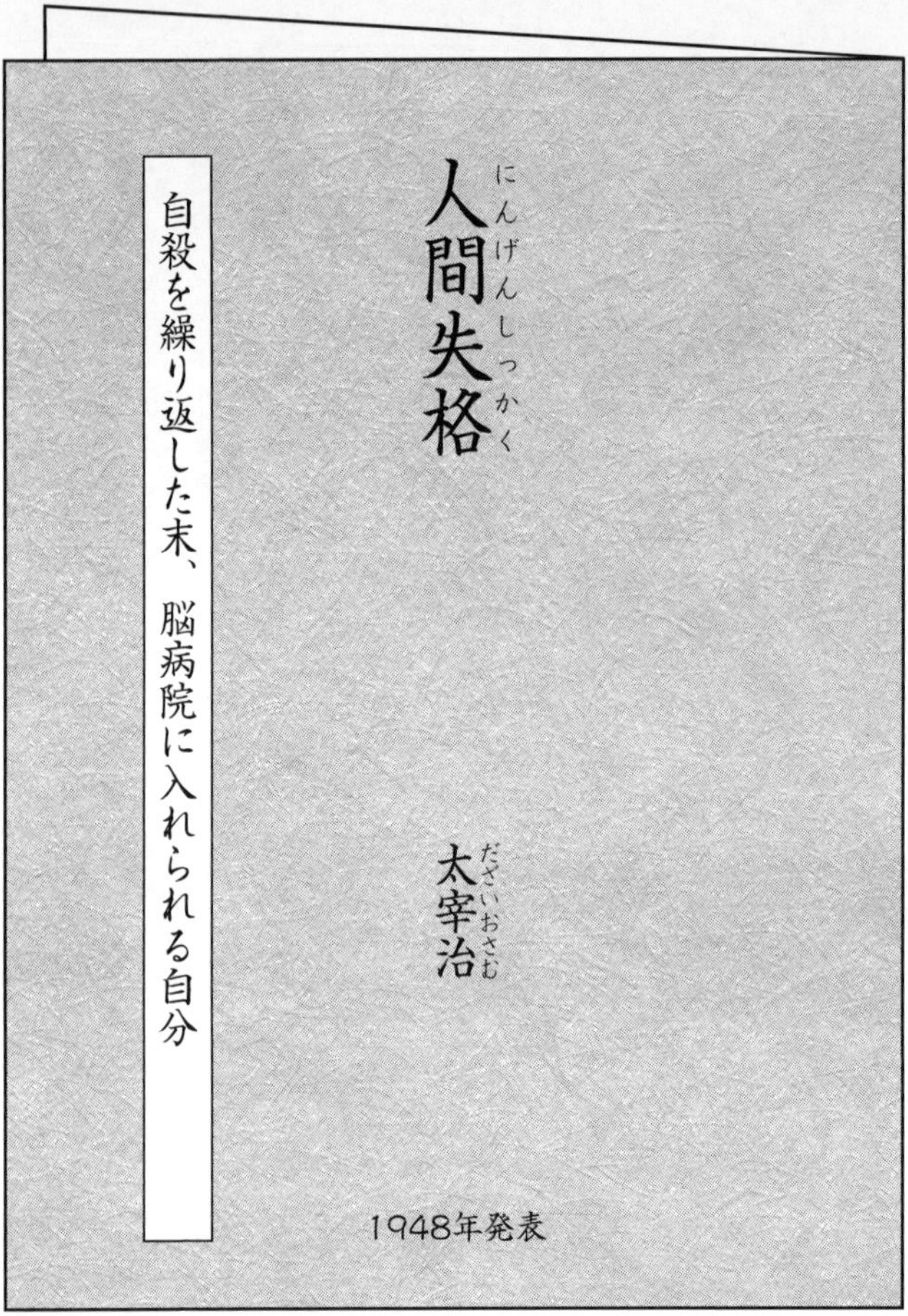

人間失格《にんげんしっかく》
自殺を繰り返した末、脳病院に入れられる自分
太宰治《だざいおさむ》
1948年発表

太宰治

1909～1948年。青森県金木村の大地主の家に生まれる。本名は津島修治。1933年、はじめて太宰治の名前で『列車』を発表。1939年に『富嶽百景《ふがくひゃっけい》』と『女生徒』を、翌年に『走れメロス』を発表。1948年6月、『グッド・バイ』連載中に山崎富栄《とみえ》と玉川上水に入水自殺する。

人に対する最後の求愛は道化になること

［はしがき］

私はその男の写真を3枚見たことがある。1枚は10歳前後かと推定される写真であって、大勢の女性に囲まれ、首を30度ほど左に傾け醜く笑っていた。

2枚目の写真は高等学校時代か大学時代の写真かはっきりしないが、恐ろしく美貌の学生である。

もう1枚の写真はもっとも奇怪なもので、ひどく汚い部屋の片隅で火鉢に両手をかざし、どんな表情もない。印象もない。私はこれまで、こんな不思議な男の顔を見たことは一度もなかった。これはその男の手記である。

［第一の手記］

自分は空腹ということを知らなかった。それは衣食住に困らない家に育ったという意味ではなく、空腹とはどんなものか、はっきりわからなかったのである。

子どもの頃の自分にとってもっとも苦痛な時刻は、自分の家の食事の時間だった。どうして一日三度三度のご飯を食べるのだろうとさえ考えたことがある。

自分は小さいときから幸せ者だと言われてきたが、いつも地獄の思いで不安と恐怖に襲われるばかりだった。そこで考えたのが道化である。それは自分の人間に対する最後の求愛で、ひょうきんなことを言って家族の者を笑わせたりした。しかし、自分の本性はお茶目などとはかけ離れたものだった。

誰にも訴えない自分の孤独の匂い、それを多くの女性に嗅ぎ当てられ、後年自分がつけこまれる誘因のひとつになった気もする。

自殺とクスリ、人間失格への道のり

［第二の手記］

自分は東京の高等学校に合格し、やがて画学生の堀木から酒と煙草と淫売婦と質屋と左翼思想とを知らされる。そのうち古い下宿の薄暗い部屋に引っ越し、急に月々の定額の送金で暮らさなければならなくなり、金に困ったものだった。

その頃、自分に思いを寄せている女が3人いて、その1人が銀座の大カフェの女給ツネ子だった。ツネ子は貧乏くさい女だったが、金のない者同士の親和が胸に込み上げてきて、生まれてはじめて恋心が動くのを自覚する。そして自分たちは鎌倉の海に飛び込み、自分だけが助かるのだ。

［第三の手記］

鎌倉の事件のために高等学校は追放され、雑誌社の女シヅ子とその娘シゲ子と暮らすようになる。

しかし飲酒の量が増え、自分がこの2人を滅茶苦茶にすると思い、京橋近くのスタンド・バアの2階に転がり込む。そしてバアの向かいの煙草屋のヨシ子と結婚するものの、ヨシ子はうちに出入りしていた商人に犯されてしまう。自分は催眠剤を飲んで自殺を図るが未遂で終わり、今度は酒の代わりにモルヒネを打つ。そしてこの地獄から逃れるために死のうとしたとき、脳病院に入れられるのだった。もはや自分は人間ではなくなった。人間失格――。

その後、療養生活を送る。自分は今年27歳になるが、白髪がめっきり増えたので、たいていの人から40歳以上に見られる。

［あとがき］

この手記を綴った本人を私は直接知らない。しかし、この手記に出てくる京橋のスタンド・バアのマダムと思しき人物を知っている。マダムは3冊のノートと3枚の写真を私に渡し、私はノートを読みふけった。マダムは言った。

「彼は素直でよく気がきいて、お酒さえ飲まなければ、いいえ飲んでも神様みたいないい子でした」

作品の背景

◎死の直前の1948年の3月から5月まで雑誌「展望」に連載発表され、死の1か月後、未完の『グッド・バイ』を収録して刊行。

◎完結した小説としては最後の作品。「はしがき」「第一の手記」「第二の手記」「第三の手記」「あとがき」で構成され、主人公は太宰本人。

◎太宰の作風は3期に分けられるが、戦後の破滅的な傾向の強い後期の代表作がこの『人間失格』といわれる。

人物相関図

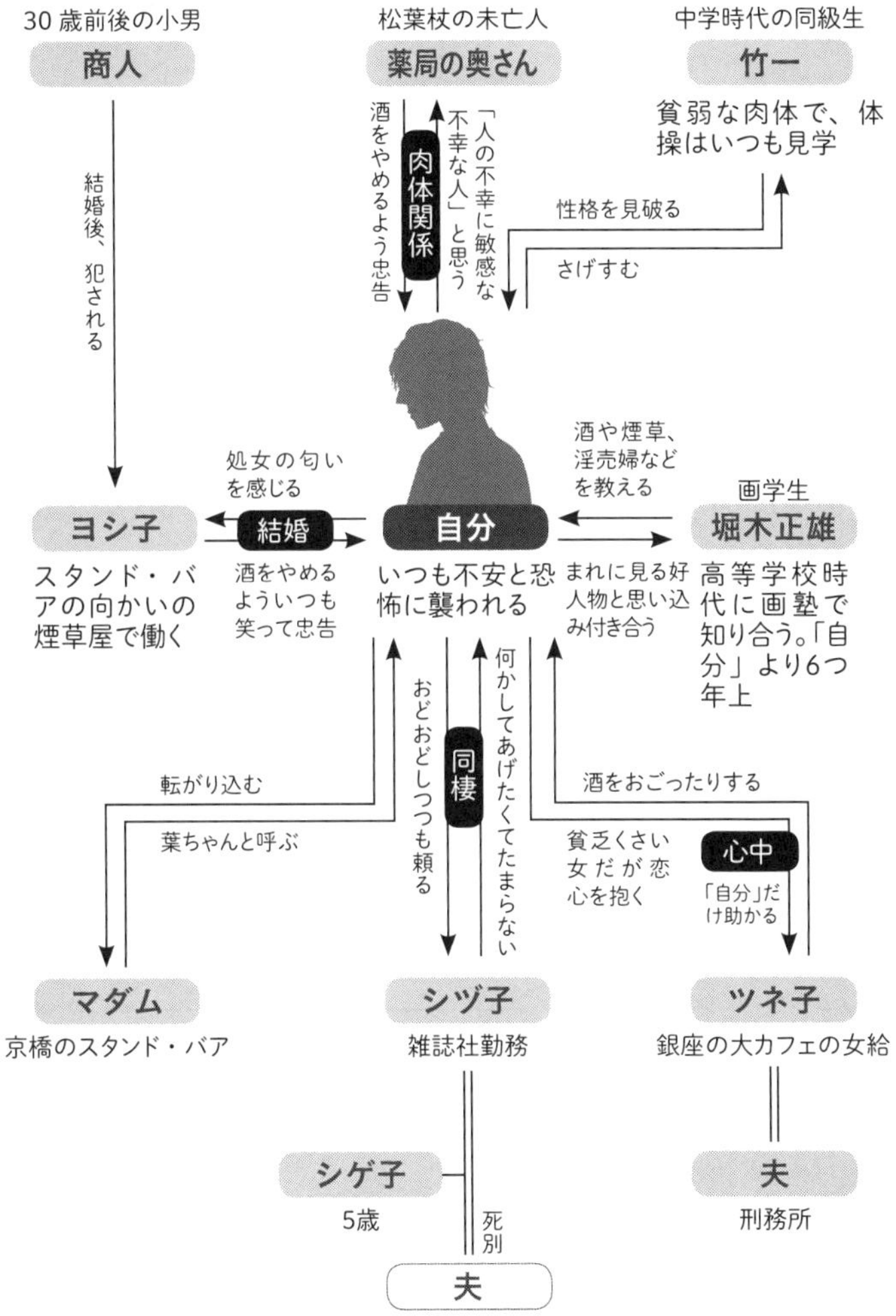
30歳前後の小男
商人
結婚後、犯される
松葉杖の未亡人
薬局の奥さん
酒をやめるよう忠告
肉体関係
「人の不幸に敏感な不幸な人」と思う
中学時代の同級生
竹一
貧弱な肉体で、体操はいつも見学
性格を見破る
さげすむ
処女の匂いを感じる
結婚
酒をやめるようにいつも笑って忠告
ヨシ子
スタンド・バアの向かいの煙草屋で働く
自分
いつも不安と恐怖に襲われる
酒や煙草、淫売婦などを教える
まれに見る好人物と思い込み付き合う
画学生
堀木正雄
高等学校時代に画塾で知り合う。「自分」より6つ年上
転がり込む
葉ちゃんと呼ぶ
おどおどしつつも頼る
同棲
何かしてあげたくてたまらない
酒をおごったりする
貧乏くさい女だが恋心を抱く
心中
「自分」だけ助かる
マダム
京橋のスタンド・バア
シヅ子
雑誌社勤務
ツネ子
銀座の大カフェの女給
シゲ子
5歳
死別
夫
夫
刑務所

舞姫《まいひめ》

森鷗外《もりおうがい》

1890年発表

自己の目覚めと挫折を描く、国境を越えた悲恋の物語

森鷗外

1862～1922年。島根県に生まれる。本名は林太郎。家業は藩医で、自身も東大医学部卒。陸軍医として1884年にドイツに留学し、西洋文学や美術に造詣を深めた。陸軍軍医総監の地位に昇りつめるが、1889年に訳詩集『於《お》母《も》影《かげ》』で作家デビュー。生涯、医学と文学の二足のわらじを履き続けた。

実直なエリート官僚と異国の踊り子の恋

幼い頃から厳しい家庭教育を受けた某省官僚の太田豊太郎《おおたとよたろう》は、勤務3年目にしてベルリンに留学することになった。

はじめてのヨーロッパは見るものすべてが新鮮だったが、彼はそれらすべてを遮断して学問に邁進《まいしん》する。そのため大学での太田は半ば浮いた存在になっていた。

しかし25歳になった彼は、異国の自由な風の中で自我に目覚める。国の期待や母の教えに縛られることに疑問を抱きはじめたのだ。

美しい踊り子・エリスと出会ったのはそんな矢先の出来事である。父の死で路頭に迷っていたエリス母娘に金を工面したのが縁で、2人は師弟のような交際をはじめた。

ところが、その交際が仲間の中傷を呼び、太田は免職処分になってしまった。さらに時を同じくして、日本からは母の死の知らせが届く。資本と家族を一度に失った彼に救いの手を差しのべたのは、友人の相沢謙吉《あいざわけんきち》だった。

相沢はそのとき、東京の天方伯爵《あまがた》の秘書官になっていたが、太田が免官になったことを知ると、某新聞社に頼み込んで太田をドイツの通信員にしてくれたのである。

彼のおかげで、どうにか職を得た太田は、エリス母娘の家に身を寄せるようになる。その頃には、太田とエリスの愛情は、男女のそれに変わっていた。

未来への一抹の不安。友の忠告に心が揺れる

生活は貧しくもあるが楽しかった。従来の学問はできないが、通信員の仕事で新たな価値観を見出したような満足感もあった。

だが、エリスに妊娠の兆しがみえた頃から、太田は未来に一抹の不安を覚えるようになる。

相沢は才能も学識もある太田が少女の情けにとらわれているのを「恋ではなく惰性だ」と批判し、別れるよう忠告した。太田は信頼する友の助言をむげにできず、忠告を受け入れてエリスと別れることを約束してしまったのである。

その後、相沢のつてで、天方伯爵についてロシアでの通訳の仕事を任された。ロシア滞在中にもエリスからの手紙は毎日届く。

太田は社会復帰とエリスとの愛の中で揺れるのだった。

「我と人との關係《かんけい》を照らさんとするときは、頼みし胸中の鏡は曇りたり」

出世か、それとも愛情か…2人を襲った不幸な結末

ベルリンに戻ってもまだ身の振り方に迷っている太田に、日本への帰国話が舞い込んだ。天方伯爵が太田の学問の才能を認めてくれたのである。しかも相沢とはエリスと別れるという約束をしていたため、天方伯爵は太田には家族はいないものと思っている。帰る場所と名誉を取り戻すチャンスに思わず彼は快諾していた。

しかし、その事実をエリスにどう切り出せばよいのか。太田はいつも〝その場返事〟をしてしまう自分の性格に自己嫌悪しながら夜の町をさまよい、その挙句、病に倒れてしまった。

太田は数週間も寝込んだ。そして意識を取り戻した彼が見たのはエリスの発狂した姿だった。

彼が寝ている間、相沢がエリスに、太田が別離を約束したことや、日本への帰国を承諾したことを話してしまったからである。

もはや赤子のようになったエリスを残し、太田は帰国の途についた。自分を救済してくれた友の相沢に感謝の気持ちは尽きない。だが脳裏に残る彼に対する一片の憎しみは、今も消えないのだった。

作品の背景

◎鷗外のドイツ留学の実体験に基づいたフィクション。
◎ロマンチシズムが強いのが特徴で、当時、主流だった自然主義（現実のまま描くこと）とは正反対の立場を取る（反自然主義）。
◎『舞姫』は西洋小説の手法を取り入れた短編小説の傑作で、『うたかたの記』『文づかひ』とともにドイツ3部作といわれている。

人物相関図

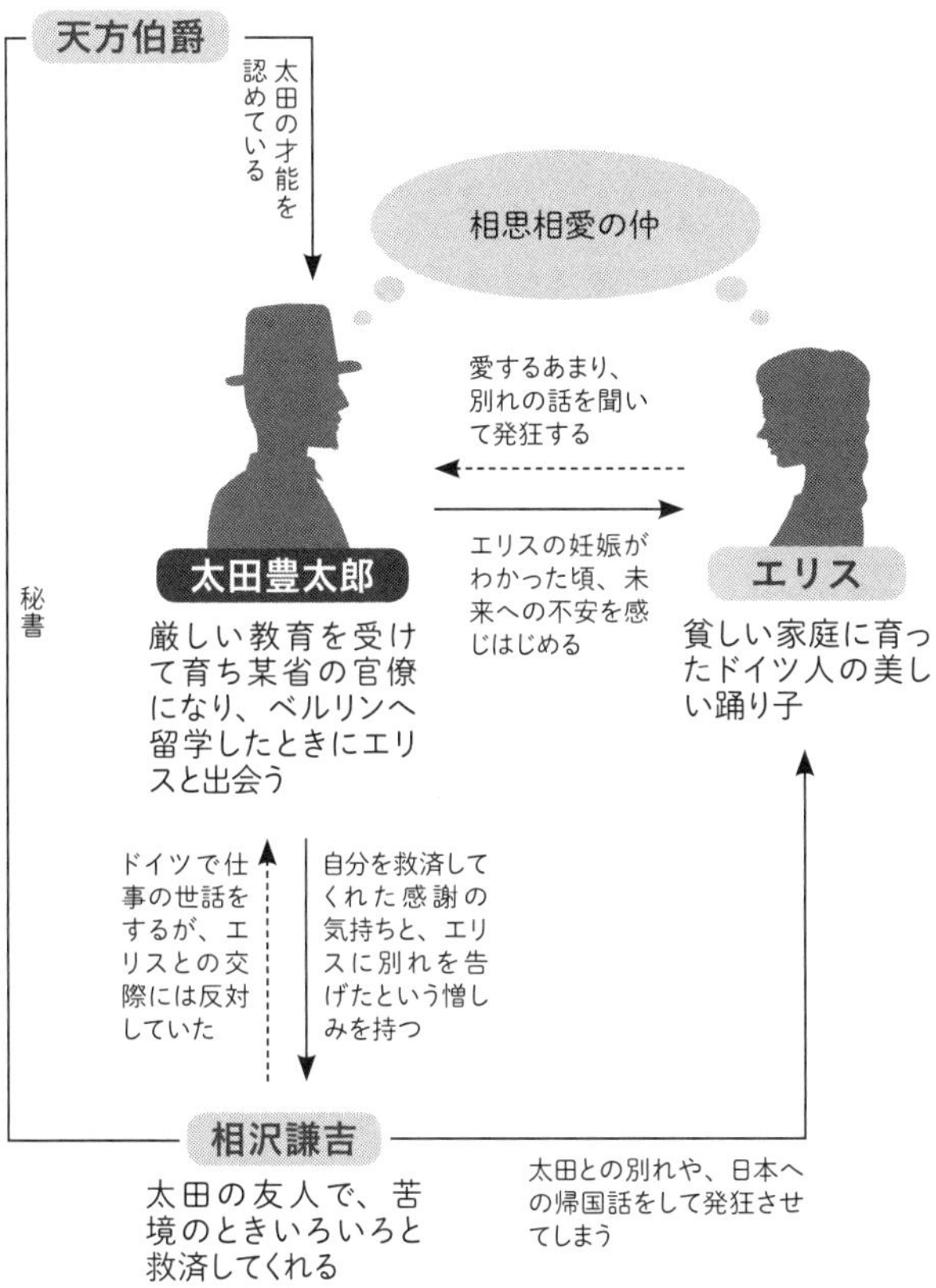
天方伯爵
太田の才能を認めている
相思相愛の仲
愛するあまり、別れの話を聞いて発狂する
エリスの妊娠がわかった頃、未来への不安を感じはじめる
太田豊太郎
厳しい教育を受けて育ち某省の官僚になり、ベルリンへ留学したときにエリスと出会う
エリス
貧しい家庭に育ったドイツ人の美しい踊り子
秘書
ドイツで仕事の世話をするが、エリスとの交際には反対していた
自分を救済してくれた感謝の気持ちと、エリスに別れを告げたという憎しみを持つ
相沢謙吉
太田の友人で、苦境のときいろいろと救済してくれる
太田との別れや、日本への帰国話をして発狂させてしまう

大《おお》つごもり

樋口一葉《ひぐちいちよう》

病気の伯父のために奉公先の金に手を出したお峯は…

1894年発表

樋口一葉

1872〜1896年。東京都に生まれる。本名は奈津。15歳で歌塾に入門、父の死後は母と妹を養うために作家を志す。19歳で半井桃水《なからいとうすい》に師持し、『闇桜』でデビュー。女性の悲哀や性に材を求め、『たけくらべ』『にごりえ』『十三夜』などを発表する。24歳で病死した。

恩ある伯父夫婦は病気のため困窮していた

山村の家ほど下女の入れ替わりが激しい家はない。奥方がケチで厳しく、入ってきてその日のうちに辞めてしまう人もいるほどだ。だがこの辛い奉公先で、お峯《みね》は辛抱強く働いていた。心がけのよい、容貌《きりょう》よしの娘である。

このお峯の伯父が秋から病に倒れ、商売の八百屋も閉店してしまっていた。お見舞いに行きたいが、気難しい奥方になかなか休みがほしいと言い出せない。

そんなある日、師走《しわす》の慌ただしいときに山村の家中で芝居を見に行くことになった。いつもなら喜んでお供に行くお峯だが、親代わりの伯父が病気なのに物見遊山に行く気がしない。そこで奥方の機嫌を損ねるのを承知で、遊びに連れて行ってもらう代わりにお休みがほしいと申し出てみると、日頃の勤めぶりに免じてか、休ませてもらえることになった。

お峯が訪れると病身の伯父の安兵衛も伯母も大変喜んでくれた。伯父夫婦は八百屋を閉めてからなんとか食いつないできたものの、もう売る家財道具もなくなっている。お峯は「少ないけれど」と小遣いの残りを渡した。

7歳のときに父が、その2年後に母が死んでから、お峯は母の兄弟である安兵衛夫婦に引き取られて育ったのである。18歳になる今日までその恩を忘れたことはない。お峯を「姉さん」と慕う8歳になる従弟の三之助も、実の弟のように可愛い。聞けば幼いながらも働いて、家計を助けているという。

お峯はこの貧しい暮らしぶりを目の当たりにして取り乱して泣いた。そして伯父夫婦から金を用立ててほしいと頼まれ、大晦日《おおみそか》の昼までに奉公先から前借りしてみると請け負って伯父の家を出た。

借金を断られたお峯は、奉公先の金を盗んでしまう

しかしお峯は奉公先に前借りを申し出たものの、冷たく断られてしまう。山村の家には石之助という母違いの息子が1人いるが、父親の愛も薄かったためか放蕩《ほうとう》息子に

なって遊び歩き、両親を困らせていた。その石之助が帰ってきていることもあって、継母《ままはは》である奥方の機嫌が悪かったのである。

約束の大晦日の昼になって三之助がお金を受け取りに来た。お峯は悩んだ挙句、奉公先の金を盗むことを決意する。ちょうど主人と奥方は留守で、お嬢様たちは庭で遊んでいるし、石之助は炬燵《こたつ》で熟睡してしまっている。お峯は金が入っている懸《か》け硯《すずり》の引き出しを開け、無我夢中で札束の中から2枚だけを抜き取って、それを三之助に渡して家に帰した。

やがて主人と奥方が帰宅すると、石之助は父に金の工面を申し出た。主人は苦言を呈しながら金庫から札束を持ってきて石之助に渡し、どこへでも行ってしまえと言い放った。石之助はわざとうやうやしく暇乞《いとまご》いをして帰っていき、奥方は「金は惜しいが顔を見るのも嫌だから出て行って清々《せいせい》する」と石之助の悪口を言っていた。

そんな中、お峯はいつ自分の罪がばれるかと気が気でなかった。ついに奥方から懸け硯を持ってくるようにと命じられ、お峯はもはやこれまでだと覚悟を決めた。

だが、お峯が盗んだのは札束から2枚だけだったのに、懸け硯の中には札束ごと見当たらない。代わりに「引き出しの中の分も拝借しました。石之助」と書かれた紙が1通入っており、このためお峯に疑いがかかることはなかった。

もしかすると一部始終を見ていた石之助が、ついでに罪をかぶってくれたのかもしれない。

作品の背景

◎『大つごもり』は、1894年12月の一葉が22歳のときに「文学界」で発表された。『大つごもり』とは大晦日の意味である。

◎一葉は『大つごもり』発表の前年に下谷龍泉《りゅうせん》寺町（現・台東区竜泉）に転居して約9か月を過ごし、吉原の遊女たちの生活を目の当たりにした。その後、転居した本郷の丸山福山町では銘酒屋の酌婦たちの生活を身近で見聞きしている。これらの体験が一葉の作風に大きな影響を及ぼし、それまでの観念的な作風から、社会の底辺で苦しむ女性たちの悲劇をリアルに描くようになった。

◎一葉は『大つごもり』の発表から24歳で亡くなるまでの1年余りに『たけくらべ』や『にごりえ』などの名作を次々と発表、「奇跡の14か月」といわれている。

人物相関図

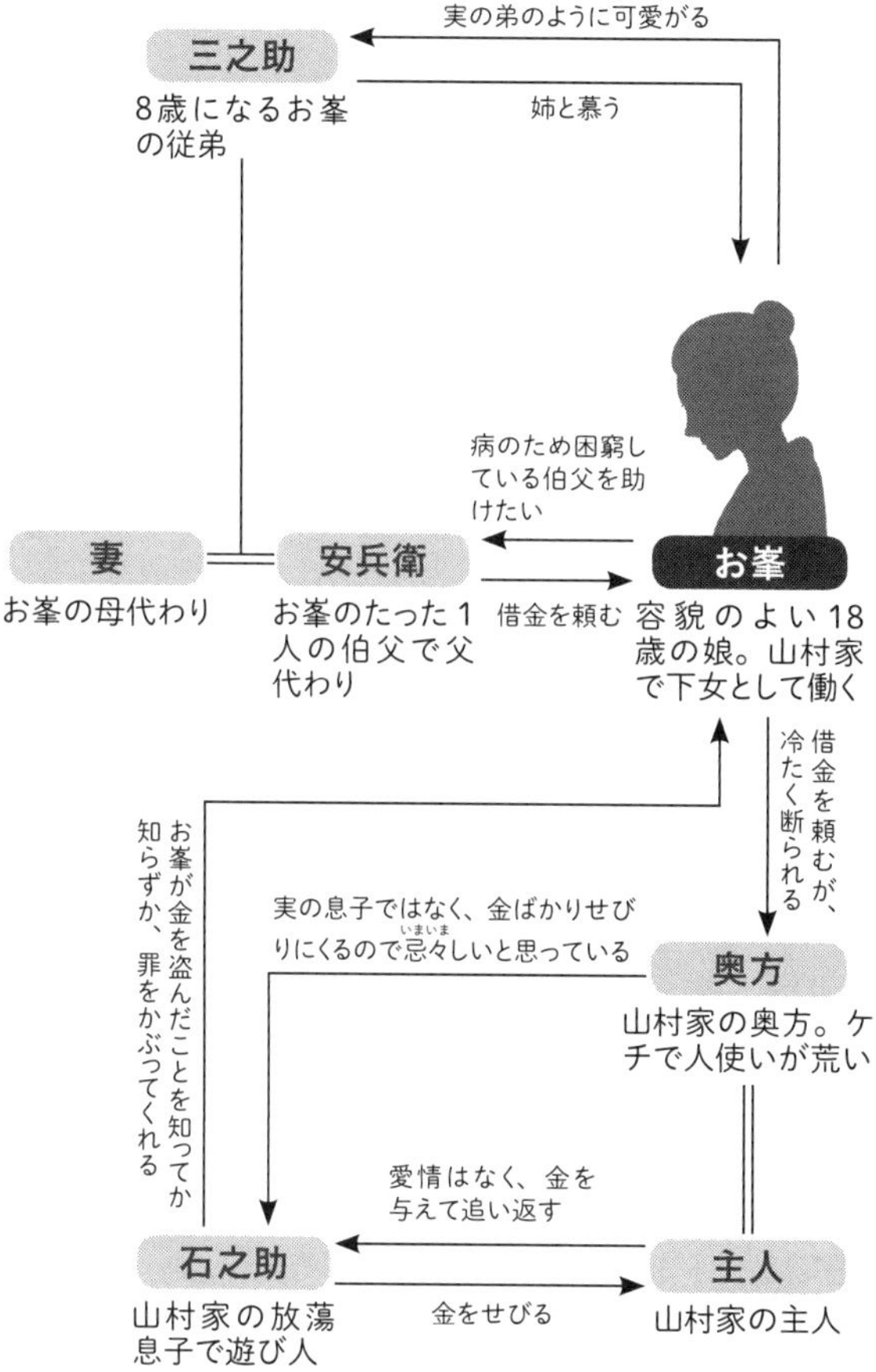
実の弟のように可愛がる
三之助
8歳になるお峯の従弟
姉と慕う
病のため困窮している伯父を助けたい
妻
お峯の母代わり
安兵衛
お峯のたった1人の伯父で父代わり
借金を頼む
お峯
容貌のよい18歳の娘。山村家で下女として働く
借金を頼むが、冷たく断られる
お峯が金を盗んだことを知ってか知らずか、罪をかぶってくれる
実の息子ではなく、金ばかりせびりにくるので忌々《いまいま》しいと思っている
奥方
山村家の奥方。ケチで人使いが荒い
愛情はなく、金を与えて追い返す
石之助
山村家の放蕩息子で遊び人
金をせびる
主人
山村家の主人

暗《あん》夜《や》行《こう》路《ろ》

愛を求めた孤独な心は、自然の中に平安を見出す

志《し》賀《が》直《なお》哉《や》

1921～1937年発表

志賀直哉

1883～1971年。宮城県石巻に生まれる。２歳で東京に移り、祖父母のもとで育つ。白樺派の中心的メンバーとして活躍し、私小説の第一人者とされる。父との長い不和が解消されたことで生まれた作品が『和解』である。晩年は心境小説を多く手がけた。

「愛されていない」と悩む謙作は、出生の秘密を知らなかった

時任謙作《ときとうけんさく》は父親がドイツ留学中に、母と祖父の間に生まれた子どもだった。そのため父親は謙作に対して冷たく、謙作は6歳のときに母親が亡くなるとすぐ祖父に預けられ、自分の生い立ちを知らされないまま、祖父の妾《めかけ》のお栄《えい》に育てられた。

やがて大人になった謙作は、幼なじみで亡き母親の面影を持つ愛子に心を惹かれ結婚を申し込むのだが、彼の出生を知っている愛子の家族は理由も告げずに縁談を断り、さっさと他家へ嫁がせてしまうのだった。

謙作は一方的に縁談が断られたことで、自分は誰からも愛されていないのではないかと思い込み、心に大きな傷を負うのだった。

彼はこの現実から逃れるために放蕩《ほうとう》をはじめるが、心の傷は癒されず孤独感はさらに強まるばかりだった。

不規則で乱れた生活を続けているうちに謙作は、一緒に暮らしている20歳年上のお

栄のことが次第に気になり出してきた。

彼はお栄への気持ちを整理するため、しばらく彼女と離れて暮らしてみようと思い、尾道（広島県）で自炊をしながら自伝小説を書いてみる決心をした。

だが、いくら環境を変えても深い孤独感だけは取り除けなかった。

ついに謙作はお栄との結婚を決意し、兄の信行に打ち明ける。

驚いた信行ははじめて謙作に出生の秘密を伝え、愛子との縁談が破談になった理由を説明する。そしてお栄との結婚には先行きに暗いものしか感じないと、反対するのだった。

自分の過去を知った謙作は絶望感とともに東京に帰り、再び放蕩生活に戻るのだった。

妻は従兄に犯され、謙作は心の平安を求めて…

放蕩のあと、謙作は気持ちが行き詰まった東京を去って、京都での生活をはじめることにした。

社寺を巡る日々を送ることで心に静かな快さを感じるようになった謙作は、ある日古美術の「鳥毛立女屏風《とりげだちおんなびょうぶ》」に描かれている美人のように古雅《こが》な直子と出会う。直子は叔父の見舞いに京都に来た敦賀《つるが》(福井)生まれの娘で、謙作は一目惚れしてしまう。これを知った兄信行と友人たちは、彼に過去と決別させるため、すぐに結婚の手はずを整えた。

直子との結婚生活は順調にはじまった。しかし、すぐに新たな試練が謙作を待ち受けていた。2人の間にできた長男直謙《なおのり》が生後まもなく丹毒《たんどく》を患って死んでしまうのだった。

さらに新生活を求めて中国の天津《てんしん》に渡ったお栄は、仕事に失敗し借金を作ってしまう。心配した謙作は天津に彼女を迎えに行くのだが、その留守中に事件は起きた。謙作がいない間に従兄の要《かなめ》が訪ねてきて、直子を犯してしまうのである。

その後、直子の妊娠がわかり、女の子を出産するのだが、謙作は生まれた子が自分の子なのかどうかという不信感を捨てきれず、苛立ちを感じるのだった。

謙作はそんな自分の気持ちを鎮めるため鳥取の大山《だいせん》に行き、体調を崩しているにもかかわらず大山に登る。このときに彼は、自分が自然の中に溶け込んで行くような陶酔感を覚えるのだ。

下山した謙作は病に倒れるが、看病にやってきた直子は、彼の眼差しに柔らかな愛情に満ちたものを感じる。そして自分はこの人に一生どこまでもついて行くのだと思うのだった。

作品の背景

◎志賀直哉が38歳のときに発表し、その後16年の歳月をかけて完成させた唯一の長編小説。小説の構想は以前からあり、この『暗夜行路』から志賀直哉の思想の変化を読み取ることができる。

◎作品に登場する尾道は、志賀直哉自身が住んでいたこともあり、描写などは自分自身の体験をそのまま投影しているものだといわれている。城崎や大山の様子も同様に実体験を生かしており、優れた紀行文学としても読むことができる。

人物相関図

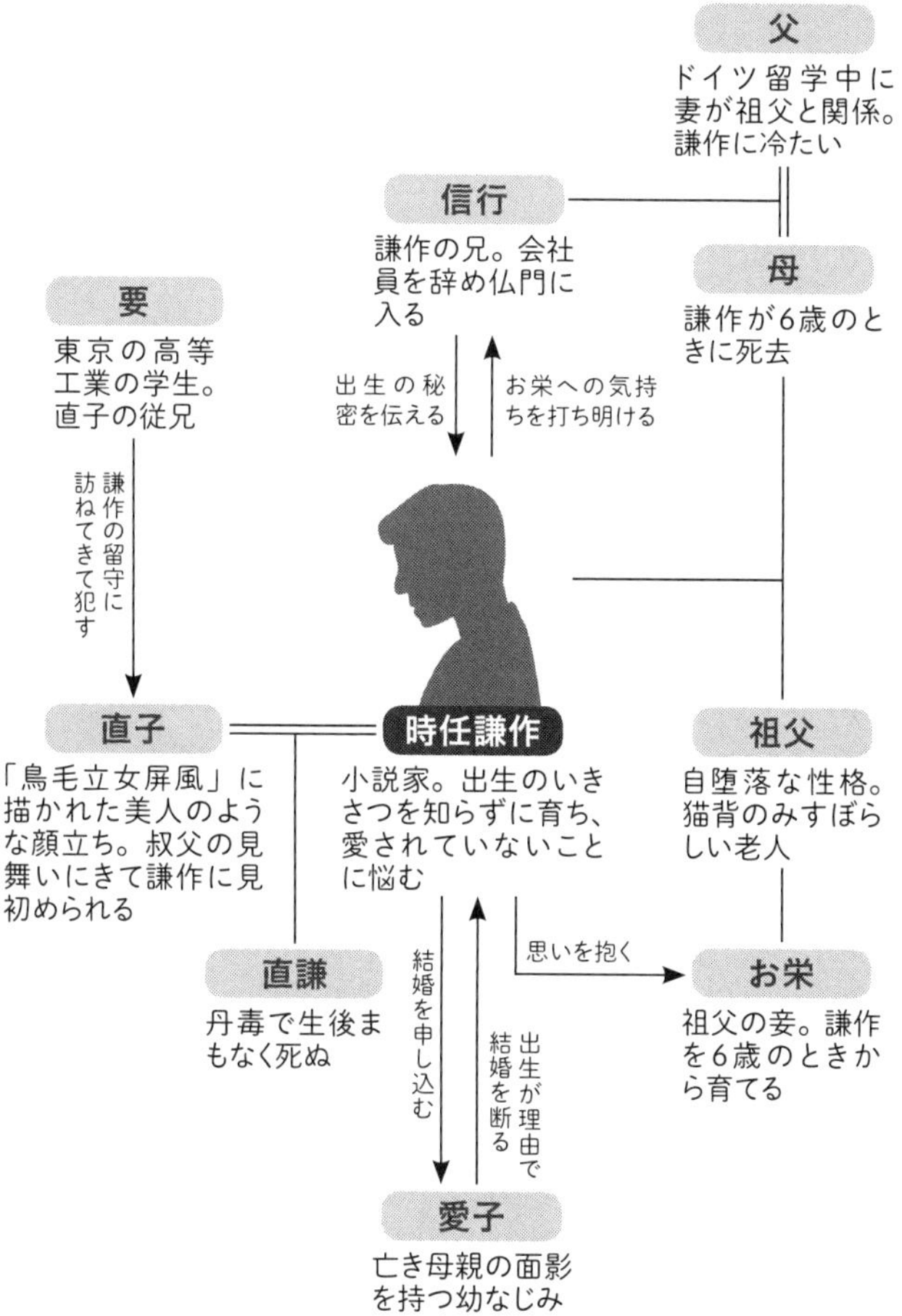
父
ドイツ留学中に妻が祖父と関係。謙作に冷たい
信行
謙作の兄。会社員を辞め仏門に入る
母
謙作が6歳のときに死去
要
東京の高等工業の学生。直子の従兄
出生の秘密を伝える
お栄への気持ちを打ち明ける
謙作の留守に訪ねてきて犯す
直子
「鳥毛立女屏風」に描かれた美人のような顔立ち。叔父の見舞いにきて謙作に見初められる
時任謙作
小説家。出生のいきさつを知らずに育ち、愛されていないことに悩む
祖父
自堕落な性格。猫背のみすぼらしい老人
思いを抱く
お栄
祖父の妾。謙作を6歳のときから育てる
直謙
丹毒で生後まもなく死ぬ
結婚を申し込む
出生が理由で結婚を断る
愛子
亡き母親の面影を持つ幼なじみ

夜《よ》明《あ》け前《まえ》

島崎藤村《しまざきとうそん》

1929年発表

木曾の「夜明け」を待ち望んだ男の一生

島崎藤村

1872～1943年。長野県馬籠《まごめ》に生まれる。明治学院を卒業後、明治女学校などで教師をする傍ら、詩人として詩集『若菜集《わかなしゅう》』を刊行する。のちに小説家に転じて『千曲《ちくま》川のスケッチ』や『破壊』、私小説『新生』を発表した。1943年、『東方の門』を執筆中に倒れ、71歳で死去。

新しい時代の到来を待つ木曾の青年・半蔵

木曾路《きそじ》はすべて山の中である。馬籠は木曾にある11の宿場のひとつで、渓谷の尽きたところにある。

嘉永6年、ペリー率いる黒船来航の噂は、馬籠宿にも伝わってきていた。当時、馬籠宿の庄屋・本陣・問屋を兼ねる青山家では、父の吉左衛門が55歳、息子の半蔵が23歳だった。吉左衛門は福島の代官所への上納金を苦労して調達したが、その結果は苗字帯刀御免の書付けを渡されるだけだった。

半蔵は平田篤胤《あつたね》に傾倒し、古代の山林政策を望む若者だ。かつて人々は木曾の山林の恵みを自由に受けていたが、時代とともに山林の利用は制限され、今では尾張藩に厳しく取り締まられていた。

山の中にある木曾では山林が自由にならなければ、人々の生活は困窮する。半蔵は平田国学を学ぶ同士とともに志に燃えていた。

やがて半蔵26歳のときに、妻のお民《たみ》との間に長女が生まれる。そしてその年、お民の兄の寿平次《じゅへいじ》と江戸に出かけ、平田鉄胤《かねたね》に面会し、篤胤の門人に加えてもらう。

アメリカ総領事ハリスが下田に訪れ、尊王攘夷《そんのうじょうい》派による外国人殺傷事件が起こり、新しい時代の到来が感じられた。半蔵らの古代復帰への期待もふくらむ。同時に世の中の堕落や不正は明らかに目立ってきていた。

33歳のときに父から跡を継いだ半蔵は翌年、江戸の道中奉行の呼び出しで4つの宿場の総代として、他の総代とともに江戸に向かった。

道中、街道の治安はひどく乱れていた。江戸では経済が貧窮し、幕府が崩壊しかかっているのは明らかに見てとれた。

その後、半蔵は馬籠で水戸の浪士を義士として迎えた。だが、水戸が徳川にとってかわっても武士の政治であることは変わらず、新しい世の中は到来しないと気づく。そして半蔵は、世の中の動きを知るため名古屋に出て、革命が近いことを悟るのだった。

慶応3年、馬籠にいる半蔵にも徳川慶喜の大政奉還が伝えられる。ついに新しい時代が来たのだと半蔵の心は歓びに湧いた。

明治維新への半蔵の期待は、ことごとく裏切られていく

しかし明治維新後の木曽に対する山林政策は、尾張藩のそれより厳しいものだった。明治政府はほとんどの山を官有林として、山への立ち入りを禁じてしまう。戸長《こちょう》と呼ばれるようになった木曽谷の元庄屋たちは、半蔵を筆頭に嘆願書を出す。だがその結果、半蔵に待ち受けていたのは福島支庁からの「戸長免職」だった。半蔵は主唱者として睨まれたのだ。明治維新後も今までと大差ないと半蔵は思う。

その後、長女の自殺未遂を機に半蔵は一気に老けた。そして上京を決意し、一時、教部省に勤めるが失望して辞職。その後は友人の推薦で飛騨の水無《みなし》神社の宮司を4年間勤めることになる。

その間、江戸で半蔵は憂国の情が募り、御通輦《ごつうれん》の前に出て、和歌をしたためた扇子《せんす》を御馬車にめがけて投げつける事件を起こした。飛騨では西南戦争に遭遇した。

そして半蔵は馬籠に帰った。馬籠では現在の戸長たちや半蔵の息子が、再三嘆願書を政府に提出したが、受け入れられなかった。

やがて半蔵は「敵」の幻影を見るようになり、寺への放火事件を起こす。狂人と思われた半蔵は座敷牢に幽閉され、そこで病のため亡くなった。56歳だった。

弟子の勝重《かつしげ》は「私はおてんとうさまも見ずに死ぬ」と言った半蔵の言葉を悲しく思い出す。

作品の背景

◎『夜明け前』は第1部と第2部に分かれ、約6年の月日をかけて「中央公論」に分載された大作である。

◎主人公の青山半蔵は、島崎藤村の父・正樹がモデルとなっている。江戸時代、島崎家は馬籠宿の庄屋・本陣・問屋を代々勤める旧家だった。島崎家の4男として藤村（本名・春樹）が生まれた年、父・正樹は家業を継いでいる。

◎藤村は、木曾の夜明けが来るのを期待し、夢叶わぬまま亡くなった父の一生を長編歴史小説として描いたのである。

人物相関図

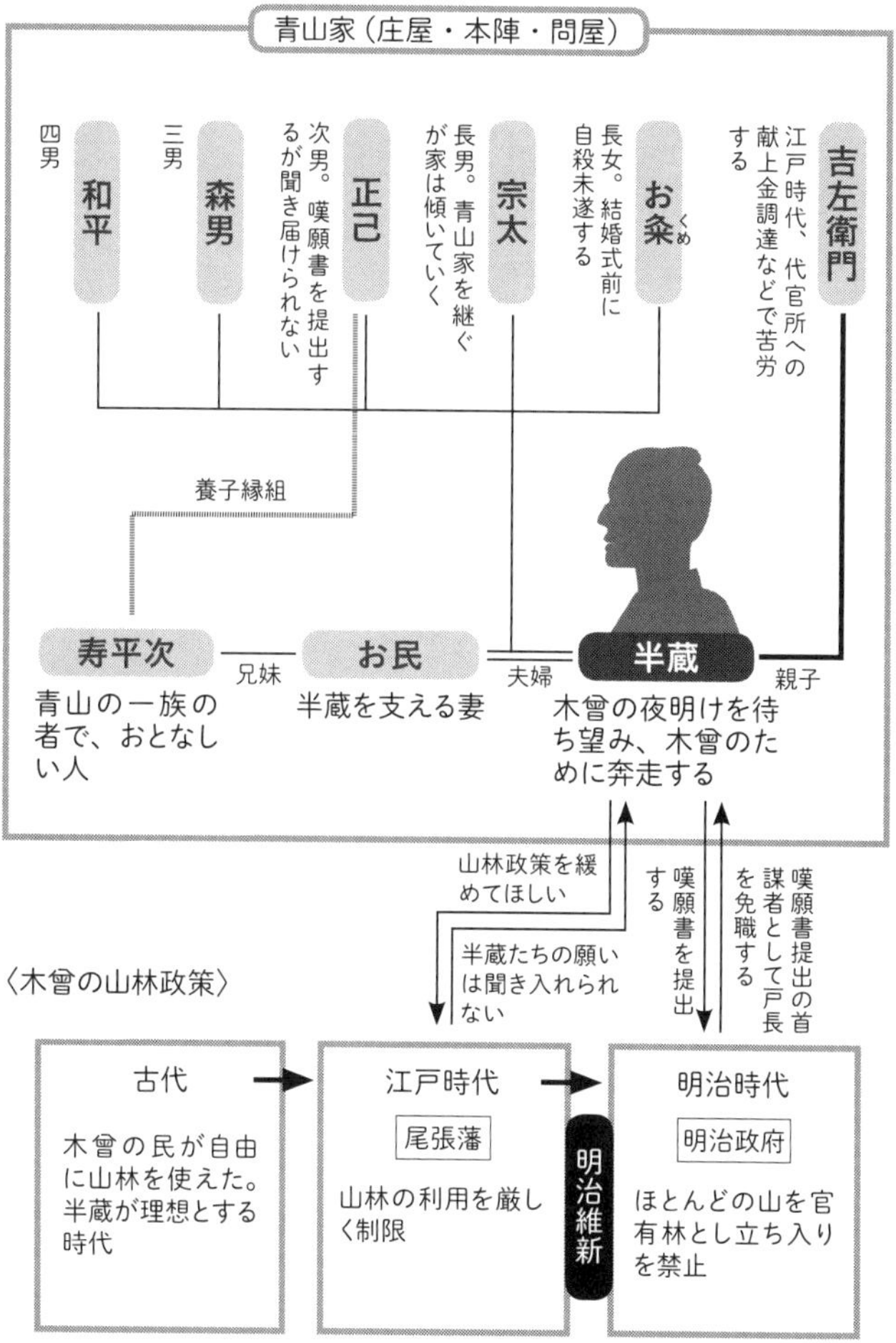

青山家（庄屋・本陣・問屋）
吉左衛門
江戸時代、代官所への献上金調達などで苦労する
お粂《くめ》
長女。結婚式前に自殺未遂する
宗太
長男。青山家を継ぐが家は傾いていく
正己
次男。嘆願書を提出するが聞き届けられない
森男
三男
和平
四男
養子縁組
寿平次
青山の一族の者で、おとなしい人
兄妹
お民
半蔵を支える妻
夫婦
半蔵
木曽の夜明けを待ち望み、木曽のために奔走する
親子
山林政策を緩めてほしい
半蔵たちの願いは聞き入れられない
嘆願書を提出する
嘆願書提出の首謀者として戸長を免職する
〈木曽の山林政策〉
古代
木曽の民が自由に山林を使えた。半蔵が理想とする時代
江戸時代
尾張藩
山林の利用を厳しく制限
明治維新
明治時代
明治政府
ほとんどの山を官有林とし立ち入りを禁止

田舎教師《いなかきょうし》

田山花袋《たやまかたい》

1909年発表

貧しい境遇ゆえに田舎教師になった青年の短い一生

田山花袋

1871～1930年。群馬県に生まれる。幼い頃から漢学を学び、14歳のときに一家で上京し、19歳で尾崎紅葉を訪ねて小説家を志す。1907年『蒲団《ふとん》』を発表し、島崎藤村とともに日本の自然主義文学の確立者として名を残す。そのほか『生』『妻』など数々の作品を発表している。

田舎教師となった青年の苛立ち

文学青年の清三《せいぞう》は5年間の中学校生活のあと、家の貧しさから高等師範学校への入学も東京への遊学の道も閉ざされていた。

当分、寒村の小学校の教師として働くことになった清三は、進学する友人たちが羨ましく、田舎に埋もれていく自分が耐えがたかった。

親友の郁治《いくじ》は「境遇に支配されることはあっても、境遇から抜け出ようと思えば出られる」と言う。だが清三には、そうは思えない。

それでも清三は中学時代の友人たちと同人誌を作り、また文壇にも名が通っている下宿先の僧の影響を受けて文学を志そうとする。しかし、それも挫折してしまう。

勤め先の小学校では特に嫌なことはなく、子どもたちと遊んでいるときなどは不平も不満も感じないのだが、清三の心の底には「いつまでも教師をしているつもりはない」という思いが常にあった。

近くに住む同級生の荻生《おぎゅう》が、何の悩みもなく田舎の郵便局員に甘んじているのが不可解に思えた。

空虚で孤独な生活から、遊女にのめり込んでいく

やがて清三は実家のある行田《ぎょうだ》へあまり帰らなくなる。父が少ししか働かず、常に金のない実家に帰るのが嫌だった。それに楽しそうな同級生たちに会うのも苦痛になってきたのだった。

さらに郁治から友人の妹である美穂子への恋を打ち明けられたのも辛かった。清三も美穂子に恋心を寄せていたのである。そんな清三の想いを知らず、郁治と美穂子は交際をはじめてしまう。

清三は段々すべてのことに消極的になっていった。中学校の教師になろうかと考えたり、このまま小学校の教師を尊い職業として一生を送ろうかとも考える。

そして清三は、孤独な心を紛らわすように遊郭通いをはじめるようになった。静枝

という小づくりで色の白い、どことなく美穂子を偲ばせる女郎に入れ込んでいく。

教師という職業上、遊郭通いが知られてはまずかった。そこで清三は実家に帰ると嘘をついて、こっそりと毎週通い、給料を使い果たしてしまう。それでも清三は静枝に会うことをやめられず、周囲から借金をするようにさえなる。

だがある日、清三が静枝を訪ねると、静枝は15日前に身請けされていた。清三宛には「残念」と記された手紙と、静枝の写真が残されていただけだった。

肺病に侵された清三の田舎教師としての死

その後の清三は音楽学校の入学試験を受けたが失敗し、借金は溜まっていく一方だった。だが、急に自分の不真面目を感じて旧来の真面目な生活に戻る。

しかし、それまでの不摂生からどんどん体調を崩していき、体は気怠《けだる》く、ときどき熱が出て、持病の胃はますます悪くなった。

その頃、清三の教え子で今は浦和の師範学校に行っている田原ひで子が清三の前に姿を現す。

教え子であった当時、ひで子は出来がよく、田舎には珍しくハイカラな子で、清三は殊《こと》のほかひで子を可愛がっていたのである。ひで子もよく清三に手紙をくれた。

やがて清三はひで子を自分の家庭にひきつけて考えるようになっていったが、そのときすでに清三の体は重い肺病に侵されていた。

日露戦争の勝利に日本中が沸きかえる中、清三はひっそりと死んだ。その後、清三の墓の前で人目を忘れて泣いている女学生がいた。ひで子だった。ひで子はしばらくして小学校の教師となった。

作品の背景

◎『田舎教師』に出てくる僧のモデルは、田山花袋の義兄である。主人公の清三も義兄の寺にいた実在の文学青年・小林秀三がモデル。作品の中に出てくる原杏花《はらきょうか》は花袋自身を指している。

◎義兄から、貧しさゆえに志を果たせず死んでいった小林青年の話を聞いた花袋は、彼にいたく同情した。

◎彼の残した日記を読み、田舎の風物や生活とともに主人公の心理的葛藤を描いた『田舎教師』を執筆した。

人物相関図

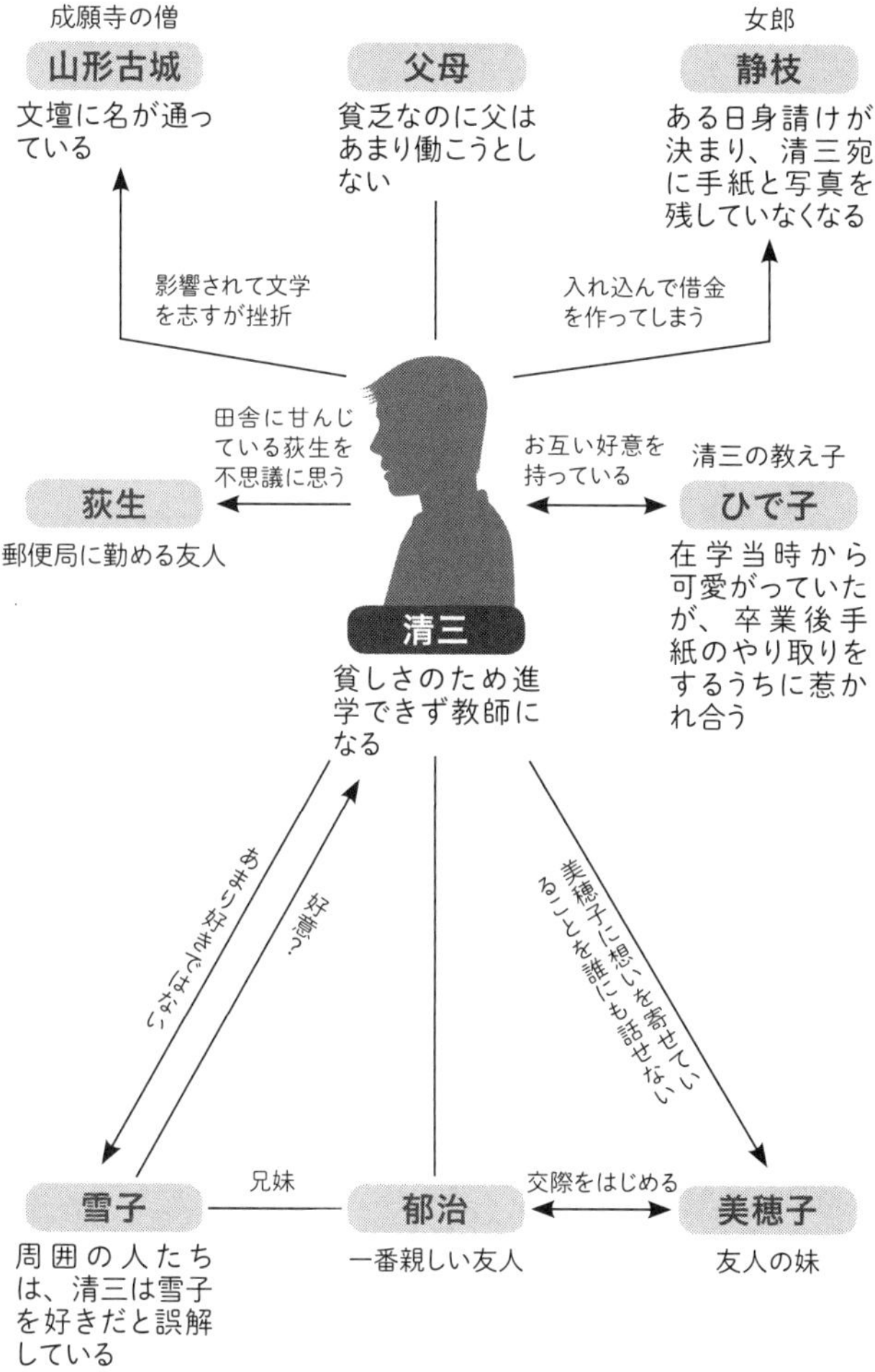

成願寺の僧
山形古城
文壇に名が通っている
父母
貧乏なのに父はあまり働こうとしない
女郎
静枝
ある日身請けが決まり、清三宛に手紙と写真を残していなくなる
影響されて文学を志すが挫折
入れ込んで借金を作ってしまう
田舎に甘んじている荻生を不思議に思う
荻生
郵便局に勤める友人
お互い好意を持っている
清三の教え子
ひで子
在学当時から可愛がっていたが、卒業後手紙のやり取りをするうちに惹かれ合う
清三
貧しさのため進学できず教師になる
あまり好きではない
好意?
美穂子に想いを寄せていることを誰にも話せない
兄妹
交際をはじめる
雪子
周囲の人たちは、清三は雪子を好きだと誤解している
郁治
一番親しい友人
美穂子
友人の妹

浮雲《うきぐも》

二葉亭四迷《ふたばていしめい》

1887年発表

下宿先の娘と同僚との三角関係に苦悶する青年の心理

二葉亭四迷

1864〜1909年。東京都に生まれる。本名は長谷川辰之助。東京外国語学校でロシア語を学ぶ。同校を退学後はロシア文学に傾倒し、坪内逍遥を訪ね文学者となる。言文一致体の写実主義文学の創始者といわれ、『浮雲』はその代表作。ほかに『其面影《そのおもかげ》』『平凡』などがある。

恋心を打ち明けられぬリストラ男の苦悩の日々

静岡生まれの青年・内海文三《うつみぶんぞう》は、15のとき、叔父である東京の園田家に引き取られた。叔母のお政《まさ》に厭味《いやみ》を言われながらもどうにか学業を終え、今は某省に勤務している。

文三はお政の娘のお勢《せい》に英語を教えるうちに特別な感情を抱くようになったが、思いを打ち明ける度胸はなかった。

しかし文三は、お勢の心は自分にあると身勝手な思い込みをして、日々悶々としていた。そんなことで仕事に身が入るはずもなく、文三はあるとき突然、官吏《かんり》の職を解かれてしまう。

その事実を叔母に切り出すと、叔母は文三の要領の悪さをあげつらね、こんこんと厭味を言った。

文三は悔し涙にくれ、今日にもここを出ようと思い立つが、故郷で息子の出世を願う母と、何よりも恋しいお勢のことを思えば、それすらもできないのだった。

ライバルの出現がさらなる葛藤を生む

そのうち同僚だった本田昇《ほんだのぼる》が園田家を訪ねてくるようになる。

本田は足繁く通っているうちにお政に気に入られ、お勢とも親密になっていった。学業優秀だが仕事の才能はない文三に対し、本田は学こそないものの実に要領の良い男である。それが文三には面白くなかった。

ある日、本田とお政とお勢は文三を残して団子坂《だんござか》に菊見に行くことになった。本当は文三も誘われたのだが、無職で無愛想な自分が本田と比べられるのは癪《しゃく》にさわる。しかも、誘いを断ったときにお勢が気にもとめてくれなかったことにも腹が立ち、意地を張って家にいることにしたのだ。

団子坂は菊見の人でごった返していた。そこには本田の職場の上司が偶然来ていた。その夫人を見てお勢が美人だと褒めると、本田はお勢も負けず美人だと褒める。こんな本気とも戯言《たわごと》とも思えぬ言動で、本田はいつもお勢を翻弄するのである。

一方の文三は、お勢の心が自分と本田のどちらにあるのか疑心暗鬼になりながら、一行の帰りを待ちわびている。

そんな不安をよそに、帰宅したお勢は本田に勧められた酒に酔い上機嫌だった。その姿にも、文三の心はまた逆なでされるのだった。

それでも園田家を離れない文三の複雑な胸中とは

後日、本田が文三に復職の話を持ちかけた。課長にうまく立ち回れば職場復帰できるかもしれないというのだ。

本田は橋渡しをしてやろうと、恩着せがましく言う。しかもお勢の前で文三をたしなめる。文三は本田に絶交を言い渡すが、それは軽くあしらわれた。そればかりか、本田を課長の腰巾着《こしぎんちゃく》だと批判すれば、お勢までもが本田をかばうような意見を言う。

口論の末、お勢は言葉のはずみで「本田を好きになった」と口にした。その言葉は文三を激しく傷つけたのである。

しかし、それでも文三はなお園田家を離れられずにいる。

「重な原因というはすなわち人情の二字。この二字にしばられて文三は心ならずもなお園田の家に顔をしかめながら留まッている」

やがて、お勢は本田と距離を置くようになり、反対に文三との関係は少しばかり持ち直したようにも見えた。

だが当の文三にも、そして本田との縁談を望む母親のお政にも、お勢の本心がいかばかりかは、計り知れなかった。

作品の背景

◎二葉亭四迷の師である坪内逍遥が『小説神髄』などで提唱した写実主義で著された作品。写実主義は、客観的に物事をありのままに表現するリアリズム文学である。

◎「だ」体を用いた言文一致体が特徴で、なんでもない日常を題材に、当時の学問への社会通念や青年の喪失感、焦燥感などが多数の口語文によって表される。

◎第1篇は当初、坪内逍遥の名で発表された。

◎作品は第3篇で中断されており、一般に未完の大作といわれている。

人物相関図

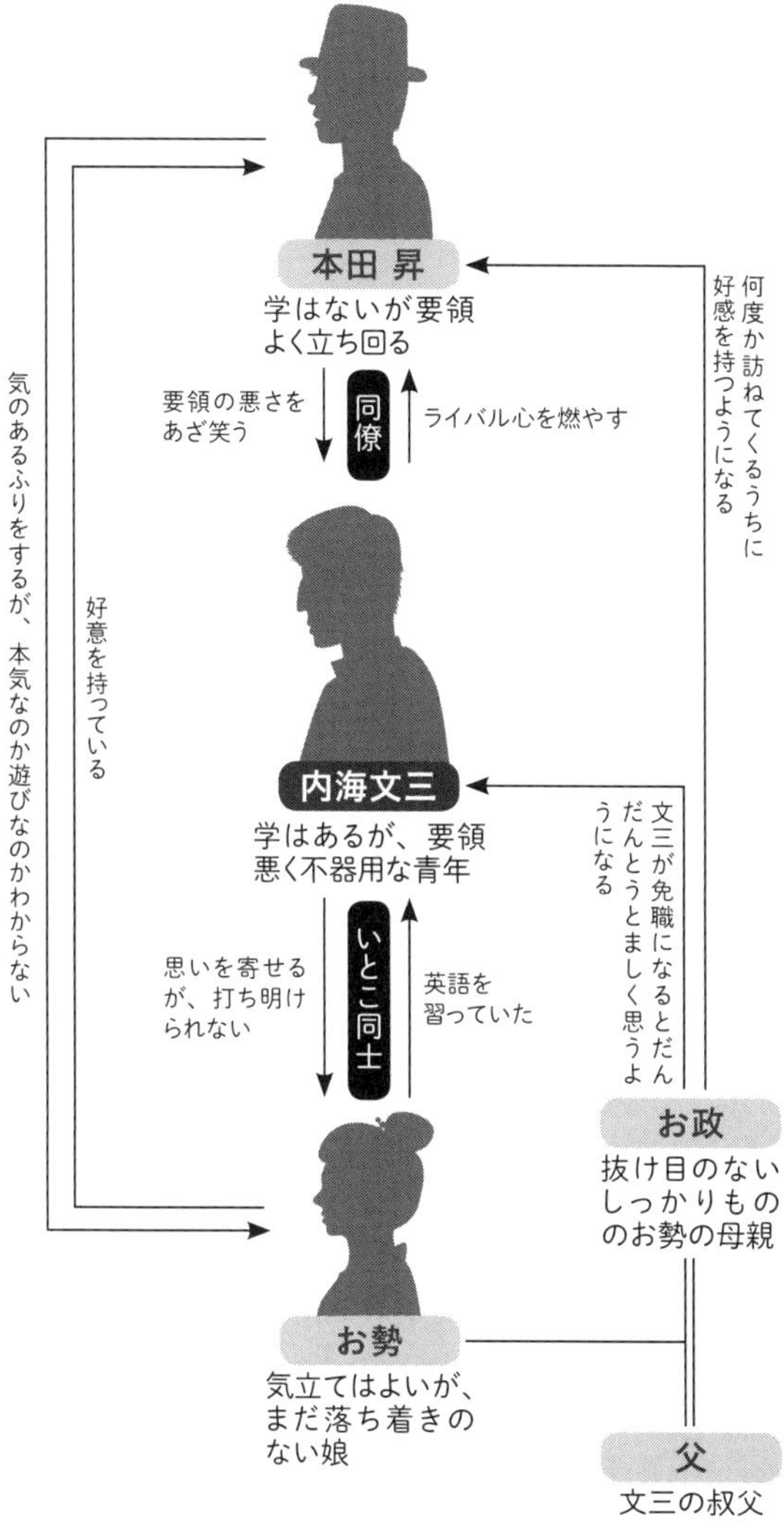

本田 昇
学はないが要領
よく立ち回る
要領の悪さを
あざ笑う
同僚
ライバル心を燃やす
内海文三
学はあるが、要領
悪く不器用な青年
思いを寄せる
が、打ち明け
られない
いとこ同士
英語を
習っていた
お勢
気立てはよいが、
まだ落ち着きの
ない娘
気のあるふりをするが、本気なのか遊びなのかわからない
好意を持っている
何度か訪ねてくるうちに
好感を持つようになる
文三が免職になるとだん
だんとうとましく思うよ
うになる
お政
抜け目のない
しっかりもの
のお勢の母親
父
文三の叔父

カインの末裔《まつえい》

自然にも農場主にも逆らえず放浪する農夫

有島武郎《ありしまたけお》

1917年発表

有島武郎

1878～1923年。東京都に生まれる。学習院中等科を卒業後、札幌農学校に入学。キリスト教に入信。アメリカ留学後、札幌農科大学に就職。雑誌「白樺」に参加し、自然主義的なスタイルに反対して、人間の理想やあるべき姿を求めた人道主義的スタイルをとった。著作は『或《あ》る女』など。

働き者の小作人が農場で抱いた夢は、独立農民だった

冬の迫る北海道。痩せ馬の手綱《たづな》をとる広岡仁右衛門《にんえもん》と、赤ん坊を背負った妻は、寒風吹きすさぶ大草原を黙々と歩いている。

2人の目的地は縁者のいる松川農場の事務所だった。そこで小作人として働くつもりだったのである。ようやく到着した農場で与えられた小屋は粗末なものだったが、彼らはまるで永年住み慣れた土地であるかのように、翌日から越冬のための畑作業に精を出して働いた。

仁右衛門たちの小屋から一町ほど離れたところに佐藤与十《よじゅう》という子だくさんの小作人がいた。与十の妻は「不思議に男に逼《せま》る淫蕩《いんとう》な色」を湛《たた》えており、仁右衛門はこの女に強い興味を持った。

しばらくして、仁右衛門の縁者である川森老人が、農場の事務所で働く男を連れて小屋を訪ねてきた。川森は仁右衛門に対し、自分のところに挨拶がないことをなじり、

事務所の男は高圧的に農場の規則を教えて帰っていった。

やがて農場に冬がおとずれると、仁右衛門は木こりや「鰊場稼《にしんばかせ》ぎ」で働きはじめた。そして、馬や種子を買いつけ、春を待って再び畑仕事に精を出した。

農作業は最初すべてが順調だった。彼はこのまま働けば貯えも溜まり、10年後には独立農民になれるのではないかと思うほどだった。

ところが仁右衛門は人に言えない秘密を持っていた。仕事が終わったあとで、与十の妻と密会を重ねるようになっていたのである。

ある日の夜、仁右衛門は密会場所で小作人の総代を務めている笠井に出くわした。笠井は、皆が農場主に小作料引き下げの請願をしようとしていることを彼に打ち明け、力になってほしいと頼むのだが、仁右衛門には興味がなかった。

悲劇が重なり、ついに希望も失われた

6月に入ると、農場には寒気がおとずれ、長雨が続くようになった。畑仕事ができ

ない仁右衛門は、運送仕事で稼ごうと思うが、長雨で運ぶ荷もない。暇つぶしに博打をするが、これも面白くなかった。

7月になると長雨は上がり、今度は晴天続きで害虫が一斉に発生し、作物を食い荒らす。だが、仁右衛門が農場の規則に反して植えていた亜麻《あま》だけは豊作だった。

彼はそれを農場から少し離れた倶知安《くっちゃん》に売りに行き大儲けして帰ってくるのだが、そこには悪い知らせが待っていた。赤ん坊が赤痢《せきり》にかかり死んでしまったのである。

8月の盛夏が来ると、雨は一滴も降らなくなった。作物は裏葉が片端から黄色になって枯れていく。

そんな中でも毎夏市街地で恒例となっている競馬は開かれることになり、仁右衛門は競馬への参加を決めた。

しかし、そこにも悲劇が待っていた。仁右衛門の馬がゴールする寸前、笠井の娘が農場主の子どもを追って馬場に飛び出し、これに驚いた馬は横転して足を折ってしまうのである。馬は屠殺《とさつ》するしかなかった。その晩、笠井の娘が暴行される事件があり、当然のように仁右衛門は疑われてしまう。

結局、秋の収穫はまったく上がらなかった。赤ん坊の死以来、粗暴な行動で農場の誰からも疎《うと》まれ、さらに不作で小作料も払えない仁右衛門は最後の手段として、小作料の引き下げを求め農場主のところへ直談判しに行くことを決めた。
しかし農場主にひと睨みされて、手もなく追い返されてしまう。彼はもはや農場には何も希望が残されていないことを知り、妻とともに農場を出て行くことを決意するのである。

作品の背景

◎作品の題名となっているカインとは、『旧約聖書』に出てくるアダムとイブの長男の名前。カインは弟のアベルとともに農業に励んでいるのだが、神が弟の捧げものだけを受け入れるので弟を殺してしまい、神に追われて放浪する身となった。
◎有島武郎は「カインの末裔は自分自身だ」と明言しており、野性的な主人公に自分を重ね合わせている。
◎作者は舞台となっている北海道に自ら経営する農場を持っていたが、のちに小作人たちに解放してしまう。作品に見られるような北海道の自然の厳しさはテーマを盛り上げるために作為的に使われたもの。有島自身は北海道の四季の美しさを愛していたという。

人物相関図

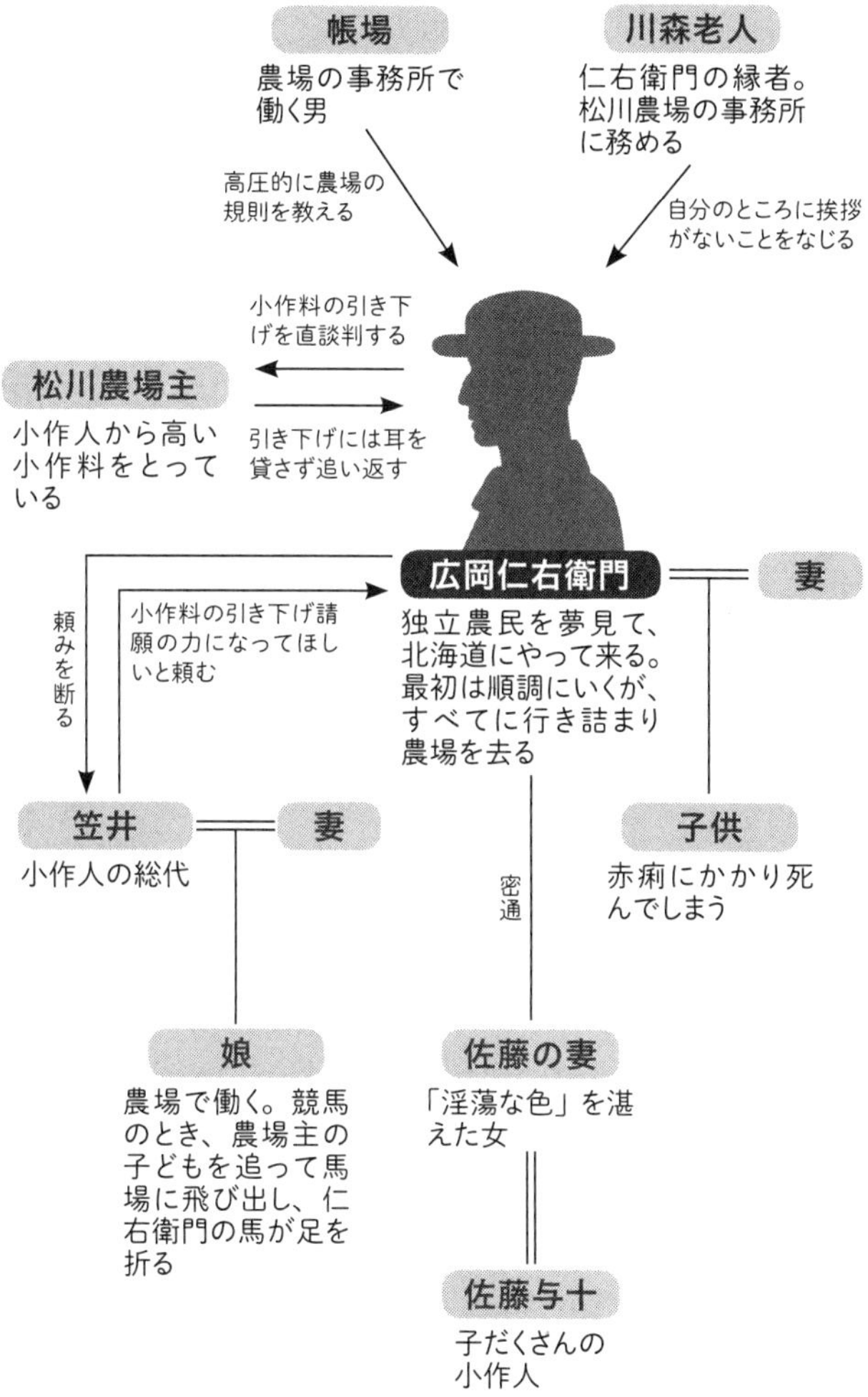
帳場
農場の事務所で働く男
高圧的に農場の規則を教える
川森老人
仁右衛門の縁者。松川農場の事務所に務める
自分のところに挨拶がないことをなじる
小作料の引き下げを直談判する
松川農場主
小作人から高い小作料をとっている
引き下げには耳を貸さず追い返す
広岡仁右衛門
独立農民を夢見て、北海道にやって来る。最初は順調にいくが、すべてに行き詰まり農場を去る
妻
子供
赤痢にかかり死んでしまう
頼みを断る
小作料の引き下げ請願の力になってほしいと頼む
笠井
小作人の総代
妻
娘
農場で働く。競馬のとき、農場主の子どもを追って馬場に飛び出し、仁右衛門の馬が足を折る
密通
佐藤の妻
「淫蕩な色」を湛えた女
佐藤与十
子だくさんの小作人

濹東綺譚《ぼくとうきたん》

永井荷風《ながいかふう》

1937年発表

うらぶれた濹東に安らぎを求めた作者自身の思い

永井荷風

1879～1959年。東京都に生まれる。本名は壮吉《そうきち》。東京外語学校入学後、文学に目覚め、広津柳浪《ひろつりゅうろう》の門下生となる。フランスの作家ゾラに心酔し、24歳でアメリカ、フランスに渡り、その体験を『あめりか物語』『ふらんす物語』に著す。43歳で慶應義塾大学教授になり、三田文学を主宰する。80歳で逝去。

夜歩きが趣味の老文士に突然訪れた出会い

大江匡《おおえただす》は、今は日々の時間を持て余す老文士である。活動写真が苦手で、時には古本屋の親父と多少の会話を交わし、隣家のラジオの音がうるさければ、それから逃げるように町を散策する。

そんな遊民生活を送っているものだから、あるときは職務質問をされ、交番で手荷物を改められたりもする。

大江には『失踪《しっそう》』という題名の小説の腹案があった。その内容は、50過ぎの英語教師・種田順平《たねだじゅんぺい》が職を失い、妻子を捨て、かつて奉公に来ていたすみ子のアパートに転がり込む――というものだ。

小説を書くときはその舞台選びがもっとも重要だとの考え方から、大江は梅雨のその日、濹東（墨田川界隈・向島《むこうじま》付近）一帯に下見に出かけていた。

玉の井の裏町あたりでふいに夕立に見舞われたので傘を広げると、突然女が傘に飛び込んできた。それが雪子という名の娼妓《しょうぎ》との出会いだった。

時代を拒絶した男の現実逃避の安息所

夕立の出会いをきっかけに、大江は散策と称してたびたび雪子の元へ通うようになった。

雪子の身なりはいつも和装で、どこか娼妓らしからぬ器量と才覚を感じさせる。本人は宇都宮から流れてきたと言うが、素性は多く語らない。

大江も大江で自分の身分は隠し、職業や年齢は雪子の想像にまかせるままにした。

ただ、大江が雪子のところへ通うのは、あくまでお忍びだった。大江は若い頃に女性問題でスキャンダルを起こしたことがあり、新聞記者や文壇関係者に見つかることをひどく恐れていたからである。

それにしても雪子のたたずまいと濹東のうらぶれた街並みには、今は懐かしい青春時代の名残りがあった。蚊が群れる溝際《どぶぎわ》の家。ゴミゴミした路地を往来する人々――。

もはや大江は客ではなく、雪子がいない間、留守番をするほど近しい存在になっており、大江にとっても雪子は絶好の安息所となっていたのである。

雪子の求婚が決意させた恋の終止符

雪子は大江を年より若く見ているようだった。そのせいか、いつしか雪子は求婚をほのめかすようになった。

聞けば大江は、雪子が若い頃に好きだった相手に似ているのだという。これが大江を困惑させた。

大江は、自分がここへやって来るのは小説の舞台の実地視察や、ラジオの音からの逃走、近代化した首都への嫌悪からだと理由づけていた。しかし、雪子には自分の知らぬところでの複数の客、ひいては世間とのつながりがある。大江は次第にそれを切なく感じるようになっていたのだ。

小説『失踪』は主人公の種田が、すみ子との暮らしの中で生きがいを感じるところで書きかけになっている。

この物語は、世の中から見捨てられた作家が雪子との束の間の時間を持つことによって完成するも同然であり、大江は雪子に礼を言いたいくらいだった。その気持ちに報いたい気はあるが、若い頃の失敗もあり、そうすることもできない。ならばと大江は、これ以上雪子に会わない決心をした。

9月になり雪子が体を悪くしたという噂を聞いた。10月、隣家のラジオは雨戸でさえぎられ、大江は家にいることがさほど苦痛ではなくなっていた。

作品の背景

◎永井荷風は思想や主義において自由奔放、快楽的嗜好のあった作家。女性関係も派手で、若い頃は芸者や娼妓などと数々の浮名を流した。
◎『濹東綺譚』の主人公は執筆当時58歳になっていた荷風自身。物語に腹案の小説の筋を挿入し、現実の主人公と小説の主人公を合わせ鏡のようにして、当時の複雑な心境を随筆風に仕立てている。
◎題名の「濹」の字は江戸時代の学士・林述斎《はやしじゅつさい》による墨田川の造語。あとがきによれば、当初の題名は「玉の井双紙」だったが、風雅を装わせるため改題した。

人物相関図

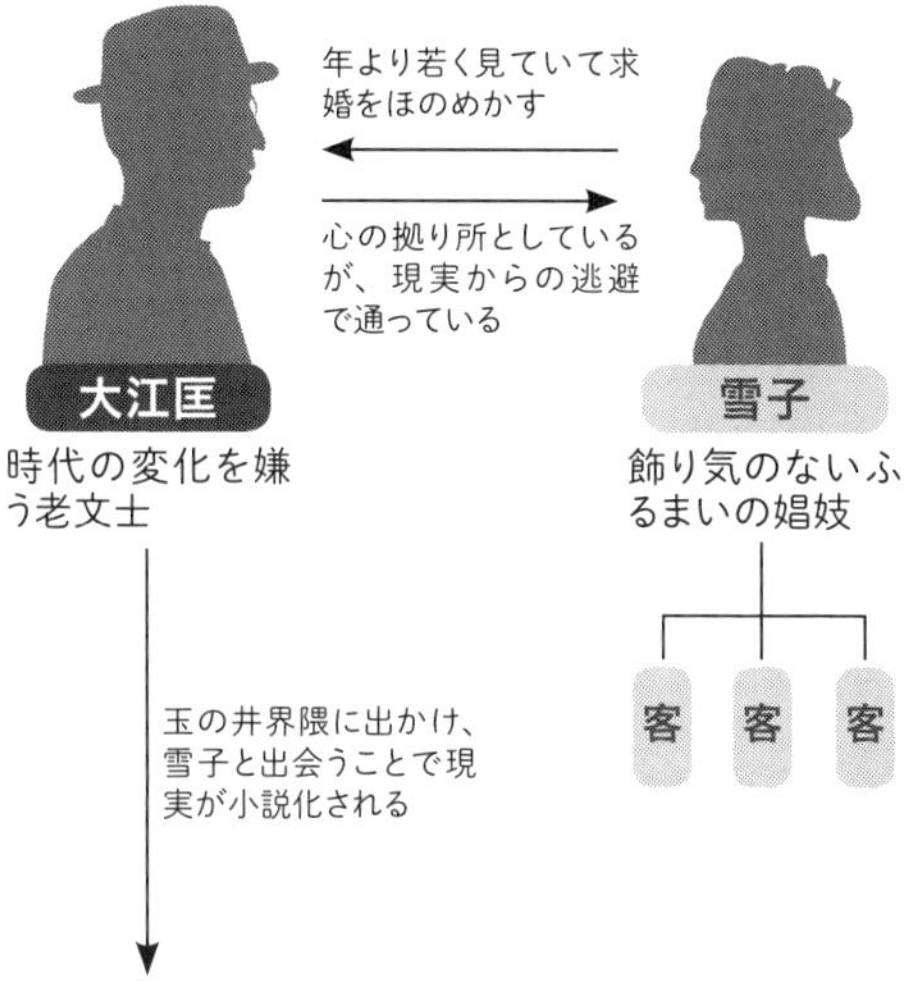

小説『失踪』の人物相関図

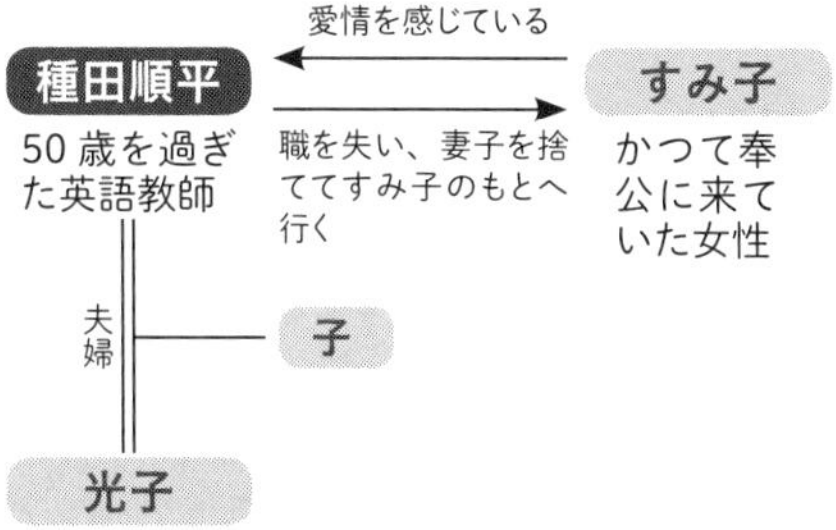

〈第二章〉

たくましく生きる姿を描いた物語

坊《ぼ》っちゃん

夏目《なつめ》漱石《そうせき》

1906年発表

田舎の中学で、世間の不条理に反抗する一本気な青年

夏目漱石

1867～1916年。江戸・牛込に生まれる。東京帝国大学英文科を卒業後、教師となり松山中学校などに赴任するが、文部省の命でロンドンへ留学。帰国後の1905年、『吾輩は猫である』を発表し、以降『坊っちゃん』『草枕』『三四郎』など多数の作品を残した。『明暗』連載中に胃潰瘍のため死去。

無鉄砲な坊っちゃんの就職先は四国の中学校

おれは親譲りの無鉄砲《むてっぽう》で子どものときから損ばかりしている。小学校のときには、学校の2階から飛び降りて1週間ほど腰を抜かした。同級生が「威張ってもそこから飛び降りることは出来まい」と囃《はや》すから飛び降りてやったのである。

このほかいたずらはだいぶやったので、親父はちっともおれを可愛がらず、母は女のような性分の兄ばかり可愛がった。

下女の清《きよ》という婆さんだけが「あなたは真っ直ぐでよいご気性だ」と無闇におれを珍重してくれる。清はおれが家を持って独立したら、おれのところに置いてもらう気でいる。

だが、やがて両親が亡くなり、兄が会社の九州支店に行くことになってしまう。中学を卒業したおれは、兄が家を売った金をくれたので、それを学資にして3年間勉強することにした。むろん清の面倒をみられる身分ではないから、清は甥の家で暮らすことになった。

そして卒業後、おれは四国にある中学校の教師の口を周旋《しゅうせん》され、四国に行くことになる。

出立《しゅったつ》の日に清が目に涙をためて送りに来てくれた。おれも泣きそうになった。

赴任先の不条理に納得がいかず…

赴任先に着いて中学へ挨拶に行くと、狸《たぬき》のような校長が、おれのような無鉄砲に生徒の模範になれなど法外な注文をする。到底あなたの言うようにはできないと言ったら、驚いてこれはただの希望だからと笑った。

そのあとほかの教員たちに紹介されたが、教頭は女みたいな声を出し、暑いのにネルの赤シャツを着ている。英語の教師はうらなりのナスに似ていて、数学の主任は逞しい毬栗《いがぐり》坊主で山嵐みたいだ。画学の教師にはのだいこというあだ名をつけた。

いざ授業がはじまると、生徒たちは何かにつけておれを冷やかす。無邪気でなく、いやにひねている。おれと生徒の間でいろいろな騒動が起こって職員会議が開かれたが、おれの肩をもって生徒に謝罪させるべきだと言ってくれたのは、山嵐だけだった。

やがて教師間の人間関係もいろいろわかってきた。赤シャツはマドンナという地元で有名な美人のお嬢さんと付き合っている。だが、このマドンナはなんとうらなり君の元許婚《いいなずけ》だ。うらなり君の家は旧家だが、先代が亡くなってから急速に家が傾きはじめ、それでマドンナとの結婚を延ばしているうちに、赤シャツがマドンナに近づいて取ってしまったのだという。

うらなり君はいい奴だから気の毒に思っていると、そのうち赤シャツは巧妙に手を回して目障《めざわ》りなうらなり君を田舎の町へ転任させてしまった。さらにおれと山嵐が生徒同士の乱闘に巻き込まれるように仕組んで、赤シャツに反抗的な山嵐を免職させるように仕向けたのである。

怒ったおれと山嵐は、赤シャツが仲間ののだいこと、芸者を連れて宿屋に泊まった現場を押さえて「教頭がそんなことをしていいのか」と迫ってやった。そしておれは言い訳をするのだいこに卵をぶつけ、山嵐は赤シャツを殴った。

警察に訴えたければ訴えろと言ったが2人とも訴えず、その日の夜におれと山嵐はこの田舎を去った。東京に着いてそのまま清に会いに行くと、清は涙をぽたぽた流して喜んでくれた。

その後おれは東京で鉄道会社の技能官吏《かんり》になり、清は非常に満足したが、気の毒に今年の2月に亡くなってしまった。坊っちゃんのお寺に埋めてほしい、坊っちゃんを待っているからと言っていた。

作品の背景

◎『坊っちゃん』は、1906年4月に「ホトトギス」に掲載された作品。
◎漱石初期のユーモアあふれる作風で、勧善懲悪の単純明快な内容が江戸っ子の坊っちゃんによる歯切れのよい語り口で書かれている。
◎『坊っちゃん』の舞台となっている四国の松山は、漱石自身が28歳のときに愛媛県尋常中学校（現・松山東高校）に教師として赴任した場所であり、そのときの体験がもとにされている。
◎漱石の松山滞在中には、ちょうど正岡子規も病気療養で同地に滞在していたため、ともに道後温泉に通うなどして交流を深め、俳句に熱中していた。

人物相関図

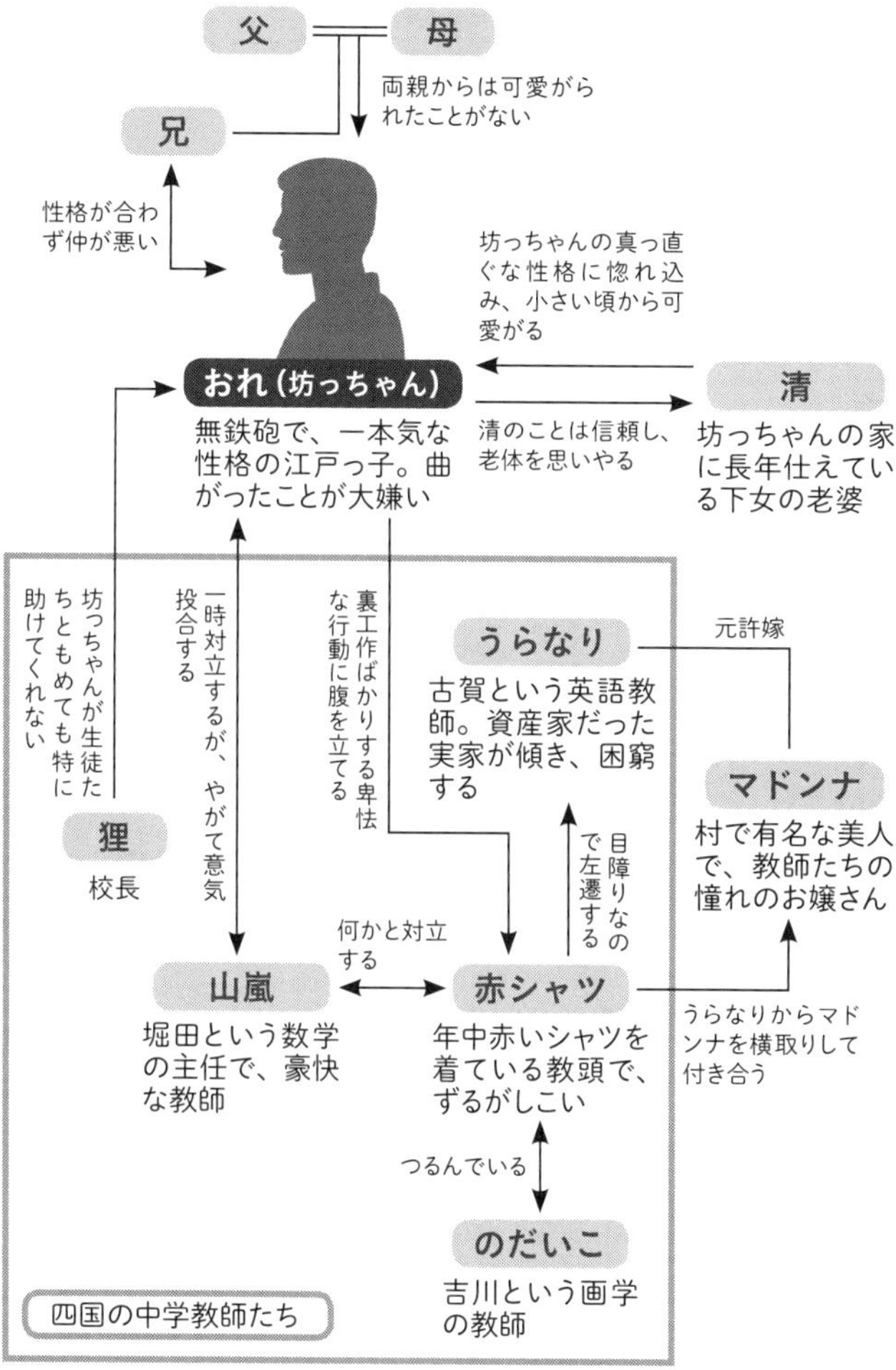

父
母
両親からは可愛がられたことがない
兄
性格が合わず仲が悪い
おれ（坊っちゃん）
無鉄砲で、一本気な性格の江戸っ子。曲がったことが大嫌い
坊っちゃんの真っ直ぐな性格に惚れ込み、小さい頃から可愛がる
清のことは信頼し、老体を思いやる
清
坊っちゃんの家に長年仕えている下女の老婆
坊っちゃんが生徒たちともめても特に助けてくれない
狸
校長
一時対立するが、やがて意気投合する
裏工作ばかりする卑怯な行動に腹を立てる
うらなり
古賀という英語教師。資産家だった実家が傾き、困窮する
元許嫁
マドンナ
村で有名な美人で、教師たちの憧れのお嬢さん
目障りなので左遷する
何かと対立する
山嵐
堀田という数学の主任で、豪快な教師
赤シャツ
年中赤いシャツを着ている教頭で、ずるがしこい
うらなりからマドンナを横取りして付き合う
つるんでいる
のだいこ
吉川という画学の教師
四国の中学教師たち

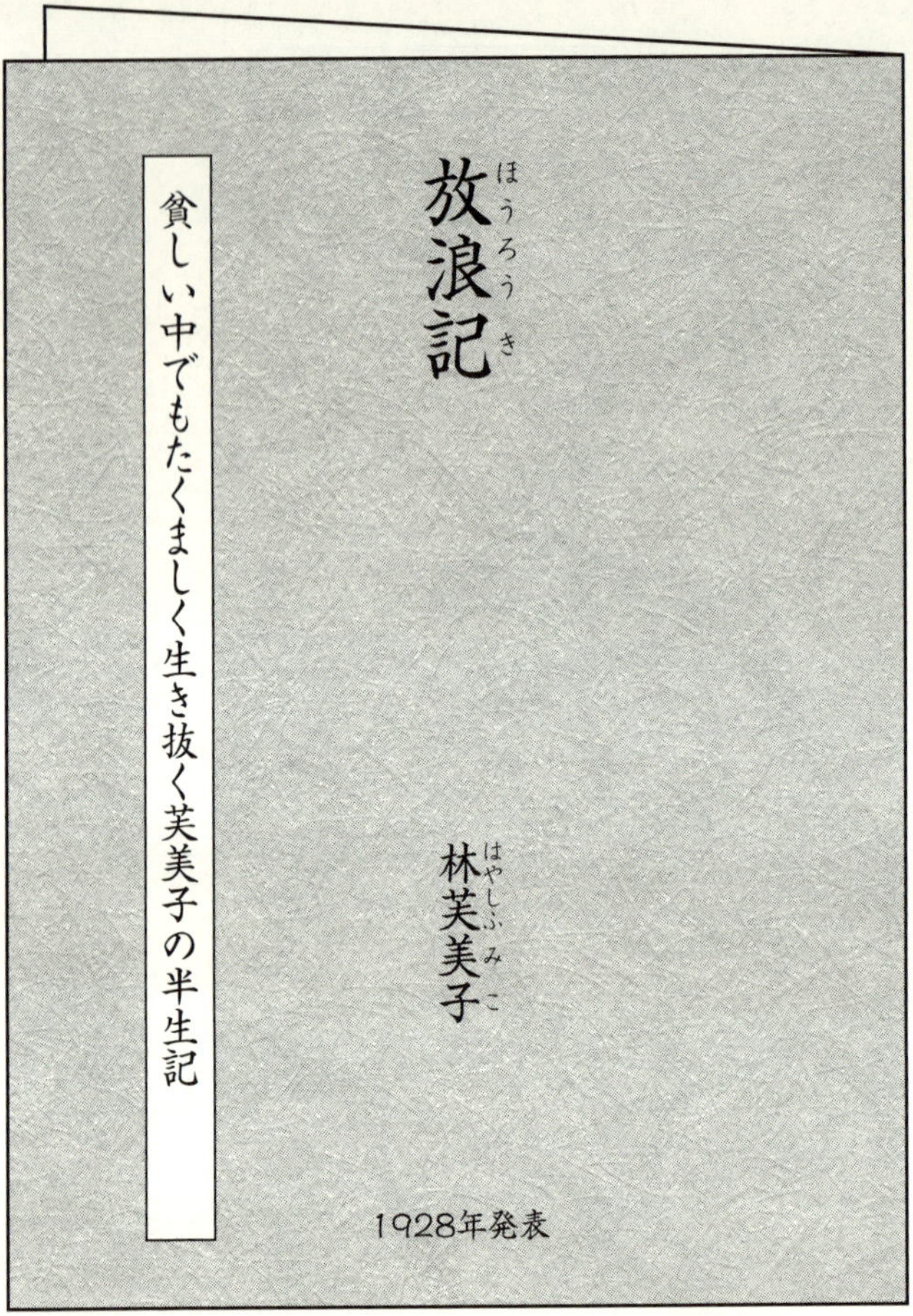

放浪記《ほうろうき》
林芙美子《はやしふみこ》
貧しい中でもたくましく生き抜く芙美子の半生記
1928年発表

林芙美子 ———

1903〜1951年。山口県下関に生まれる。本名はフミコ。両親が行商をしていたため、幼い頃から各地を転々とする生活が続く。尾道で高等女学校を卒業すると、東京へ出て女工や女給などで生活を支えながら、創作活動をする。『浮雲』『晩菊』など数々の名作を書いた。

各地を転々とする木賃宿暮らし

私は行商をする両親に連れられ、幼い頃より九州各地を転々として木賃宿《きちんやど》暮らしを続けていた。母親は桜島の温泉宿の娘だったが、他国者の父と一緒になったため、郷里を追われる。ところが、ひと財産作った父が芸者を家に入れたため、母親は幼い私を連れて家を飛び出す。今の父親は義父である。

行商暮らしは一か所に落ち着くことがない。小学校など4年間に7度も転校したほどである。これでは友達もできるはずがなく、学校がいやになった私は12歳で学校をやめ、両親の手伝いをするようになった。

私にとって、扇子《せんす》やアンパンを売って歩くことは少しも苦痛ではなかった。母に商売上手だと褒めてもらうのが嬉しかったのだ。その後、大きくなった私は上京する。

長くは続かない男との暮らし

東京へ出てからの私の生活は決して楽ではなく、女中を皮切りにさまざまな仕事をすることになる。

夜店でメリヤスの猿股《さるまた》を売ったり、セルロイドの色塗りをする女工をしたりする。女工をしているときには、同じ下宿に間借りをしている松田という男性が親身になってくれたが、私はその思いに応えることはできなかった。

その後、俳優をしている男性と一緒に暮らしはじめる。だが、誠実な男ではなかった。お金に困っているというので、私が身を粉にして働いていたのに、2000円もの金を持っていたのだ。しかも、若手の女優とも付き合っている。そんな状態に耐えられなくなった私は、男と別れる決意をし、旅に出た。途中で男からの電報を受け取り一旦はよりを戻すが、半月もたたないうちに別居することになる。

しかし、嬉しい出来事もあった。友人で詩人の友谷静栄と、2人の詩を掲載したパンフレットを出すことができたのだ。貧しさは相変わらずだが、時折雑誌や新聞に自分の詩が載るようになった。

私はいろいろな男性と一緒に暮らしたり別れたりを繰り返す。詩人と結婚をして、夫の友人たちが訪ねてくるような楽しい日々もあったが、この夫とも別れることになる。

カフェの女給をしながら執筆を続ける

1人になった私はカフェの女給をはじめる。うらぶれた女給部屋にいると、侘《わび》しさに涙があふれてくるのだった。

女給仲間たちはやはりそれぞれ事情を抱えながら働いている。気のいい仲間が多かったが、私はこの生活から抜け出したいと願っていた。なんとかしなければ自分は朽《く》ち果ててしまう。そうは思っても、疲れきって部屋に帰ると、夢も見ずに眠り込んでしまうばかりだ。

たまに短い文章など書いてはいても、いっこうにお金は貯まらない。それでも身体の調子が悪いという母親に、なんとかして仕送りをしてやりたいと思うのだった。

あるとき、久しぶりに里帰りをすると、母親はいい加減に身を固めてはどうかと見合いを勧める。私は見合いをしてはみたが、結婚する気にはなれず断ってしまう。

その後も大阪で事務の仕事をしたり、東京へ戻ってカフェで働いたり、突然旅に出てみたりといった放浪の日々が続く。仲良くなった女給仲間の時ちゃんも、男の元へ行ってしまう。

1人ぼっちになった私の元に童話の原稿料が届き、私は幸福感とそれを喜び合う相棒のいない淋しさの両方を感じるのだった。

作品の背景

◎『放浪記』は芙美子の半生を綴った自叙伝的な作品である。

◎1922〜26年までの間に書いていた、彼女の日記風の雑記帳をもとにまとめられた。そのため、日付は明らかになっていないものの、日記のような形で書かれている。

◎1928年から翌年にかけて雑誌「女人藝術」に連載され、1930年に単行本として刊行。発売されるやいなやベストセラーになった。すぐに『続放浪記』が書かれ、のちにこれが1部、2部とされる。戦後には3部も発行された。

人物相関図

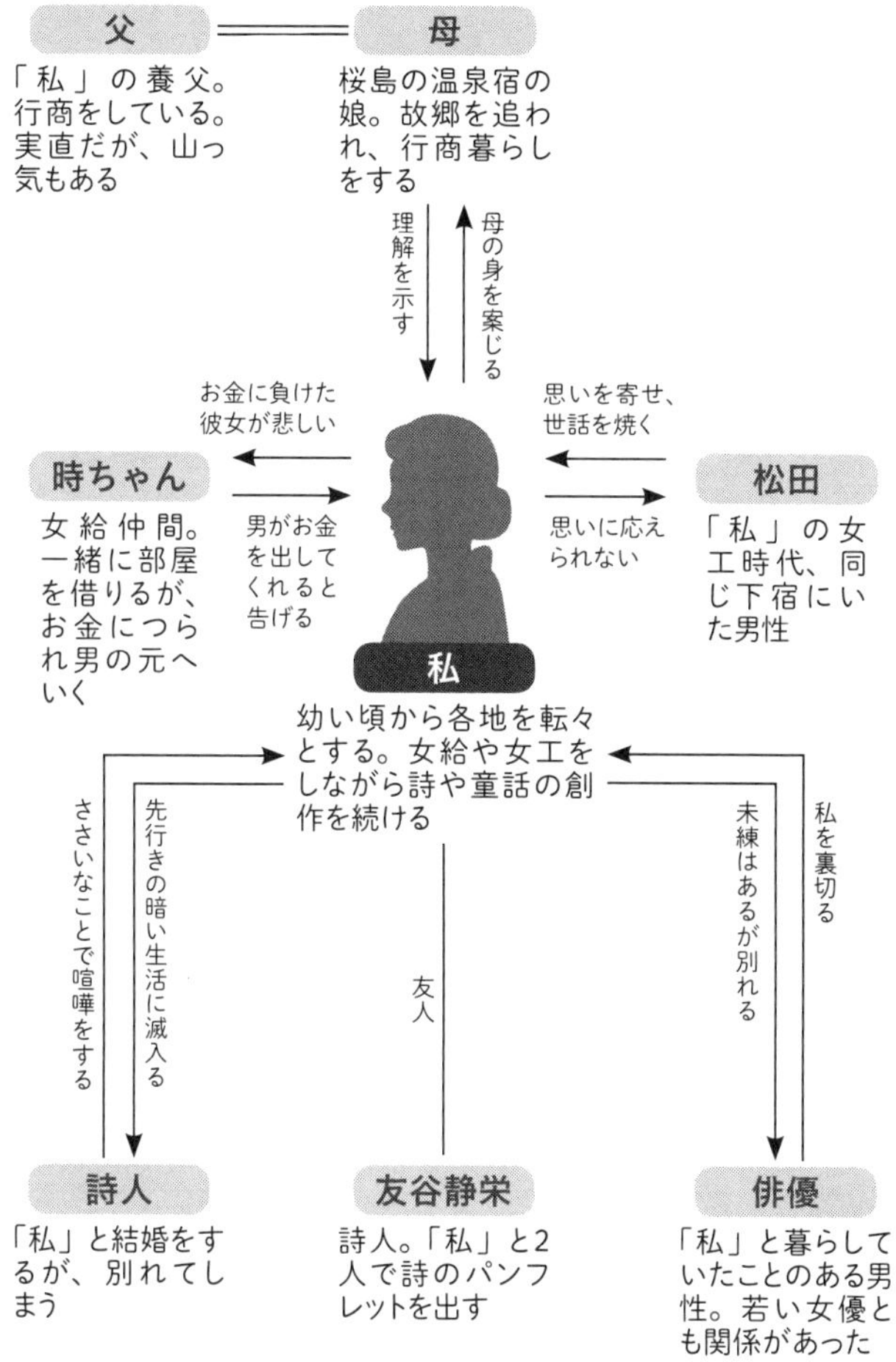

父
「私」の養父。行商をしている。実直だが、山っ気もある
母
桜島の温泉宿の娘。故郷を追われ、行商暮らしをする
理解を示す
母の身を案じる
お金に負けた彼女が悲しい
男がお金を出してくれると告げる
時ちゃん
女給仲間。一緒に部屋を借りるが、お金につられ男の元へいく
思いを寄せ、世話を焼く
思いに応えられない
松田
「私」の女工時代、同じ下宿にいた男性
私
幼い頃から各地を転々とする。女給や女工をしながら詩や童話の創作を続ける
ささいなことで喧嘩をする
先行きの暗い生活に滅入る
友人
未練はあるが別れる
私を裏切る
詩人
「私」と結婚をするが、別れてしまう
友谷静栄
詩人。「私」と2人で詩のパンフレットを出す
俳優
「私」と暮らしていたことのある男性。若い女優とも関係があった

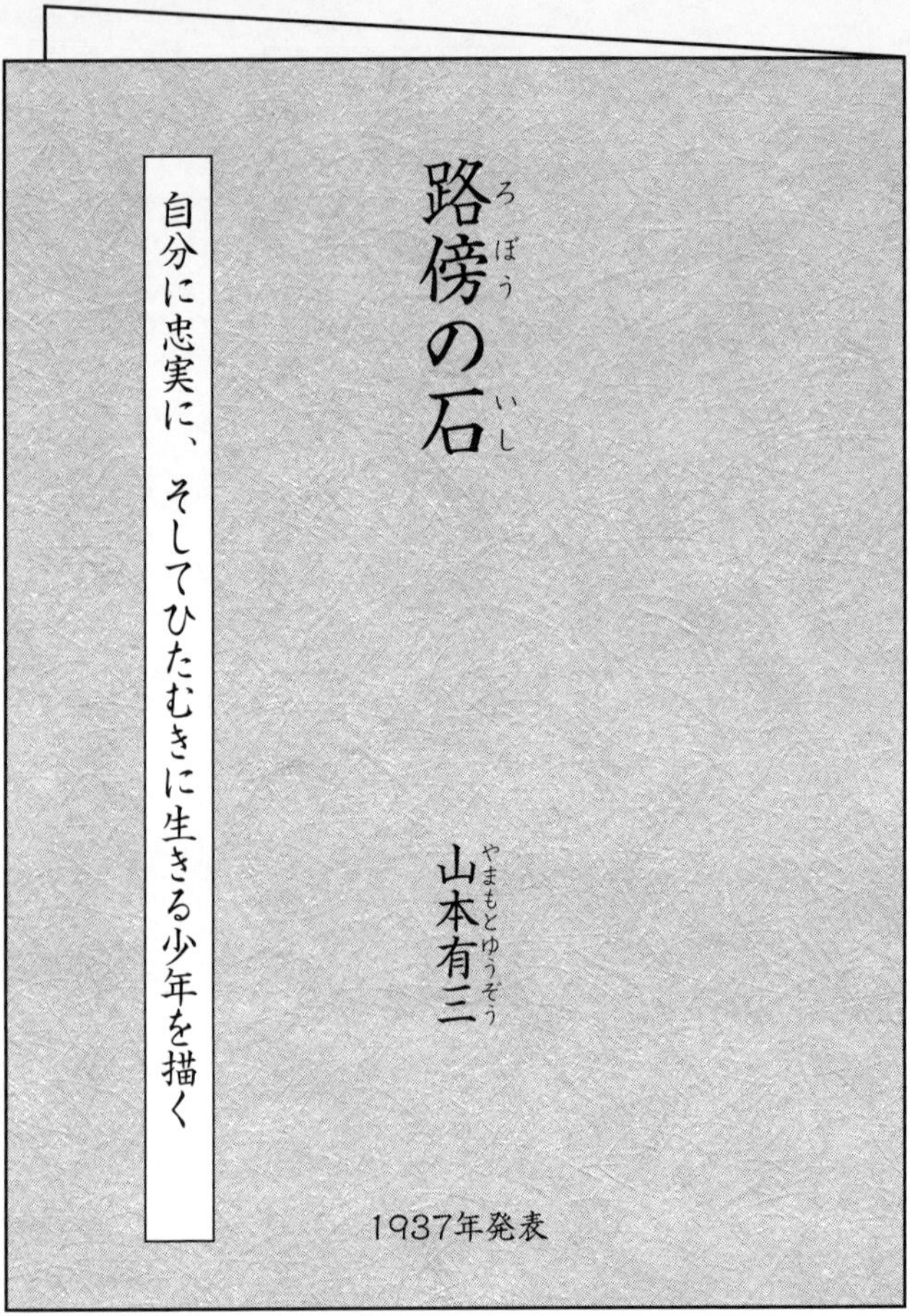

路傍《ろぼう》の石《いし》
山本有三《やまもとゆうぞう》
自分に忠実に、そしてひたむきに生きる少年を描く
1937年発表

山本有三

1887～1974年。栃木県栃木市に生まれる。本名は勇造。23歳のとき、処女作『穴』（戯曲）を執筆する。東京大学独逸文学科を卒業し、30歳以降に次々と戯曲を発表。1926年、朝日新聞に最初の小説『生きとし生けるもの』を連載。参議院議員を務める傍ら執筆活動を続け、87歳で死亡。

小学校6年生で人生の岐路に立たされる

愛川吾一《あいかわごいち》はおやつを買うためにもらうおこづかいを毎日貯金していたが、おやつを食べないから腹が減って仕方がない。父親が大事にしていたダリヤの球根を、サツマイモと間違ってかじったことさえある。そのとき、父親はひどく怒ったが、級長だった吾一は、こづかいはなるたけ貯金するようにという先生の言葉を、何としてでも守らなくてはと思っていたのである。

ある朝のこと。吾一は学校に遅れるのを気にしながらも、やっぱり京造《きょうぞう》の所に寄ることにした。この近所の者は、みんな京造の所に集まって、それから一緒に学校に行くことになっていたのである。

すでにみんな集まっていたが、吾一は自分が遅れたことは何も言わず、みんなにぐずぐずしていると遅れちゃうぜとせきたてる。

しかし、秋太郎がまだ来ていなかった。しばらく待ってはみたもののなかなか来ないので京造が迎えに行こうと提案したところ、吾一1人だけはみんなから離れて真っ直ぐ学校へと向かう。背中のほうから、点取り虫、おべっかつかいという声が聞こえたが、そんな言葉は足で蹴飛ばしてしまった。

するとしばらくして京造以外のみんなが追いかけてくるではないか。秋太郎の所に行くのは俺だけでいいと京造が言ったというのだ。それを聞いて吾一は、なんだかげんこつで胸元をドカンとやられたような気がしたのだった。

吾一たちは高等小学校の2年生、今の小学6年生に相当する。彼らはこれから中学に進級するか、働くかの分かれ目に立たされていた。勉強のできる吾一は中学に行きたいが、家には行けるだけの金がない。吾一の家では、母親がこつこつ封筒貼りの内職をして、なんとか暮らしていた。父親はろくに家にも帰らず、吾一が貯めた貯金さえ使っていたのだ。

中学に行けない吾一は鉄橋にぶらさがるというやけを起こすが、次野《つぎの》先生にこう諭《さと》される。

「吾一というのは我は1人なり、我はこの世に1人しかいないという意味だ。吾一が

1人しかいないように、一生も一度しかないのだ」

東京に行った吾一、次野先生と再会する

結局、吾一は呉服屋の秋太郎の家に奉公に行くことになった。吾一は呼びにくいというので五助という名前で呼ばれることになり、またこの間まで一緒に学校に通っていた秋太郎のことを「お坊ちゃん」と呼ばなければならなくなった。しかも、朝早くから遅くまで働かされた上に、秋太郎の宿題までやる羽目になってしまう。

そんなある日、母親が亡くなる。吾一は母と暮らした家を引き払い奉公先に戻るが、そこで自分が父親の借金のカタに働かされていることを知る。

そして吾一は、「オヤジの借金なんか耳をそろえて返してやる、東京に行って立派な人間になってやる」と心に決め、用を言いつけられたのをチャンスに汽車に乗って東京へ行くのだった。

東京に着いた吾一は、父親が部屋を借りていたという家で小間使いをしたり、老婆

に無理やり誘われておともらい稼ぎをしたりした。

おともらい稼ぎとは会葬者のふりをして葬式について行き、帰りに引き物をもらう商売である。

ようやく張り紙を見つけてまっとうに印刷所で働くことになった吾一は、そこで偶然、かつての恩師・次野先生と再会する。そして、吾一という名前に対して恥ずかしくない生き方をすることを先生と誓い合うのだった。

作品の背景

◎最初の『路傍の石』は、1937年1月～6月まで朝日新聞に連載された。その後、『新篇　路傍の石』が1938年11月～1940年7月号まで「主婦之友」に連載される。
◎『新篇　路傍の石』は、『路傍の石』を最初から書き直したもの。1940年、『新篇　路傍の石』は検閲干渉のため、連載が中止となる。
◎現在、一般に読まれているのは新篇のほうで、刊行された当初は「主婦之友」連載よりも手前の章で終わっていたが、現在は「新篇」の原型が復刊されている。

人物相関図

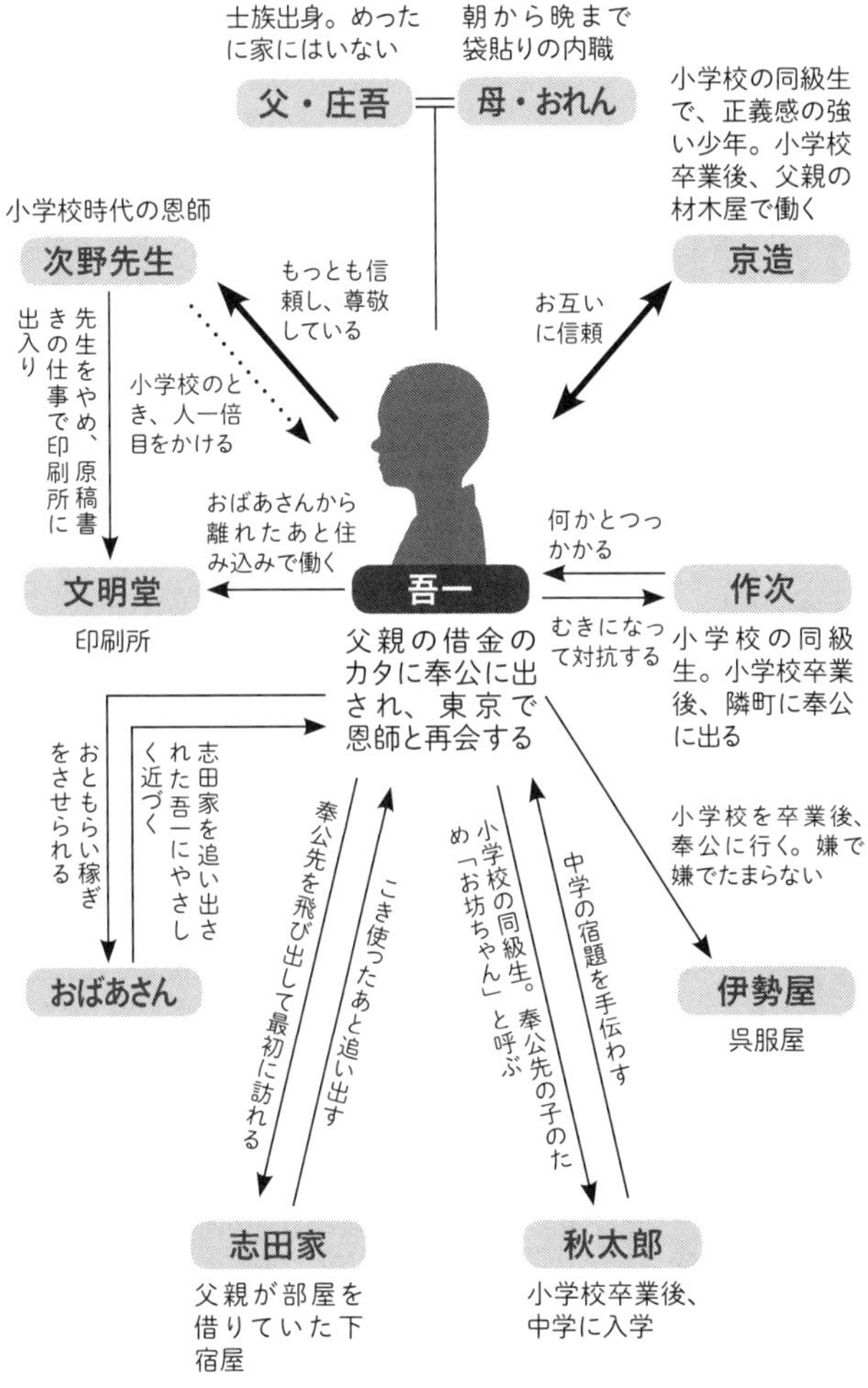

士族出身。めったに家にはいない
父・庄吾
朝から晩まで袋貼りの内職
母・おれん
小学校時代の恩師
次野先生
もっとも信頼し、尊敬している
小学校のとき、人一倍目をかける
先生をやめ、原稿書きの仕事で印刷所に出入り
小学校の同級生で、正義感の強い少年。小学校卒業後、父親の材木屋で働く
京造
お互いに信頼
吾一
父親の借金のカタに奉公に出され、東京で恩師と再会する
おばあさんから離れたあと住み込みで働く
文明堂
印刷所
何かとつっかかる
むきになって対抗する
作次
小学校の同級生。小学校卒業後、隣町に奉公に出る
おともらい稼ぎをさせられる
志田家を追い出された吾一にやさしく近づく
おばあさん
奉公先を飛び出して最初に訪れる
こき使ったあと追い出す
志田家
父親が部屋を借りていた下宿屋
小学校の同級生。奉公先の子のため「お坊ちゃん」と呼ぶ
中学の宿題を手伝わす
秋太郎
小学校卒業後、中学に入学
小学校を卒業後、奉公に行く。嫌で嫌でたまらない
伊勢屋
呉服屋

しろばんば

井上靖《いのうえやすし》

1962年発表

養母の愛情を受けながら、精神的に成長していく少年

井上靖

1907～1991年。北海道に生まれる。父は軍医で各地を転任した。３歳から13歳まで伊豆湯ヶ島で養母かのに育てられた。金沢の第四高等学校時代は柔道の練習にあけくれる。京大哲学科の頃から小説を書きはじめ、卒業後は毎日新聞社に入社。44歳で退社後、本格的に小説を書く。

祖母と2人の自由な生活

「しろばんば」とは、夕闇がたちこめた空間を綿くずでも舞っているように浮遊している白い小さい生きもののこと。このしろばんばが現れる時刻になると、子どもたちの家からは、帰宅をうながす声が聞こえてくる。

しかし、少年である洪作《こうさく》を呼ぶ声はない。洪作と一緒に住むおぬい婆さんは、洪作を好きなだけ遊ばせていたので、洪作は仲間がいなくなるまで遊んでいた。監督者のいない自由な生活だった。

おぬい婆さんは、他界した曾祖父の愛人。曾祖父は彼女の生活や家族の中での位置を安定させるために、洪作の母を分家させて、おぬい婆さんを洪作の養母として入籍させた。

そのような理由で、洪作は豊橋に住む実父母や妹と別れて、5歳のときから伊豆半島の湯ヶ島という小さな山村で、まったく血縁関係のないおぬい婆さんと起居をともにしていた。

本家には、洪作の曾祖母、祖父母、洪作の母の弟や妹たちがいる。洪作とおぬい婆さんは、本家とは離れた土蔵に2人暮らしだった。

おぬい婆さんは洪作のことを、あり余るほどの愛情をもって育てた。生活は質素ではあったが、自然に囲まれ、のびのびとした毎日だった。

実母との生活のあとに残る孤独感

尋常小学校1年生の夏休み、洪作はおぬい婆さんとともに両親のいる豊橋に行く。馬車と軽便鉄道を乗り継いで沼津に1泊し、また汽車に乗り継ぐという長旅。豊橋の町は、洪作にとってなにもかも目新しかった。

久しぶりに会う洪作に、母は厳しい。言葉遣い、食事作法などこと細かに注意し、着いた翌日から毎日2時間ずつ学校の勉強を言い渡すのだった。

母は洪作を豊橋に引き止めようとしたが、おぬい婆さんは猛反対をする。結局、洪作本人の希望で、やはり湯ヶ島に帰ることになった。田舎でののんびり感に慣れた洪作は、都会の生活になじめなかった。

しかし、母と別れるときは、洪作は汽車の窓からいつまでも母に手を振った。両親と離れて暮らす洪作は、やはり心のどこかに孤独を感じざるを得なかった。

幼少年期に得た貴重な経験の数々

成長するとともに、洪作はおぬい婆さんの存在から生じる本家との確執など、複雑な人間関係を肌で感じるようになる。親戚付き合いも多かった洪作は、いろいろな大人に会うたびに、その人なりの考え方や生き方も知る。

そして曾祖母の他界や、可愛がってくれた若い叔母のさき子の他界。一方で、転校生あき子との出会いや、都会の少女たちへのあこがれ。幼少年時代を小さな村で暮らした洪作は、別れや出会いを純粋な感覚で経験する。

やがて洪作は、小学校卒業直前に、父の転任先の浜松に家族で移ることになった。

強気だったおぬい婆さんも年老いて土蔵にこもることが多くなり、洪作がいなくなる前に死にたいと言うようになった。そして洪作が浜松へ行く直前に、ひっそりと息を引き取った。

洪作が村を離れる日、大仁《おおひと》駅の待合室を出ると、映画広告のための楽隊が埃《ほこり》の中で演奏していた。その音楽にはどこか侘《わび》しさがあった。洪作が侘しさというものを感じたのは、はじめてだった。洪作は、そんな感傷を受け取るだけの年齢になっていたのである。

作品の背景

◎1960年1月から1962年12月まで、「主婦の友」に連載された。

◎血のつながりのない祖母に育てられるという、作者の幼少年時代の思い出が描かれた自伝的小説である。実際に浜松で両親と一緒に暮らしていたが、父の転任によって三島の親戚に預けられて沼津の中学に転校する体験を持つ。

◎タイトルの『しろばんば』は、冒頭でその説明がされているように全体の牧歌的な雰囲気を象徴するとともに、洪作を愛し育てたおぬい婆さんの「白い老婆」という意味も込められているのだろう。

◎『しろばんば』と、その続きとして発表された『夏草冬濤《ふゆなみ》』『北の海』は、作者の自伝的小説の3部作といわれる。

人物相関図

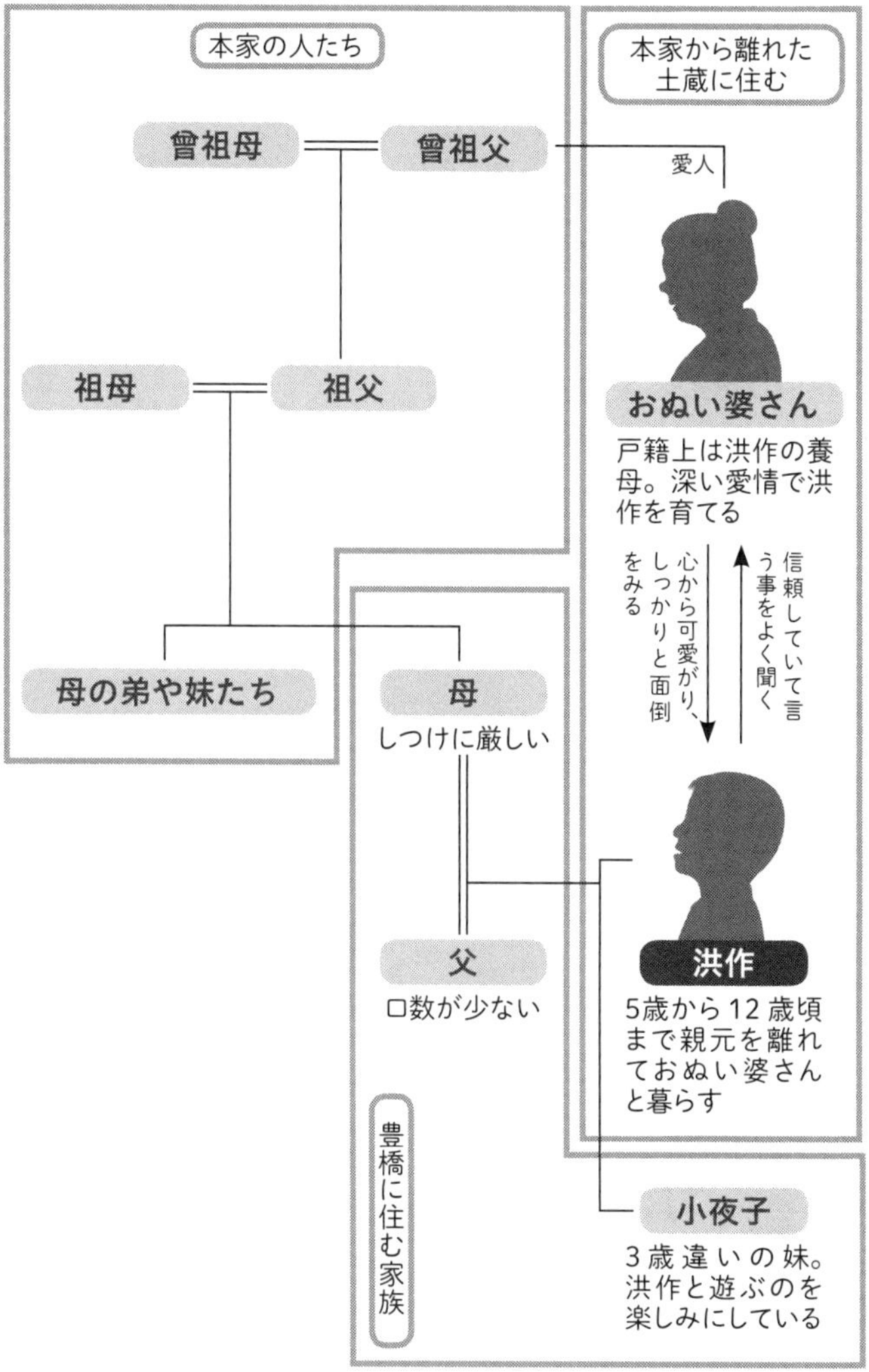

本家の人たち
曾祖母
曾祖父
祖母
祖父
母の弟や妹たち
母
しつけに厳しい
父
口数が少ない
豊橋に住む家族
本家から離れた土蔵に住む
愛人
おぬい婆さん
戸籍上は洪作の養母。深い愛情で洪作を育てる
心から可愛がり、しっかりと面倒をみる
信頼していて言う事をよく聞く
洪作
5歳から12歳頃まで親元を離れておぬい婆さんと暮らす
小夜子
3歳違いの妹。洪作と遊ぶのを楽しみにしている

次郎《じろう》物語《ものがたり》

下村《しもむら》湖人《こじん》

1936年発表

激動の日本を生き抜く少年の成長過程

下村湖人

1884～1955年。佐賀県に生まれる。本名は虎六郎《とらろくろう》。東京帝大在学中から「帝国文学」の編集委員となる。のちに教職に就き台北高等学校の校長も務め、その後も教育者に専念。『次郎物語』の執筆に着手したのは52歳のときで、ほかに『論語物語』『教育的反省』などがある。

家族の愛に飢えた少年時代

本田次郎は生まれてすぐ里子に出され、お浜という乳母《うば》に預けられた。子を幼児期に里子に出すのは実母お民の「孟母三遷《もうぼさんせん》」の教育方針からで、次郎は校番《こうばん》をするお浜の家でのびのびと育つ。

5歳になると次郎は本田家に戻ることになった。だが、はじめて一緒に暮らす実の家族との生活は居心地の悪いもので、次郎を手のつけられない問題児にしてしまう。そのたびに母のお民が叱るのは当然としても、封建的な考え方を持つ祖母の次郎への仕打ちはことさら冷たいもので、それは次郎が大きくなるまで続くのだった。

そんな次郎が母や祖母を慕《した》うはずはなく、兄弟とも折り合いが悪かった。だが唯一自分を理解してくれる父だけは、最初から好きだった。

小学校に入学してからの次郎は相変わらずやんちゃであった。家族との関わりは一進一退を繰り返したが、次郎のわがままは幼児期より影をひそめはじめる。

本田家が経済難に陥り、家を売って町へ引っ越したのは次郎が4年生のときだった。さらに6年生に上がると今度はお民が病気になり、次郎はお民の実家で母の看病をしながら一緒に暮らした。

母はまもなく亡くなった。だが、この短い生活で、次郎ははじめて母の深い愛情に触れたのだった。

人生の師、朝倉先生との出会い

次郎は中学に進学した。学校では持ち前のわんぱくぶりも発揮したが、一方で精神的には変化をみせはじめた。

小学校で出会った恩師の教え。急速に気持ちが通じ合った兄との交わり。これらの出来事は次郎を正義感あふれるたくましい青年へと成長させていく。

特に中学校で出会った朝倉先生の次郎への影響は大きかった。

朝倉は「白鳥会」という生徒との集まりの場を設けており、そこで次郎は朝倉の説く「誠実に生きることの大切さ」に、大きな感銘を受けたのである。

有意義な学校生活を送る次郎にただ1点問題があるとすれば、母の死後に迎えた父の後妻であった。おとなしい継母《ままはは》と次郎はどうにもなじまなかった。そのため次郎は、どうしても彼女のことを「お母さん」と呼べずにいたのである。

日本の行く末と次郎の将来

次郎が中学も5年になった頃、朝倉先生が講演の最中に「五・一五事件」における軍人批判をして、学校を辞めさせられるという事件が発生した。

次郎は仲間と決起し留任運動を起こすが、その行動によって次郎は学校や配属将校ににらまれてしまう。

結局、留任運動は実を結ばなかった。朝倉は次郎たち白鳥会のメンバーに「良心の自由を守るように」との言葉を残し、学校を去る。

さらに、この留任運動騒動の責任を1人で負った次郎もまた中学を退学になった。

次郎は父と相談し、上京して朝倉が開く「友愛塾」を手伝うことにした。

だが「二・二六事件」が勃発し、さらに日本が軍国主義に傾いていく中で、自由な精神を説く塾は厳しい監視の目にさらされた。

次郎は尊敬する朝倉とともに奮闘した。しかし、その一方で密かに思いを寄せていた兄の婚約者の道江への恋心にも頭を悩ませる。

郷里を出て3年半。時勢のこと、恋愛のこと、家族のこと——次郎はこれらの思いにかられながら、自己を見つめるのだった。

作品の背景

◎作品は5部から成る大作で、約20年にわたって段階的に発表された。第1部は1936年から雑誌「青年」で連載が開始されたが、軍国主義の影響を受け一時中断した。

◎特に第1部と第2部の次郎の少年時代は、里子に出され実母と死別した経験のある作者の自伝的要素が強くなっている。

◎作者は第5部のあとがきで「第7部まで書きたい」との希望を表したが、作者死亡により叶わなかった。そういう意味では未完の物語である。予定していた第6部では戦争末期の次郎を、第7部では終戦数年後の次郎を書く予定だった。

人物相関図

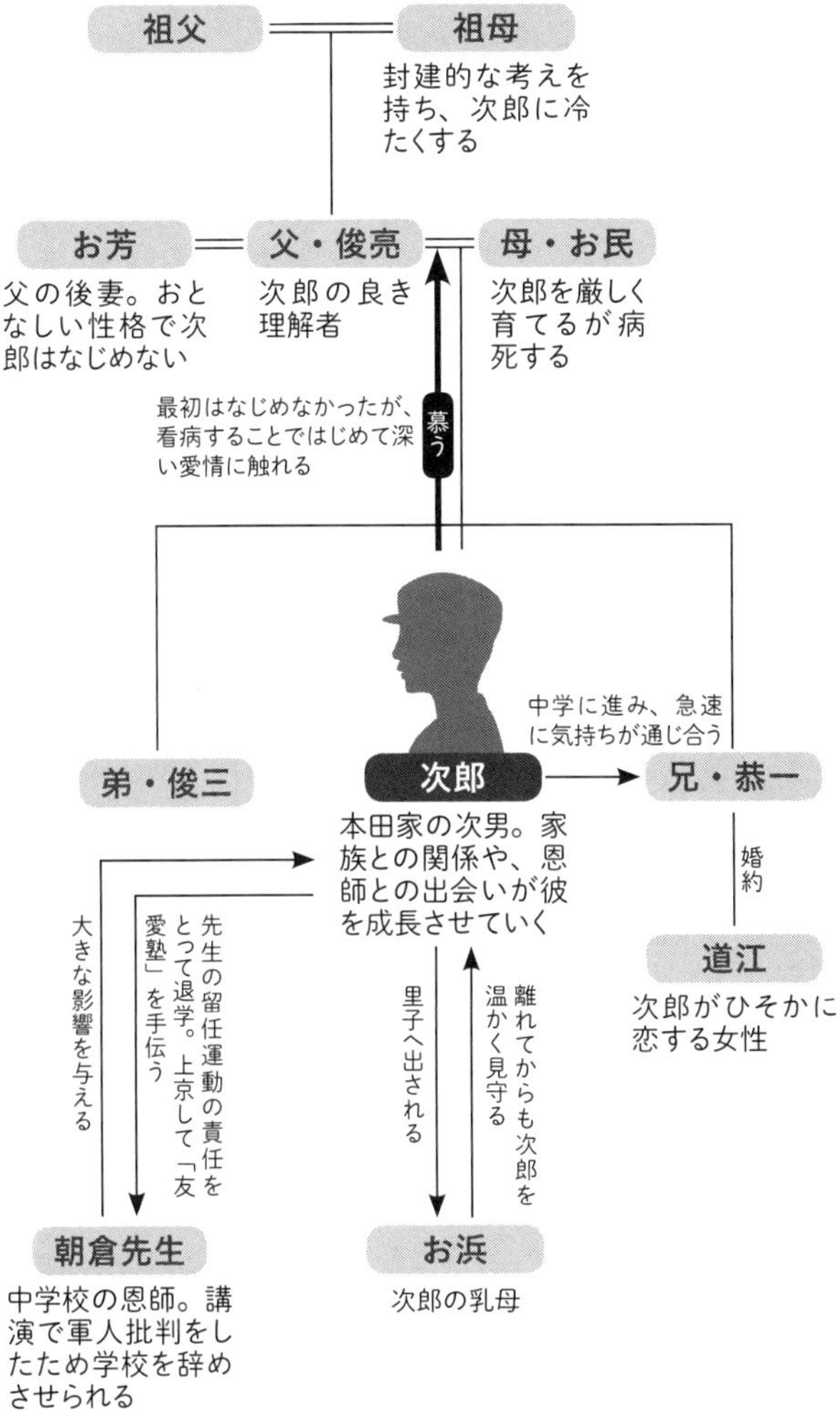

祖父
祖母
封建的な考えを持ち、次郎に冷たくする
お芳
父の後妻。おとなしい性格で次郎はなじめない
父・俊亮
次郎の良き理解者
母・お民
次郎を厳しく育てるが病死する
最初はなじめなかったが、看病することではじめて深い愛情に触れる
慕う
弟・俊三
次郎
本田家の次男。家族との関係や、恩師との出会いが彼を成長させていく
中学に進み、急速に気持ちが通じ合う
兄・恭一
婚約
道江
次郎がひそかに恋する女性
大きな影響を与える
先生の留任運動の責任をとって退学。上京して「友愛塾」を手伝う
朝倉先生
中学校の恩師。講演で軍人批判をしたため学校を辞めさせられる
里子へ出される
離れてからも次郎を温かく見守る
お浜
次郎の乳母

夫婦《めおと》善哉《ぜんざい》

織田《おだ》作之助《さくのすけ》

1940年発表

甲斐性なしの男を支える女の浪花人情物語

織田作之助

1913〜1947年。大阪府に生まれる。劇作家を志すが、フランスのスタンダールに影響を受け『夫婦善哉』で小説家デビュー。『土曜夫人』などの風俗小説が人気を博した。晩年は志賀直哉に代表されるそれまでの私小説を批判した『二流文学論』を発表するなど、無頼派でもあった。

駆け落ちではじまった芸者と放蕩息子の生活

蝶子《ちょうこ》は、大阪の貧しい天麩羅屋《てんぷらや》の娘である。家計を助けるために17歳で芸者になり、持ち前の活発さと愛嬌で売れっ子だったが、あるとき化粧問屋の息子で、妻子のある維康柳吉《これやすりゅうきち》と恋仲になった。

美食家の柳吉はよく蝶子を食べ歩きに連れ出し、蝶子もまたそれが楽しかった。しかし柳吉の家族に蝶子の存在がばれると、2人は駆け落ちしてしまう。

だが2人の心のうちは微妙に違っていた。柳吉は父に侘《わ》びを入れて適当なところで帰るつもりでいたが、一方の蝶子は、2人のこれからのことを真剣に考えていた。

関東大震災に直面し、大阪に戻った2人は家を借りたものの、柳吉に働きはない。おのずと稼ぎ手となった蝶子は芸者仲間のおきんを頼ってヤトナ芸者（宴会での一時芸者）に身を転じた。必死に働いて帰ると、家では柳吉がのんきに昆布を炊いている。その姿を恋しく思いつつも、口では悪態をつく蝶子であった。

蝶子が20歳になった頃、柳吉は蝶子を「おばはん」と呼ぶようになった。相変わらず働きもせず、なけなしの金を手にしては将棋やカフェ通いに精を出す毎日である。

年の暮れ、柳吉はふいに実家へ出かけていった。聞けば妻は籍を抜き、長女は柳吉の実妹が引き取ったという。さらに父は顔を見るなり怒鳴りつけ、蝶子のこともひどく罵倒したというのだ。

蝶子は腹の中でひそかに柳吉の父に向かって呟いていた。「私の力で柳吉を一人前にしてみせまっさかい、心配しなはんな」。

ダメな男を支える日陰者の意地

残してきた娘が気がかりな柳吉は職も続かず、蝶子はヤトナにいっそう身を入れねばならなかった。

それから2人は剃刀屋《かみそり》、関東煮屋《かんとだき》、果物屋と三度商売をやった。どれも蝶子の貯えではじめたが、どれも柳吉が原因で失敗した。

柳吉の実家では実妹の婿が維康家を切り回す段取りになり、柳吉は完全に疎外されていた。柳吉の放蕩《ほうとう》と蝶子の折檻《せっかん》がくり返される日々で、近所では蝶子の恐妻ぶりだけが口の端にのぼった。

柳吉が腸を患って入院したときのことである。別れた娘が、実妹と一緒に見舞いにきた。そこで実妹は蝶子に「父が蝶子の献身さを労《ねぎら》っている」と伝え、金を握らせた。柳吉の父に理解してもらうまで10年かかった。蝶子にとって、このうえない喜びだった。

やがて温泉療養へ行った柳吉が芸者をあげたり、こっそり娘を呼び寄せたりしたときも、蝶子は耐え続けた。支えは自分の甲斐性《かいしょう》、そして柳吉の父に認めさせたいという一念である。

蝶子の苦悶に柳吉が出した答え

柳吉が回復し、2人がカフェを経営している頃、柳吉の父が危篤《きとく》状態に陥った。実家に駆けつける柳吉に蝶子は「どうかふたりの仲を認めてくれるようお願いして」と頼んだが、まもなく父は死んだ。

葬儀への参列も拒否された蝶子は、さすがに絶望して自殺を図る。日陰者の自殺未遂は新聞にも載ったが、柳吉はそれ以来姿を消した。

ひと月後、ひょっこり帰ってきた柳吉は、行方をくらませた理由をあれこれと説明した。そして昔のように「うまいもんでも食いに行こか」と、蝶子を法善寺《ほうぜんじ》境内の夫婦善哉へ誘う。

そこの善哉は夫婦の意味で、1人に2杯ずつ盛られていた。

作品の背景

◎『夫婦善哉』は、現在の天王寺区に生まれた作者が、地元の風景を織り交ぜながら庶民の生活を描いたデビュー作。「オダサク」の愛称で知られる作者は、大阪など関西を舞台にした作品にこだわり続けた。

◎作品のモデルは作者の2番目の姉・千代と、その夫・虎次だといわれている。

◎柳吉が蝶子を連れて食べに行く「うまいもん」の店は、作者も通い詰めた実在の店が多く登場する。特に難波《なんば》千日前《せんにちまえ》の「自由軒」は大のお気に入りだった。

人物相関図

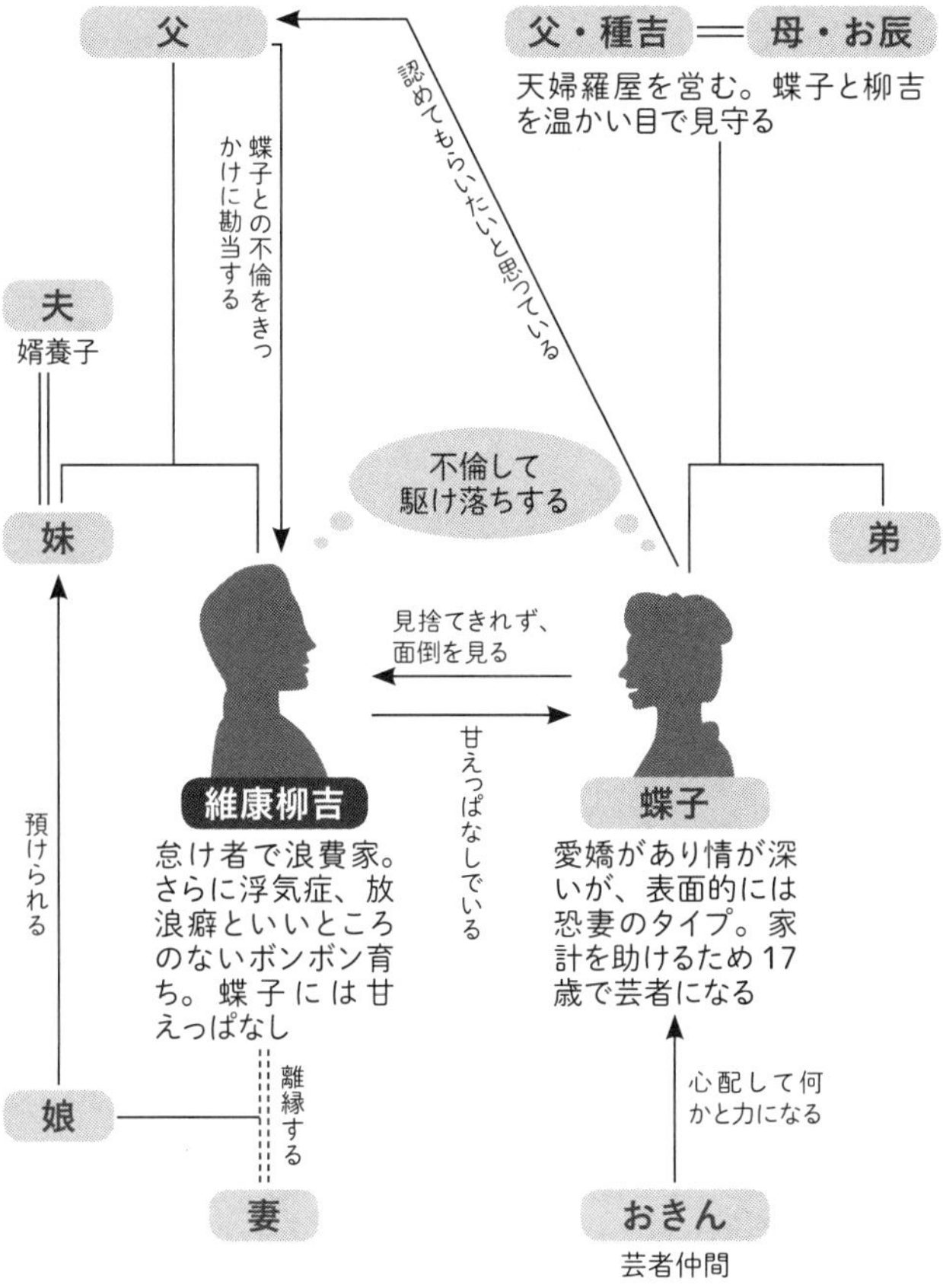

父
父・種吉
母・お辰
天婦羅屋を営む。蝶子と柳吉を温かい目で見守る
認めてもらいたいと思っている
蝶子との不倫をきっかけに勘当する
夫
婿養子
妹
不倫して駆け落ちする
弟
見捨てきれず、面倒を見る
甘えっぱなしでいる
維康柳吉
怠け者で浪費家。さらに浮気症、放浪癖といいところのないボンボン育ち。蝶子には甘えっぱなし
蝶子
愛嬌があり情が深いが、表面的には恐妻のタイプ。家計を助けるため17歳で芸者になる
預けられる
離縁する
娘
妻
心配して何かと力になる
おきん
芸者仲間

生《うま》れ出《い》づる悩《なや》み

有島武郎《ありしまたけお》

情熱と貧しさの間で苦悩する青年への人間愛

1918年発表

有島武郎

1878～1923年。東京都に生まれる。学習院中等科を経て札幌農学校卒業後、アメリカへ留学。帰国後、雑誌「白樺」の創刊と同時に文学活動を開始する。『カインの末裔《まつえい》』などで人気作家となり、『小さき者へ』『或る女』などを発表した。1923年、軽井沢で人妻と心中し、45歳の生涯を閉じる。

すばらしい画才を持った少年と私の出会い

私がはじめて「君」に会ったのは札幌に住んでいた頃だった。中学生の君は作家である私を訪ねてきて、ぶっきらぼうに自分の描いた画を見てもらいたいと言う。そして、片手では抱えきれないほどの油絵や水彩画の中から数枚の画を私に見せたのである。

そのとき私は、君を高慢ちきな若者だと思ったが、画をひと目見て驚かずにはいられなかった。幼稚な技巧ではあったものの、その画には不思議な力が篭《こも》っていた。中でも軽川あたりの泥炭地を写した晩秋の風景画は、今でも私の心に残っている。そこには鋭敏な色感と、少年とは思えないような重い憂鬱が感じられたのだ。

私が褒めると、君は赤くなって顔を背《そむ》けてしまったが、突然、画の欠点はどこかと聞いてきた。

私がいくつかの指摘をすると、しばらくして君は「また持って来ます。今度はもっといいものを描いて来ます」と言う。その声が素直な明るい声だったので、私は君を邪推したことを悔いた。

聞くと君は東京の学校に通っていたが、事情があって郷里の岩内《いわない》に帰ると言う。

そして君からは、その後1、2度手紙が来ただけで消息が途絶えてしまった。

魚臭い3冊のスケッチ帖と、青年になった君との再会

それから時が経ち、私は札幌を離れ、妻を迎えて3人の子どもの父となった。そして君の記憶はだんだんと薄れてきたが、文学者として悩む私の念頭に浮かぶのは、いつも君の面影だった。

やがて君と出会ってから10年が経ったある日、私の元に干魚臭い包みが送られてくる。中にはどれも鉛筆で描かれたスケッチ帖が3冊入っていた。

その画は明らかに北海道の風景で、本物の芸術家のみが描き得る深刻な自然の肖像画だったのである。私は思わず微笑んだ。

その晩、君から1通の手紙が届く。そこには現在は故郷で貧乏漁夫をしており、毎日激しい労働に追われて、つい今年まで画を描けなかったことが記されていた。私は君に会いたくなり、それから1週間と経たないうちに北海道へ向かった。君は健康的で筋肉質な若者に成長していた。再会した私たちは夜中まで楽しい会話を続け、今までの君の生活を知ることになる。

芸術への想いと貧しさの狭間でたくましく生きる君への想い

10年前、君は東京への遊学の道が絶たれていた。そして故郷へ帰ると、岩内港はさびれていた。父と兄妹がせっせと働いても一家の衰勢はどうにもならない状態だった。君も芸術への熱意を抱きながら生活の渦に巻き込まれ、生きるために精力の限りを尽くさなくてはならなかった。

私は東京に帰ってから、君の生活を想像して文章に写し出してみたくなった。あるときは吹雪のために君の漁船は転覆し、またあるときは画を描くことを漁師仲間から笑われる。そして君はとうとう自殺さえ考えてしまうのだ。

私は君が漁夫として一生を過ごすのか、それとも芸術家として働くのがいいのかわからない。だが、この地球上の君と同じ悩みを持って苦しんでいる人たちに最上の道が開かれることを祈った。

地球は生きて呼吸している。私はこの地球の胸の中に隠れて生れ出でようとするものの悩みを、君から感じることができる。冬のあとには春が来る。君の上にも春が来ることを私は心から祈る。

作品の背景

◎有島武郎は『小さき者へ』『生れ出づる悩み』を発表する2年前に父と妻を前後して亡くし、そこから作家生活へ専念する。この頃から創作意欲も旺盛となり、代表作を次々と発表した。
◎『生れ出づる悩み』は、苦悩する青年に向けた人間愛にあふれる人道主義的な作品。
◎主人公のモデルとなった木田金次郎は、岩内で生涯を過ごしながらも有島との出会いから画を続けることを決意した実在の人物である。有島の死後、木田は家業である漁業を辞めて画家に専念した。

人物相関図

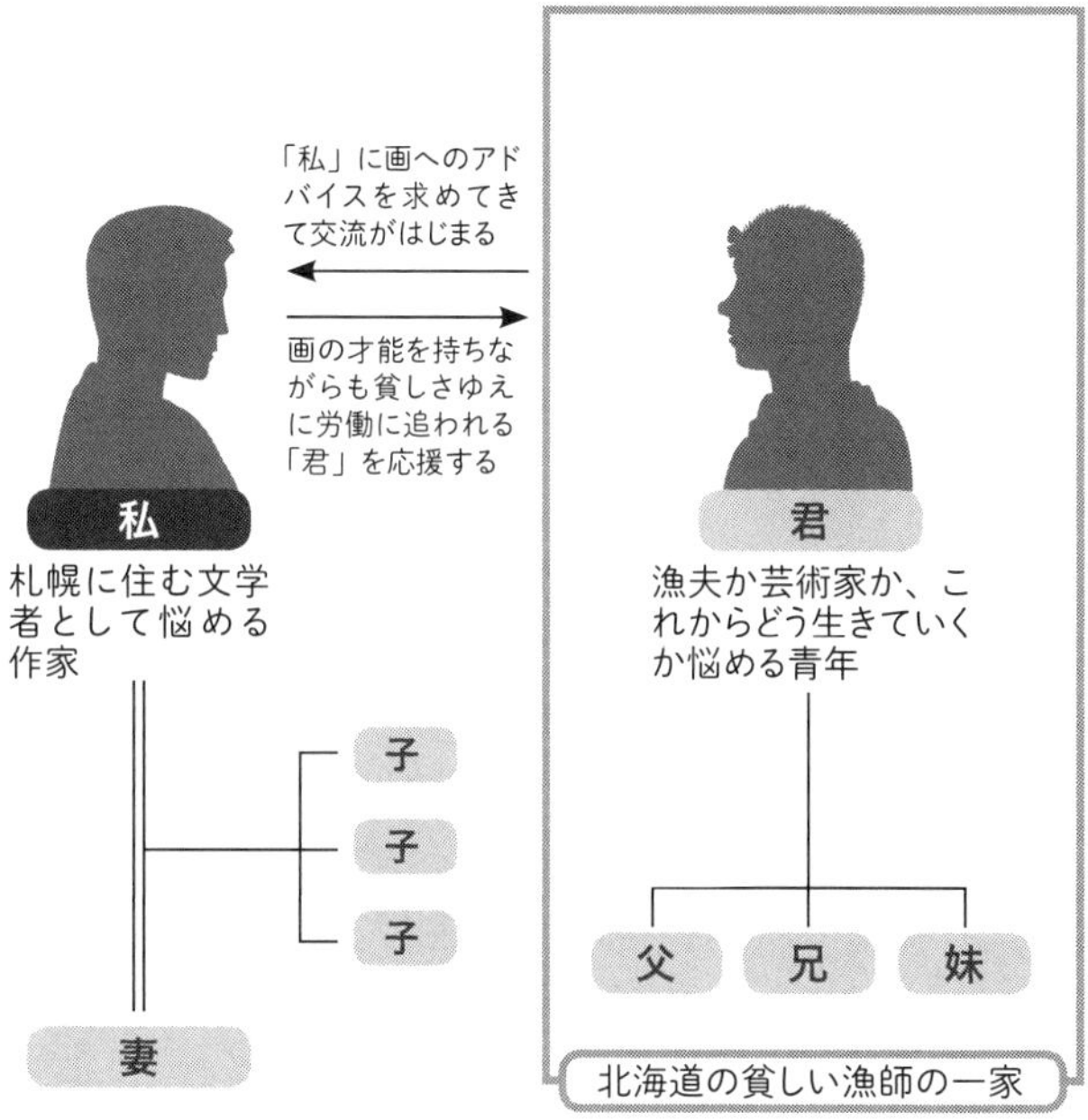
「私」に画へのアドバイスを求めてきて交流がはじまる
画の才能を持ちながらも貧しさゆえに労働に追われる「君」を応援する
私
札幌に住む文学者として悩める作家
子
子
子
妻
君
漁夫か芸術家か、これからどう生きていくか悩める青年
父
兄
妹
北海道の貧しい漁師の一家

〈第三章〉

さまざまな愛のかたちを描いた物語

伊《い》豆《ず》の踊《おどり》子《こ》

川端康成《かわばたやすなり》

1926年発表

踊子の清純な心に、青年の孤独は癒されていく

川端康成

1899～1972年。大阪市に生まれる。一高を経て東京帝国大学国文科を卒業。卒業後「文芸時代」を創刊し、『伊豆の踊子』を発表して叙情的な作風で注目を集める。その後『雪国』『古都』などの名作を書き、日本人ではじめてノーベル文学賞を受賞するが、創作力の衰えから自殺した。

伊豆で出会った踊子に心惹かれる私

私は20歳で伊豆を1人で旅していた。修善寺に1泊、湯ヶ島に2泊し、天城峠に近づいたところで、ひとつの期待に胸をときめかして道を急いでいた。

大粒の雨が打ちはじめ、駆けて峠の茶屋に入った私は入り口で立ちすくんでしまった。予感は的中したのだ。そこで旅芸人の一行が休んでいる。

踊子が座布団を差し出してくれたが、驚きで私は「ありがとう」という言葉も出なかった。踊子は古風な形に髪を結い、卵形の凛々《りり》しい顔をしている。踊子の連れは40代の女が1人、若い女が2人と、25、26歳の男が1人だ。

私はこれまで2度、彼女たちを見ていた。明日は天城を越えて湯ヶ野に向かうだろうと推測して、彼女たちを追いかけて来たのである。

茶屋を出てしばらくすると、私は踊子たちと一緒になった。連れの男と話すうちに一行が大島から来て、これから下田に向かい伊東温泉から島に帰るのだとわかった。

私は男と話をし続けて親しくなり、思いきって一緒に旅をしたいと言うと、彼は喜んだ。

やがて彼らの泊まる木賃宿《きちんやど》につくと、踊子がお茶をいれてくれた。踊子は私の前に座ると真紅《まっか》になり、手をぶるぶる震わせてひどくはにかんだので、私は驚いた。

旅芸人たちと違う宿に移った私の耳に、夜になると外から太鼓の音が聞こえてきた。見ると芸人たちが料理屋に呼ばれているのがわかった。踊子が宴席で太鼓を打っていると思うと、私の胸は明るんだ。太鼓の音が止むとたまらなかった。

やがて追いかけっこをしているような音が聞こえて、静まり返った。私は踊子が今夜、汚れてしまうのではないかと悩ましかった。

踊子たちは、私の歪んだ心をほぐしていき…

翌朝、旅芸人の男と朝湯に入っていると、向かいの共同湯から突然全裸の女が走り出してきた。両手を伸ばして私たちに何かを叫んでいる。踊子だった。私たちを見つけて真裸で伸び上がるほど、踊子は子どもだった。娘盛りのように装わせていたので、私は踊子を17歳くらいだと思い違いをしていたのだ。

私たちは段々親しくなった。男は栄吉、若い女は女房の千代子、40代の女は千代子の母、もう1人の若い女は雇いの百合子、そして踊子は栄吉の実の妹で薫《かおる》という。

旅芸人に対する好奇心も軽蔑も含まない私の好意は、彼らの胸に染み込んでいくようだった。

栄吉と少し先を歩いていると女たちが、私を「いい人ね」と噂をしているのが聞こえた。私は瞼《まぶた》の裏が微《かす》かに痛んだ。自分の性質が孤児根性で歪んでいると反省を重ね、息苦しい憂鬱に耐えきれないで伊豆の旅に出てきたからだ。

下田に入ると私は旅費がなくなり、翌朝には船で帰らねばならなくなった。踊子が私に活動写真に連れて行ってほしいとせがんだが、千代子の母が承知しなかった。

窓から夜の町を眺めていると、遠くから微かに太鼓の音が聞こえてくるような気がして、わけもなく涙が落ちた。

出立の朝、栄吉は私を送りに来てくれたが、女たちは昨夜寝たのが遅くて起きられないという。

だが船乗場に着くと、踊子がいた。昨夜のままの化粧が私を感情的にした。

汽船は下田を出て、船室で横になっていると涙がぽろぽろ出た。

私は、どんな親切でも自然に受け入れられるような、美しい空虚な気持ちになっていた。

作品の背景

◎川端康成は1歳のときに父を、2歳のときに母を亡くし孤児となってしまう。その後、祖父に引き取られるが、祖父も15歳のときに亡くなって、今度は叔父に引き取られる。

◎第一高等学校へ入学した川端は、かねてからの自分の孤児根性を気にしていた。そして1918年の秋、19歳のときに伊豆へはじめて旅行をし、旅芸人の一行と出会う。そのときの体験を川端の孤独な感性と美しい情景描写で美化して描いたのが『伊豆の踊子』で、初期の代表作である。

人物相関図

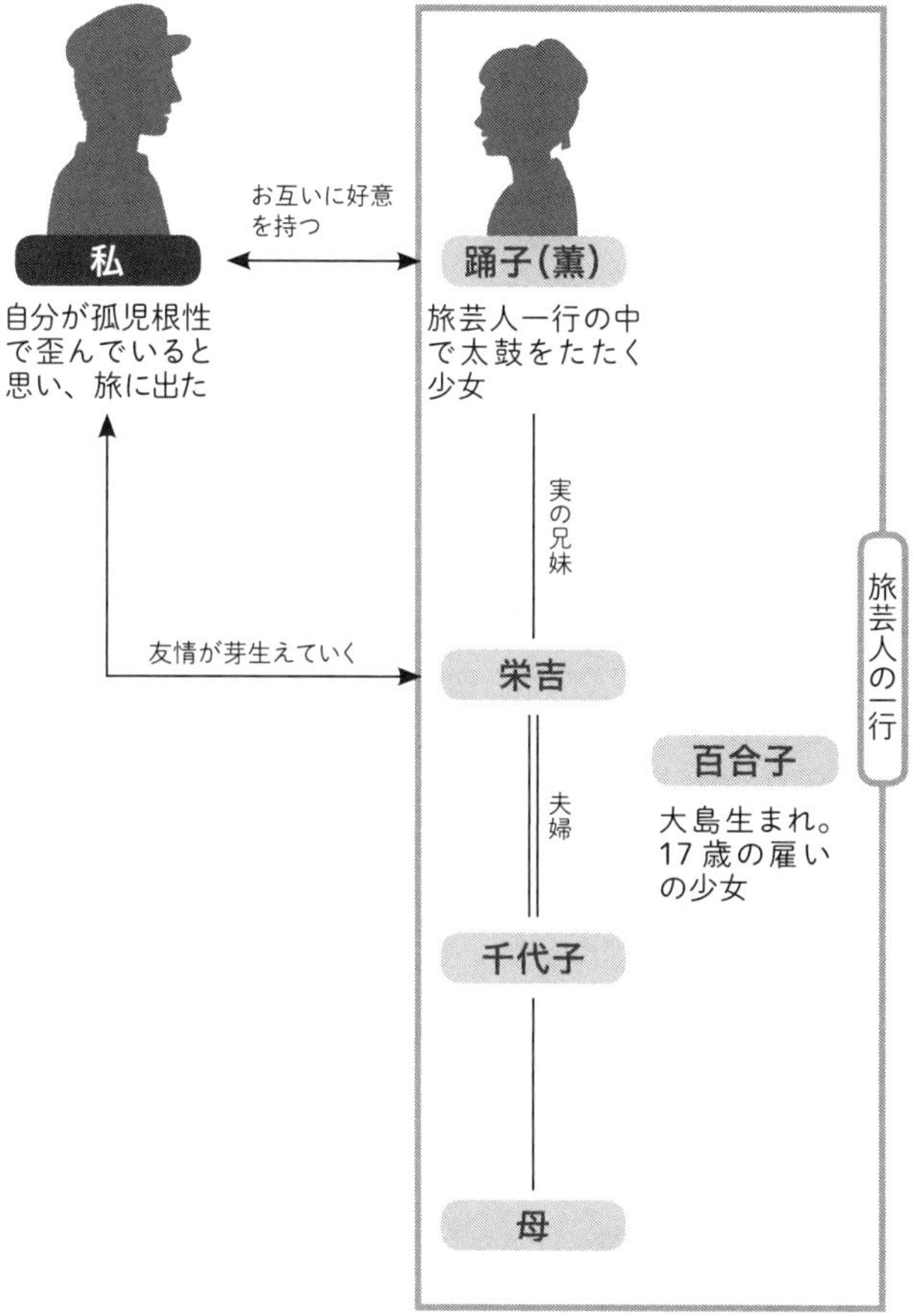
私
自分が孤児根性で歪んでいると思い、旅に出た
お互いに好意を持つ
友情が芽生えていく
踊子(薫)
旅芸人一行の中で太鼓をたたく少女
実の兄妹
栄吉
夫婦
千代子
母
百合子
大島生まれ。17歳の雇いの少女
旅芸人の一行

にごりえ

樋口《ひぐち》一葉《いちよう》

1895年発表

自らの境遇を嘆く娼婦の運命をリアルに描く

樋口一葉

1872～1896年。東京都に生まれる。本名は奈津（夏子とも書く）。15歳で歌塾に入門、父の死後は母と妹を養うために作家を志す。19歳で半井桃水に師事し、『闇桜』でデビューした。女性の悲哀や性に材を求め『大つごもり』『たけくらべ』などを発表するが、24歳の若さで病死した。

不倫から身を引いた銘酒屋の看板酌婦

お力《りき》は新開地の銘酒屋《めいしゅや》「菊の井」の一枚看板である。美人だが行儀は悪く、それでいて客を惹きつけるのがうまい。そのため仲間うちからは陰口を叩かれたりもするが、付き合ってみれば案外優しいところもあり、同性から見ても気持ちのいい女だった。

お力はかつて源七《げんしち》という男と恋仲だった。源七は羽振りのいい蒲団屋《ふとんや》だったが、菊の井に財を使い果たし、お力と別れてからというものすっかり落ちぶれ、今は町はずれの長屋で妻のお初《はつ》と子と暮らしている。

お力にしても仲間が源七の話をすると、もう忘れたとうそぶき、道行く男に声をかけては客相手に酒をあおる日々だった。

ある日、お力は結城朝之助《ゆうきとものすけ》という上等な客と出会う。結城は会ったその日からお力に興味を抱き、身の上を根掘り葉掘り聞き出す。だが、お力はかわすばかりで取り合わず、ただ面白おかしく相手をするだけだった。

人知れぬお力の心の闇とは

そのうち結城は週に何度も通ってくるようになった。結城には決まった勤めも妻子もないらしく、自分のことを道楽者だという。

お力のほうも結城を気に入っているようで、少し足が途絶えると手紙を出したりもする。仲間はいい男をつかまえたと囃《はや》したてた。

あるとき、お力に未練を残す源七が下座敷にやってきた。源七は今も自分の人生を狂わせたお力が忘れられずにいる。しかしお力は会おうともせず、今は結城の夢ばかりを見る惚れっぽい女だと自嘲《じちょう》するのだった。

しかし、お力も実は寂しい女だった。人前では気の強い素振りをするが、人知れぬところではしのび泣いたりもする。

「我戀《わがこい》は細谷川《ほそたにがわ》の丸木橋わたるにや怕《こわ》し渡らねば」

盆の16日、お力は賑わう座敷でそこまで謡いかけて、突然町へ飛び出し自暴自棄になった。

理由あってこんな場所へ流れてきたが、白粉《おしろい》を塗りたくり町の人から白鬼《しろおに》と呼ばれる、これが果たして自分の一生なのだろうか。自分も父や祖父のように丸木橋を渡らねばならないのだろうか……。

不安に発狂しそうになりながら町をさまよい歩くお力を呼び止めたのは結城だった。盆の夜に結城と会う約束をしていたことすら、すっかり忘れていたのである。

悲しい性に縛られた女の憶測を呼ぶラスト

お力は結城に今まで語らなかった身の上を話しはじめた。

お力の家は貧しく、父も祖父も変わり者のままに死んだ。自らもまた7つの頃から狂ったような気になっており、3代続いたもの狂いだから仕方がないと語り終えると、寂しく笑った。

結城は「お前はそのままで思いきってやれ」と諭《さと》した。だが、お力は打ちしおれるままだった。

その頃、源七はいまだお力のことを想い、お初との不和が続いていた。そこへ子どもが、お力に買ってもらったという菓子を手に帰ってきた。そのことがきっかけでお初は子どもを連れ、とうとう家を出てしまう。

盆が過ぎた頃、新開地からふたつの棺が出て行った。ひとつは源七、もうひとつはお力である。お力は背中から剣で斬られ、源七は切腹した。

源七が血迷ったのか、それとも心中なのか、町では噂が飛びかったが、誰も真相を知る者はなかった。

作品の背景

◎一葉は若くして逝去したため作家としての生活はたった4年だったが、初期は擬古典主義、続いて浪漫主義の作風へと移行し、明治を代表する女流作家として絶大な評価を受けた。
◎『にごりえ』は傑作短編であるとともに、読む人によってさまざまな解釈がなされる難解作。文中では言及されていないお力の源七に対する心情が論争の的。
◎師である半井桃水に失恋した経験を持つ一葉が、遊郭などで働く女性の悲哀に共感して書いたと想像される。

人物相関図

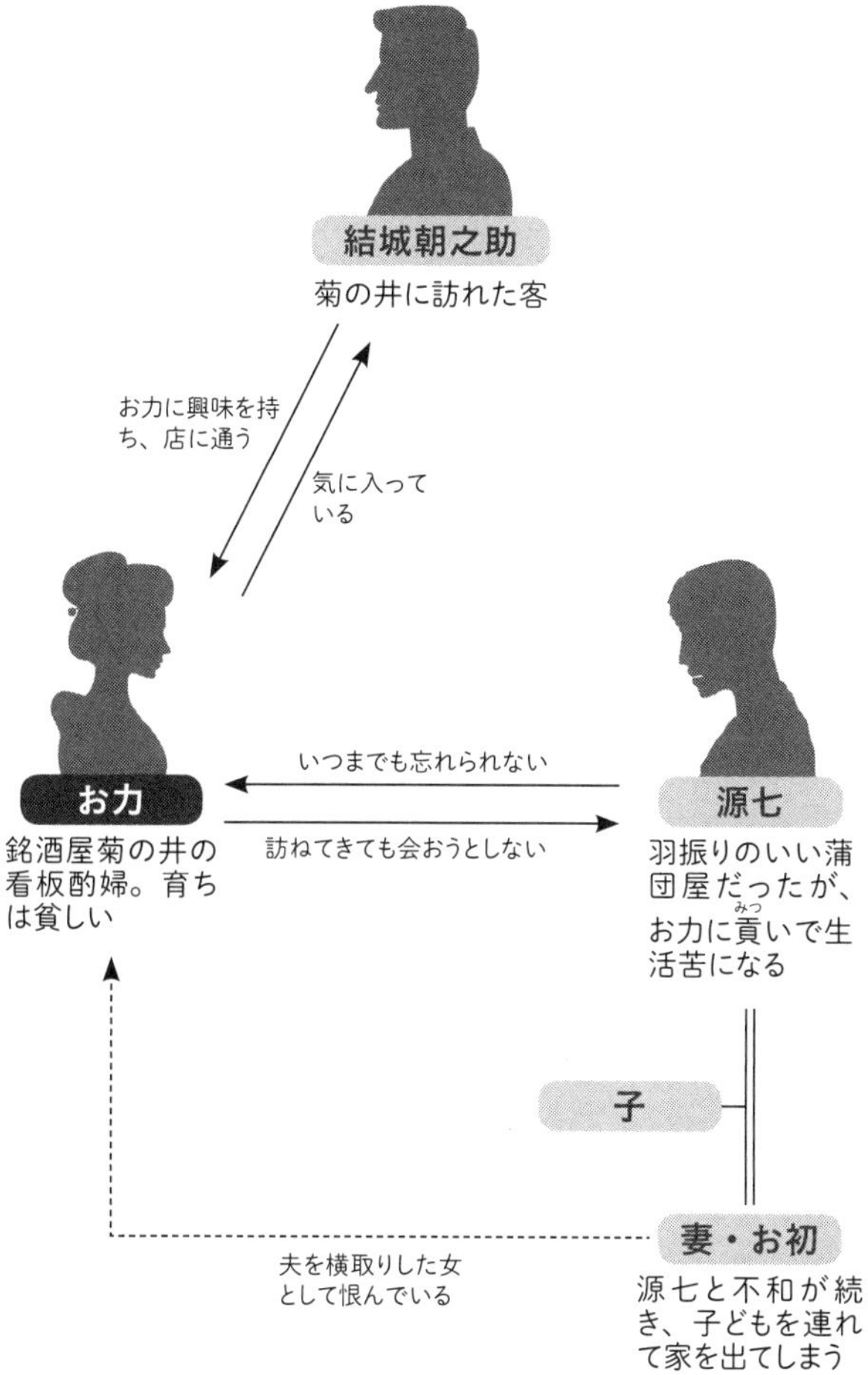
結城朝之助
菊の井に訪れた客
お力に興味を持ち、店に通う
気に入っている
お力
銘酒屋菊の井の看板酌婦。育ちは貧しい
いつまでも忘れられない
訪ねてきても会おうとしない
源七
羽振りのいい蒲団屋だったが、お力に貢《みつ》いで生活苦になる
子
妻・お初
源七と不和が続き、子どもを連れて家を出てしまう
夫を横取りした女として恨んでいる

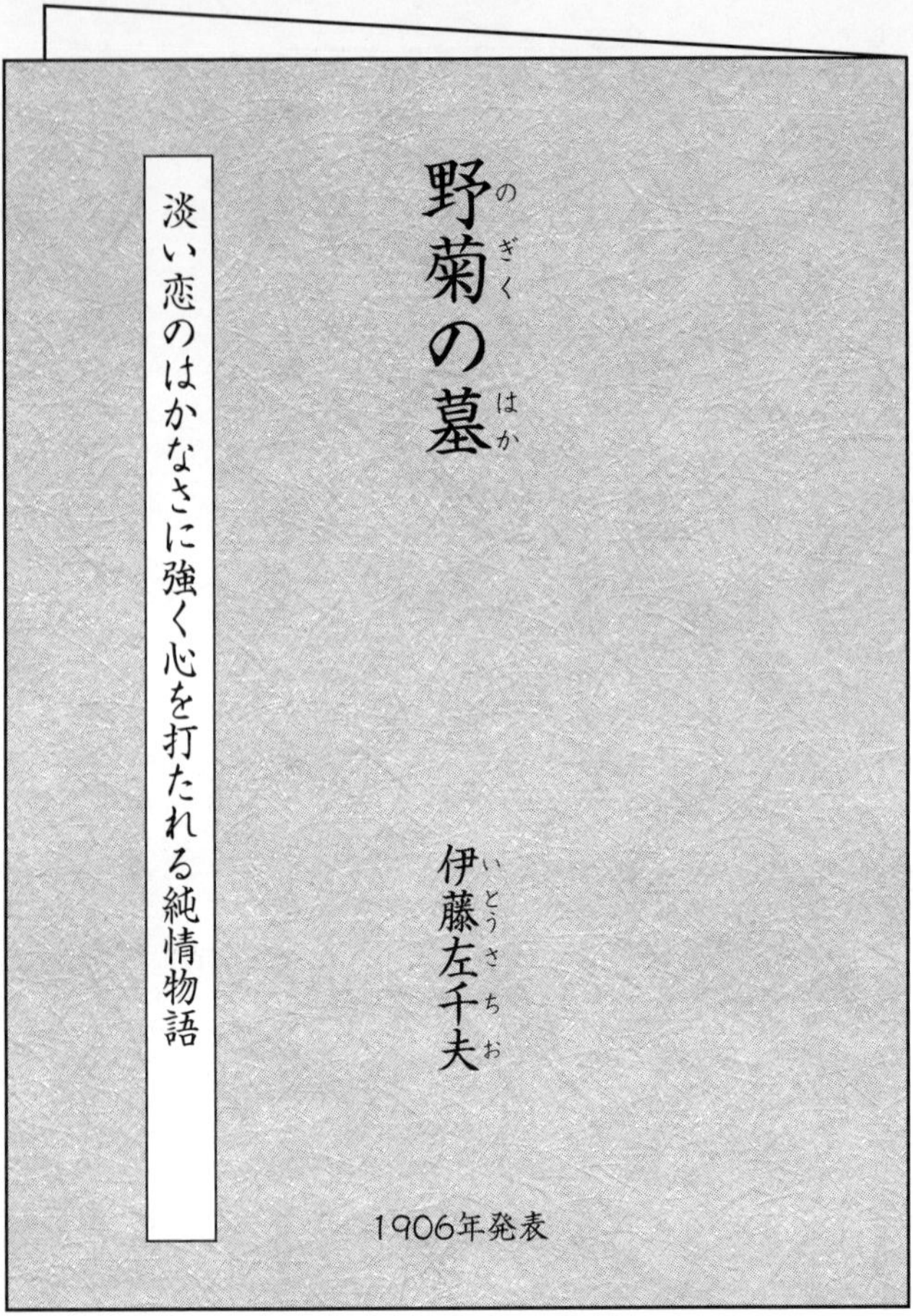

野《の》菊《ぎく》の墓《はか》
伊《い》藤《とう》左《さ》千《ち》夫《お》
1906年発表
淡い恋のはかなさに強く心を打たれる純情物語

伊藤左千夫

1864～1913年。千葉県に生まれる。本名は幸次郎。明治法律学校を眼病のため中退。その後、短歌を学び正岡子規に師事、「馬酔木」「アララギ」などの雑誌を創刊した。酪農業を営む傍ら『野菊の墓』『分家』などを発表。晩年には作家理論として「叫びの説」を主張した。49歳で死去。

恋心へと発展した幼なじみの淡い思い

「後《のち》の月という時分が来ると、どうも思わずにはいられない。（中略）もう十年余《よ》も過ぎ去った昔のことであるから、細かい事実は多く覚えていないけれど、心持ちだけは今なお昨日のごとく、その時のことを考えてると、全く当時の心持ちに立ち返って、涙が留めどなく湧《わ》くのである」

斎藤政夫《さいとうまさお》は当時、松戸に住む中学進学を控えた15歳の青年だった。政夫の家にはふたつ年上のいとこである民子《たみこ》が奉公に来ており、2人は幼い頃から大の仲良しだった。政夫の母も民子を我が子のようにかわいがっていたが、兄嫁や手伝いのお増《ます》の忠告もあり、あるとき2人を呼びつけ注意を促した。

民子は政夫より歳上で、政夫は学業に専念しなくてはならない年頃である。仲が良過ぎては、世間に妙な噂が立つと言うのだ。

実際それまでは、まだ邪念もやましいことも何もない間柄だったが、この出来事が

2人に淡い恋心を意識させた。家の者の前ではお互いよそよそしくするが、心の中では日増しに思いが募るようになったのである。

「民さんは野菊のような人だ」……、人目を忍んだ純情な告白

中秋《ちゅうしゅう》の名月、政夫と民子はともに山畑に綿《わた》採りに出かけることになった。1日一緒に過ごせる喜びを隠しながら2人は村をバラバラに出て、村はずれで落ち合う。

道行く途中に野菊が咲いていた。民子は自分は野菊の生まれ変わりではないかと思うくらい、この花が好きだと言う。

「(中略)……道理でどうやら民さんは野菊のような人だ」

そう言った政夫もまた、野菊が大好きだと告げた。

今度は民子がりんどうの花を指して「政夫さんはりんどうのような人だ」と返し、自分もりんどうが好きになったと言った。

こんな他愛のない会話に喜びを感じながら帰宅すると、家では2人を引き離すため

の相談が行われていた。その結果、母は政夫に予定より早く学校へ上がれと命令し、まだ半人前の政夫はそれに盲従するしかなかったのである。

思いもよらなかった永遠の別れ

政夫は前の晩に民子に恋文のような手紙を残し、矢切《やぎり》の渡《わた》しから船で旅立った。見送りに来た民子は美しく、しかしやつれていたようにも見えた。

学校でも民子のことばかりを考え続けた政夫は、やっと冬に帰省した。だがそこに民子の姿はなかった。その直前、民子は兄嫁によって実家に帰されていたのである。

この頃にはすっかり民子に同情していたお増の話によれば、政夫が旅立ってからというもの、民子は政夫との結婚を諦めるように日がな小言《こごと》を言われ続け、お増に泣きついていたのだという。

政夫は民子を不憫《ふびん》に思って泣いた。しかし民子の実家を訪ねるのも決まりが悪く、そのまま学校へ戻り夏休みには帰省もしなかった。

そして1年後、民子が嫁いだことを聞かされた。このとき、政夫は不思議と平静でいられた。心の中では民子とつながっていると信じていたからである。

だが次に帰省したとき、民子が嫁ぎ先で流産し、そのまま死んだことを知る。死の床で民子が握りしめていたのは、政夫の写真と手紙だった。

民子は野菊に囲まれた墓に眠っている。政夫は今でも中秋の名月が来ると、民子を思い出さずにはいられないのだった。

作品の背景

◎伊藤左千夫の処女作で、雑誌「ホトトギス」に掲載された中編小説。従来の観念的な文章を排し、ありのままの描写を重んじる写生文（正岡子規が提唱）が特徴。夏目漱石が「自然で淡白で可哀相で美しくて野趣がある」と評した。

◎作者の自伝とも伝えられるが、そのモデルは定かではない。旧家族制度の無理解が生んだ悲しい男女の運命は、不変的なテーマを持つ青春小説としての地位を確立した。

人物相関図

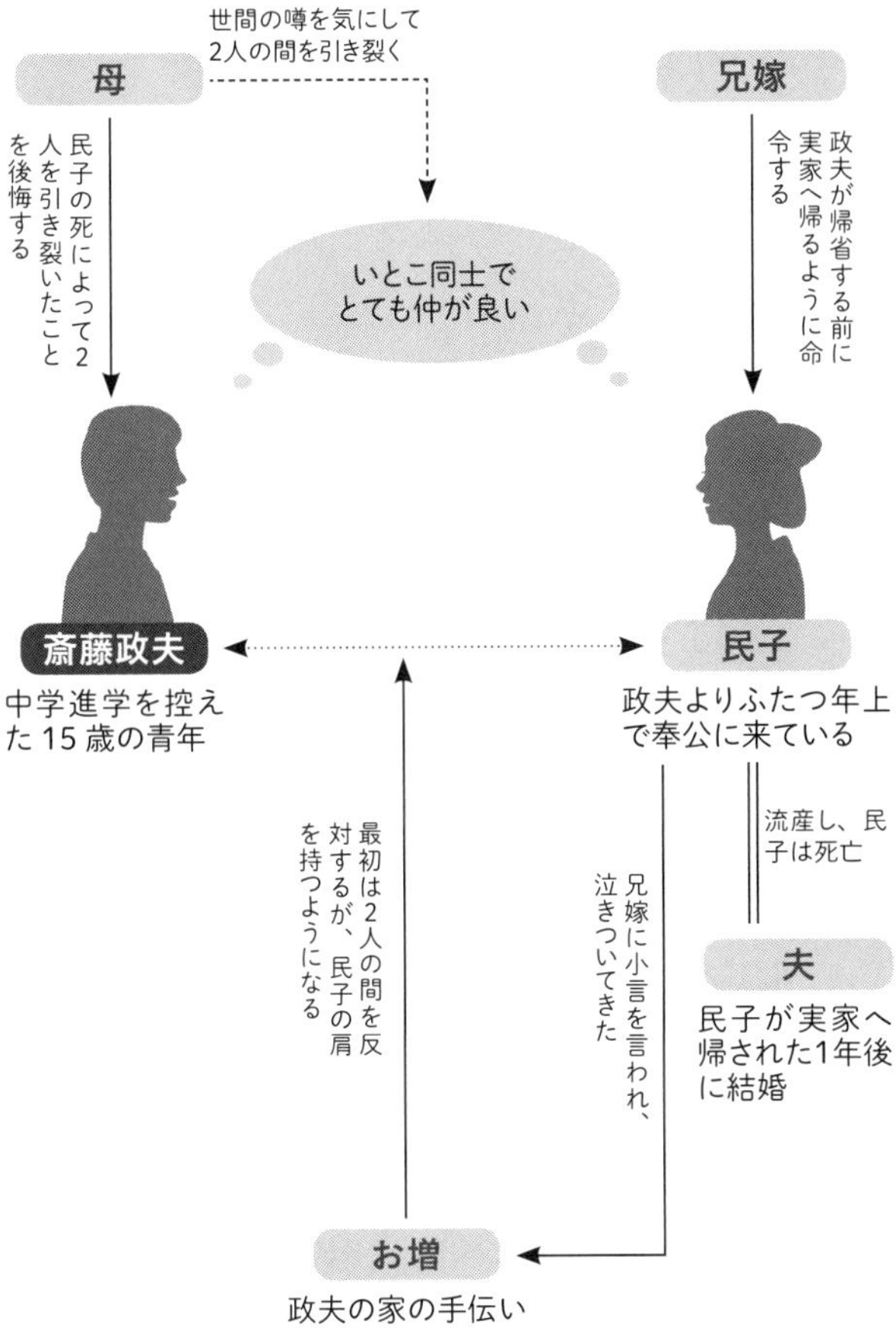
世間の噂を気にして
2人の間を引き裂く
母
兄嫁
民子の死によって2人を引き裂いたことを後悔する
政夫が帰省する前に実家へ帰るように命令する
いとこ同士でとても仲が良い
斎藤政夫
中学進学を控えた15歳の青年
民子
政夫よりふたつ年上で奉公に来ている
流産し、民子は死亡
夫
民子が実家へ帰された1年後に結婚
兄嫁に小言を言われ、泣きついてきた
最初は2人の間を反対するが、民子の肩を持つようになる
お増
政夫の家の手伝い

雁《がん》

森鷗外《もりおうがい》

1911年発表

偶然に左右された薄幸の女性と医学生のはかない恋

森鷗外

1862〜1922年。島根県に生まれる。本名は林太郎。東大医学部を卒業後、22歳でドイツに留学。医学、文学の両面において、西洋の文化を取り入れようとした。多数の詩や小説を翻訳し、自らの作品も発表する。萎縮腎《いしゅくじん》のため60歳で死去。

岡田は1人の女性と出会う

僕は医科大学の学生で、上条《かみじょう》という下宿屋に住んでいる。隣人はやはり医科大学の学生で、僕よりひとつ年下の岡田という男である。

人付き合いの苦手な僕だが、岡田とは何度か古本屋で顔を合わせるようになり、親しく付き合うようになった。

岡田は体格のよい美男子で、下宿屋の主人にも評判がよい。遊ぶときには遊ぶが派手な金遣いはせず、規則正しい生活を送っていた。

彼の決まった行動のひとつに、夕食後の散歩がある。道筋もだいたい同じで、いくつかあるルートのどれかを古本屋を覗きながら歩くのだった。そして、いつものように散歩をしていたある日、無縁坂《むえんざか》で岡田は1人の女性と出会う。

銭湯帰りらしいその女性は、細面の美しい人だったが、家に帰り着く頃には、岡田はすっかり忘れてしまった。しかし、2日後にまた無縁坂に散歩に出かけたとき、ふと女性のことが思い出され、家の前まで行くと、窓から彼女が微笑んでいた。

それ以来、岡田が家の前を通るたびに顔を合わせるようになる。岡田は偶然なのかそうでないのか悩むが、やがて彼女は自分を待っているのだと判断し、会釈をするようになった。

高利貸の囲われ者だったお玉

岡田が出会った女性の名はお玉《たま》。高利貸を営む末造《すえぞう》の妾《めかけ》である。末造は大学の小使いをしていたが、学生に50銭、1円と貸しているうちに高利貸に転身したのである。口うるさくて醜い女房に辟易《へきえき》していた末造は、ある娘を思い出した。かつて近所に住んでいた貧しい飴細工屋のひとり娘お玉である。縁談が持ち上がったこともあったが、相手に妻子があることが発覚して破談になり、相変わらず父娘2人暮らしを続けていた。

お玉の消息をつかんだ末造は、人を介して妾にならないかという話を持ちかける。

最初は断ったお玉も、年老いた父親に楽をさせてやれるということで承知をした。

やがて、お玉は末造が世間から嫌われている高利貸だと知る。そんな男に囲われ、後ろ指を指されることが、お玉には悔しくてならない。表面上は従順につつましく振る舞うお玉だが、心は次第に末造から離れていった。

かなうことのなかった2人きりの逢瀬

ある日、お玉が飼っている紅雀《べにすずめ》が蛇に襲われることがあった。そこに通りかかった岡田は蛇退治をしてやり、はじめてお玉と言葉を交わす。これをきっかけにお玉の心は急速に岡田へと傾いていく。だが、お礼も言えぬままの日々が続いた。

末造の来訪がないとわかった日、お玉は岡田と親しくなろうと、彼がやって来るのを心躍らせて待つ。しかし、やって来た岡田は1人ではなかった。下宿のまかないに苦手なサバのみそ煮が出てきたため、僕が岡田を外食に誘っていたのだ。

何も言えずに彼を見送ったお玉は、帰りの道に期待を寄せるが、帰りはさらにもう

1人の学生まで一緒だった。不忍池《しのばずのいけ》で岡田が投げた石が偶然に雁に当たってしまい、それを肴に飲むことになったからだ。

顔を赤くして通り過ぎる岡田をお玉は名残《なごり》惜しそうに見つめていた。岡田はドイツの大学に誘われており、明日には下宿を出ていく。

岡田とお玉はこれっきり会うことはなかった。

作品の背景

◎『雁』は全部で24章からなる。1〜21章までは雑誌「昴」に1911年9月〜13年5月まで連載。この間、19章までいったところで半年の休載に入っている。22〜24章は1915年に単行本化されるときに加筆され完成した。

◎女主人公であるお玉は『ヰタ・セクスアリス』にも芸者として登場する。彼女は実在の人物で、お玉のような気丈な女性を鷗外は好んで描いた。

◎明治の末に『雁』『青年』というふたつの長編を仕上げた鷗外は、乃木大将の殉死をきっかけとして、以後、歴史小説に転向した。

人物相関図

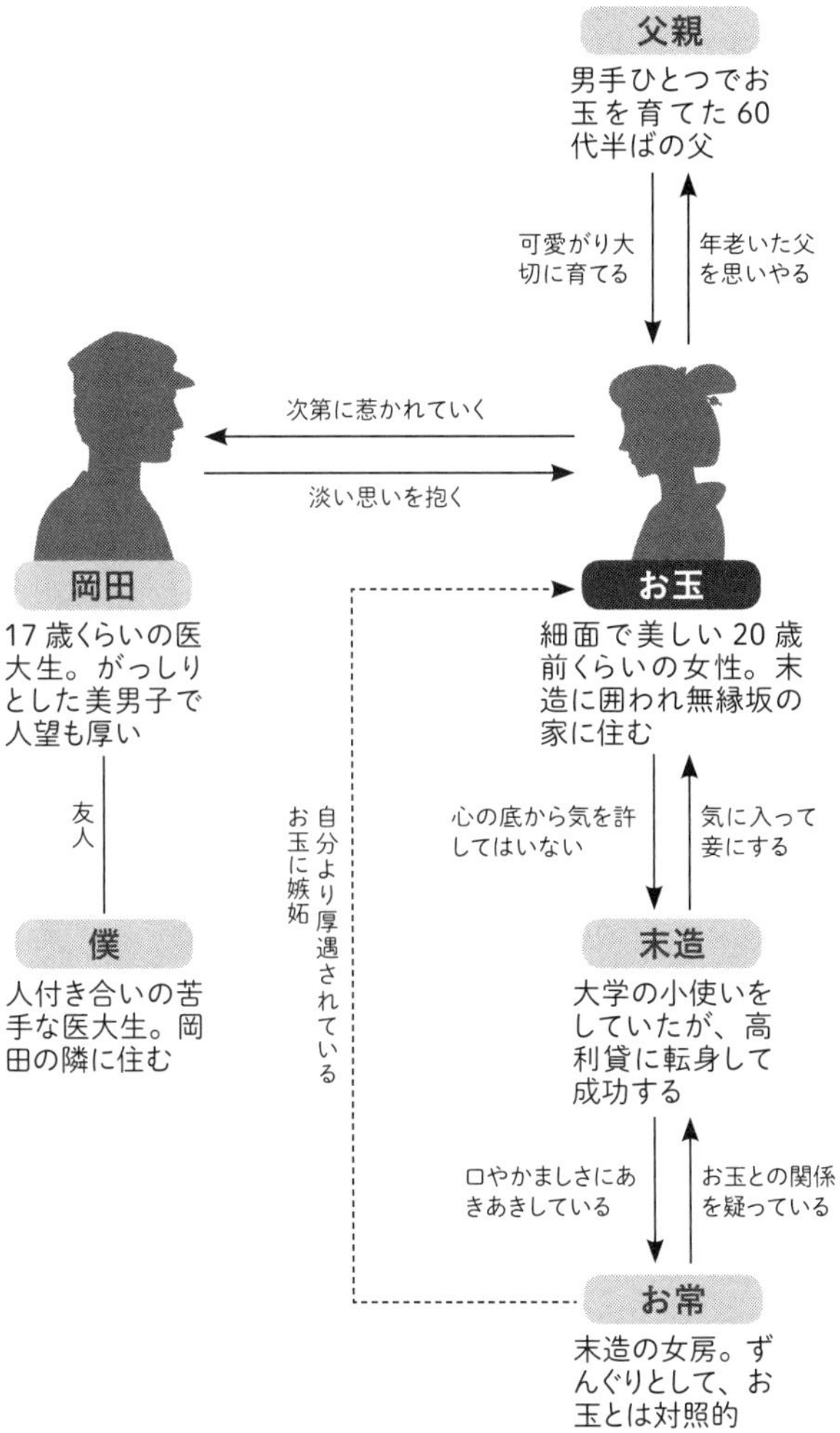
父親
男手ひとつでお玉を育てた60代半ばの父
可愛がり大切に育てる
年老いた父を思いやる
次第に惹かれていく
淡い思いを抱く
岡田
17歳くらいの医大生。がっしりとした美男子で人望も厚い
友人
僕
人付き合いの苦手な医大生。岡田の隣に住む
自分より厚遇されているお玉に嫉妬
お玉
細面で美しい20歳前くらいの女性。末造に囲われ無縁坂の家に住む
心の底から気を許してはいない
気に入って妾にする
末造
大学の小使いをしていたが、高利貸に転身して成功する
口やかましさにあきあきしている
お玉との関係を疑っている
お常
末造の女房。ずんぐりとして、お玉とは対照的

蒲団《ふとん》

田山花袋《たやまかたい》

1907年発表

中年男が門下生の娘に持った恋の悩み

田山花袋

1871～1930年。群馬県に生まれる。本名は田山録弥《ろくや》。家計を助けるため、小学校の学業半ばで働きに出たが、その後復学すると漢詩文などを学び才能を発揮する。島崎藤村と並ぶ自然主義文学の代表的作家。『田舎教師』『一兵卒』『妻』などの作品も残している。

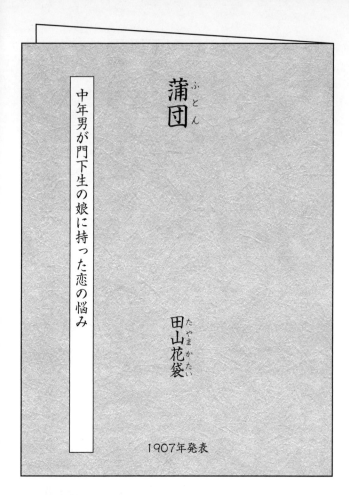

中年の文学者に若い女性が師弟関係を求めた

竹中時雄は出版社の嘱託《しょくたく》を務める文学者である。地理の本の編集を行っていたが、毎日が同じことの繰り返しで、仕事にも家庭にも深い倦怠感を感じていた。

そんなとき、備中新見町《びっちゅうにいみまち》に住む神戸女学院の生徒の横山芳子から「先生の門下生になりたい」という手紙が届いた。

しばらくは返事も出さず相手にもしないのだが、何度も手紙を受け取るうちに時雄は彼女の志に動かされ、ついに芳子の入門を許すことにした。

父に連れられて上京してきた芳子はとても美しかった。彼の心はときめき、ドイツの劇作家ハウプトマンが書いた、妻と若い恋人の三角関係に悩む物語、『寂しい人々』の主人公に自分を重ね合わせて上機嫌だった。

最初は自分の住む家に彼女を同居させ、麹町の某女塾に通学させるのだが、1か月も経たぬうちに周囲から若い娘と同居することに強い反対の声が上がり、やむなく軍人未亡人の妻の姉の家に預けることにした。

芳子を奪われて苦しみ悩む時雄

事件はそれから1年半ほどして起きる。芳子が病気になって帰省した際に、彼女は京都の同志社の学生である田中秀夫と恋に落ちてしまうのである。

その後、芳子の病気が回復して2人は京都の嵯峨で2日ほど遊び、芳子だけが東京に帰ってくる。時雄はそれを知ると激しく嫉妬し、そして懊悩《おうのう》するのだ。

それまで時雄と芳子の関係は、単に師弟の間柄としてはあまりに親密で、2人の様子を観察した第三者からは「芳子さんが来てから時雄さんの様子はまるで変わった」と言われるほどであった。

汚れた夜着に顔を押しつけて泣く

時雄は師という自分の立場から恋を告白できず、毎日のように酒に溺れ、正体を失うほど酔いつぶれる日々が続く。

ある日、とうとう芳子の後を追いかけて田中が上京してきた。2人の間は以前にも増して深くなっていたのだ。

しかし時雄は師弟の間柄を意識するあまり、自分が芳子に恋する気持ちとは裏腹に、いつの間にか芳子と田中の関係を温かく見守る保護者としての態度を示さなければならなくなっているのである。

1人になると自分の気持ちが抑えられない時雄はさらに嫉妬に狂い、罪のない妻に当たり散らしては酒におぼれるのだった。

そして田中と芳子を別れさせるため、時雄はついに「これ以上、彼女の監督はできません」と父親に長い手紙を書き、芳子を故郷に連れて帰ってもらうように頼むことにした。

慌てて上京してきた父親は時雄とともに田中に会い、京都に帰るように説得するのだが、彼の態度は煮えきらないものだった。話し合いの結果、もはや娘を連れて帰るしかないと判断した父親は、芳子に荷造りをさせる。

だが最後の別れ際になっても、時雄は芳子が自分の妻になるような日が来ないものかと空想してしまうのだ。彼女が帰った翌日から時雄には再び寂しく荒涼たる生活が待っていた。

しばらくして芳子から礼状が届くと、時雄は雪深い田舎町に居る芳子の姿を思い浮かべ、たまらなくなって2階の部屋に上がった。

そして芳子が使っていた蒲団を引き出すと、汚れたままの夜着に顔を埋めて泣くのであった。

作品の背景

◎小説の内容は自らの体験を赤裸々に綴っているが、ちょうど同じ時期に島崎藤村の『破戒』などが発表され、ありのままの自分を表現するという新しい文学の手法として話題となった。しかしモデルとなった岡田美千代から抗議が寄せられ、社会的にも批判を浴びた。
◎作品が書かれた時代は日清戦争と日露戦争の間にあたり、世相は非常に暗かった。特に国力増強の名の下に資本主義体制が敷かれていたため、貧富の差が激しく、主人公が抱える日常生活への倦怠感も先が見えない当時の世の中を反映している。そういった時世に不倫をテーマに書いたことで社会の注目を浴びた。

人物相関図

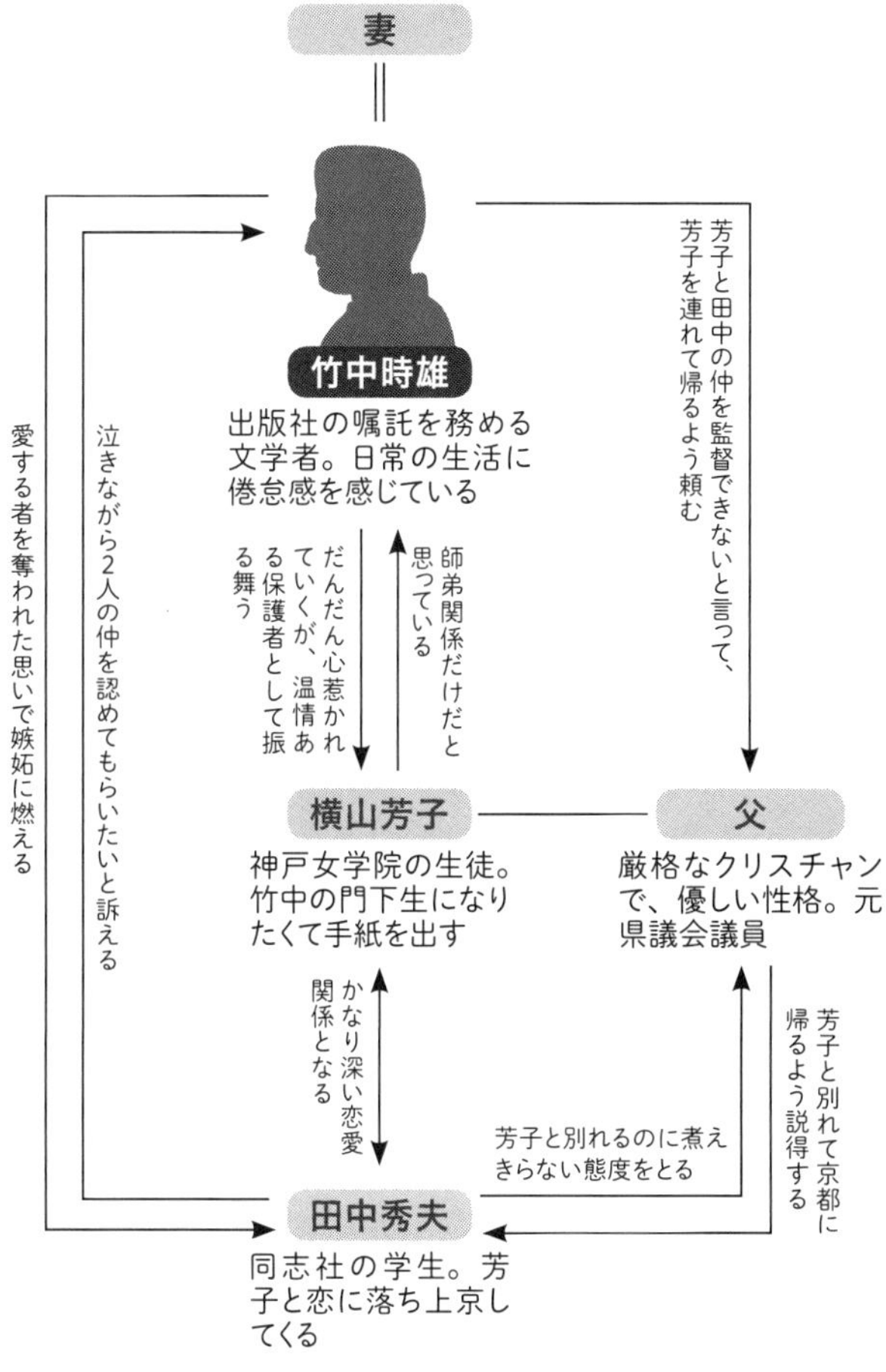

妻
竹中時雄
出版社の嘱託を務める文学者。日常の生活に倦怠感を感じている
芳子と田中の仲を監督できないと言って、芳子を連れて帰るよう頼む
愛する者を奪われた思いで嫉妬に燃える
泣きながら2人の仲を認めてもらいたいと訴える
師弟関係だけだと思っている
だんだん心惹かれていくが、温情ある保護者として振る舞う
横山芳子
神戸女学院の生徒。竹中の門下生になりたくて手紙を出す
父
厳格なクリスチャンで、優しい性格。元県議会議員
かなり深い恋愛関係となる
芳子と別れるのに煮えきらない態度をとる
芳子と別れて京都に帰るよう説得する
田中秀夫
同志社の学生。芳子と恋に落ち上京してくる

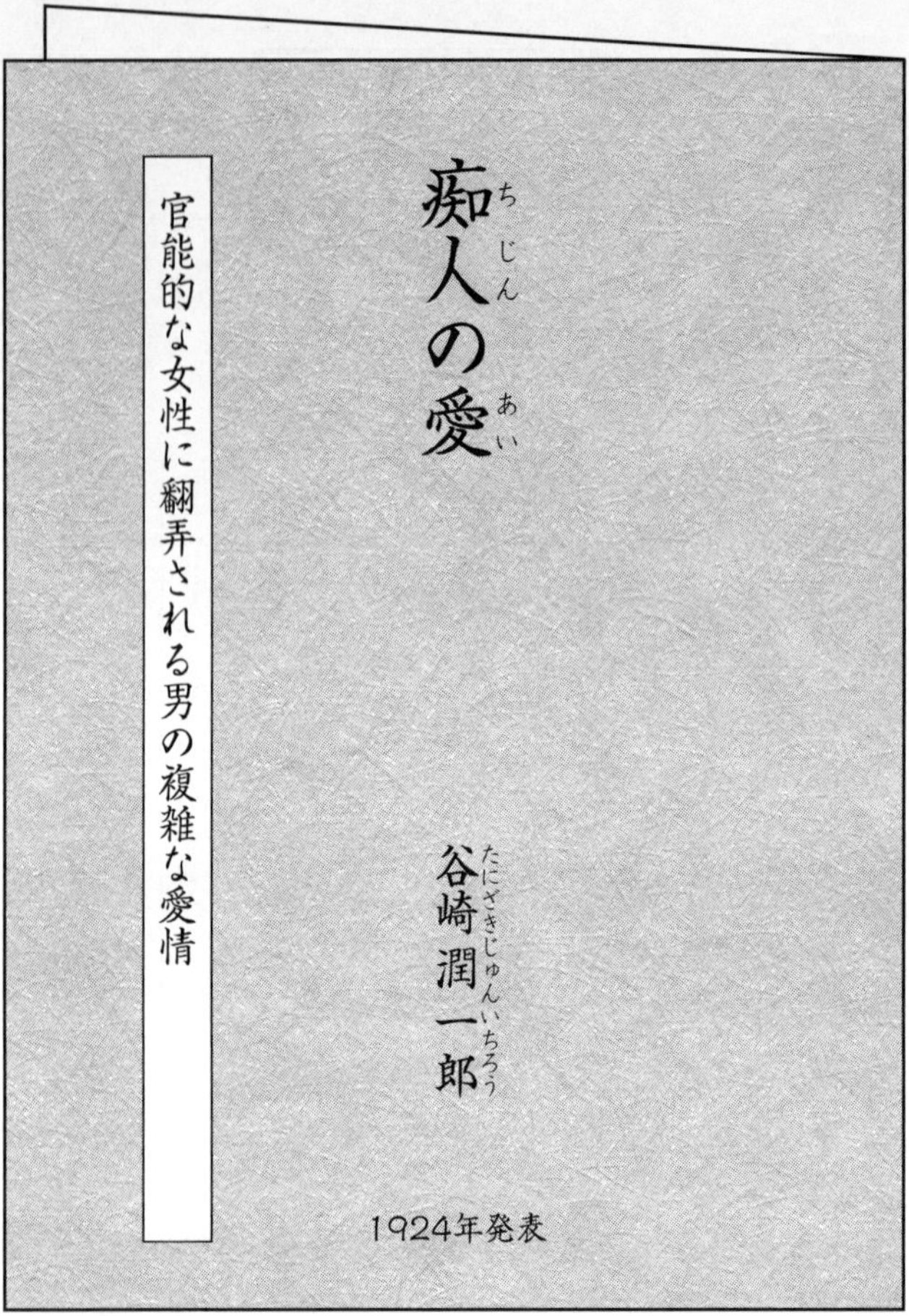

痴人《ちじん》の愛《あい》
谷崎潤一郎《たにざきじゅんいちろう》
1924年発表
官能的な女性に翻弄される男の複雑な愛情

谷崎潤一郎

1886～1965年。東京の日本橋に生まれる。家は裕福な商家だったが、事業の失敗により中学からは苦学の連続だった。東大も授業料未納のため退学。しかし、永井荷風から絶賛されたことにより作家として認められる。耽美的な作品や日本の伝統美を表現した作品を残す。

実直な河合が惹かれた1人の少女

河合譲治《かわいじょうじ》は電気会社に勤める技師である。月給150円の1人暮らし、親へ仕送りをする必要もないため、かなり楽な生活を送っていた。会社では君子《くんし》とあだ名されるほど堅実、真面目な性質で、模範的なサラリーマンである。女性と交際することもなく、たまに活動写真や演劇を見に行ったり、散歩をするくらいが娯楽だ。

ごく常識的で突飛なことなど嫌いな河合だったが、結婚に対してだけはかなり進歩的な考え方を持っていた。面倒な手続きを踏むのではなく、もっと自由な形の結婚を望んでいたのである。

河合が28歳だったある日、浅草のカフェでナオミとはじめて出会う。ナオミは数えで15歳になったばかりの小娘で、ウェイトレスの見習いのような仕事をしていた。河合はまずナオミというハイカラな名前に惹かれ、彼女を観察するようになる。顔立ちはどことなく西洋風で、たいそう利発そうに見えた。ときどきナオミを食事や映画に誘うようになり、やがて自分の元に引き取って、英語と音楽を習わせてやるようになった。

ナオミの肉体的魅力に溺れていく

一緒に暮らしはじめた頃のナオミは、河合を馬にして背中に乗ったり、鎌倉へ泳ぎに行ってはしゃいだり無邪気だった。河合も彼女を慈《いつく》しみ、いつも身体を洗ってやったほどである。河合はナオミのわがままを何でも聞いていた。

しかし、次第に彼の心の中には失望と愛情がせめぎ合うようになる。立派な女性に仕立て上げようとしたのに、英語はまったく上達しない。思っていたほど彼女は賢くなかったのだ。だが、肉体的には美しさが増し、河合はナオミにますます溺《おぼ》れていく自分をどうしようもなかった。

あるとき、ナオミはダンスが習いたいと言い出す。シュレムスカヤ夫人というロシア人が教えてくれるというのだ。ナオミに押しきられるような形で河合もダンスを習うことになる。そこには、ナオミの友人である浜田や熊谷という男性たちもいた。

彼らとダンス・ホールへ行ったり、男たちが家に遊びに来たり、ナオミの生活は奔《ほん》放《ぽう》になっていく。河合は一抹の不安を感じながらも、まだナオミを信じていた。

ナオミの虜になった河合の選択

その夏、2人は思い出のある鎌倉へ行くが、ここでナオミの嘘が発覚することになる。近くに熊谷の別荘があり、彼と会うために鎌倉へ来たのだ。しかも、浜田とも関係があったことが判明する。

正直にすべてを告白し、本当にナオミを愛していたことのわかる浜田の態度には、河合も親近感を覚えた。

ナオミは二度と過ちは犯さないと誓ったものの、その後も熊谷と逢引をしていた。これに怒った河合はナオミを家からたたき出すが、ナオミがいなくなったことに耐えられず、浜田の手を借りて行方を探す。浜田は河合にナオミが男友達のところを転々としているという行状を伝え、彼女を諦めたほうがいいと諭した。
河合がすべてを諦めようとしているところへ、突然ナオミがやって来る。彼を誘惑するような素振りを見せたかと思うと、ぴしゃっとはねつけ、河合の心は翻弄《ほんろう》される。ついに、何でもいうことを聞くという条件のもと、ナオミは戻ってくる。河合はナオミに服従する生活を選んだのだった。

作品の背景

◎『痴人の愛』は、1924年3月から「大阪朝日新聞」に連載された。しかし、検閲当局に目をつけられ、連載は中止になる。続きは11月から雑誌「女性」に掲載され、完結とともに単行本化された。
◎ナオミのモデルは、妻の妹のせい子だといわれている。結婚して2年後、妻とは別居生活に入り、谷崎はせい子と同棲するようになる。しかし、谷崎が中国大陸を回る長い旅から帰ってみると、せい子は芸妓になっていた。のちに谷崎が映画のシナリオを手がけたとき、彼はせい子を葉山三千子という芸名で出演させた。彼女の華やかな生活はナオミを彷彿とさせるものがある。

人物相関図

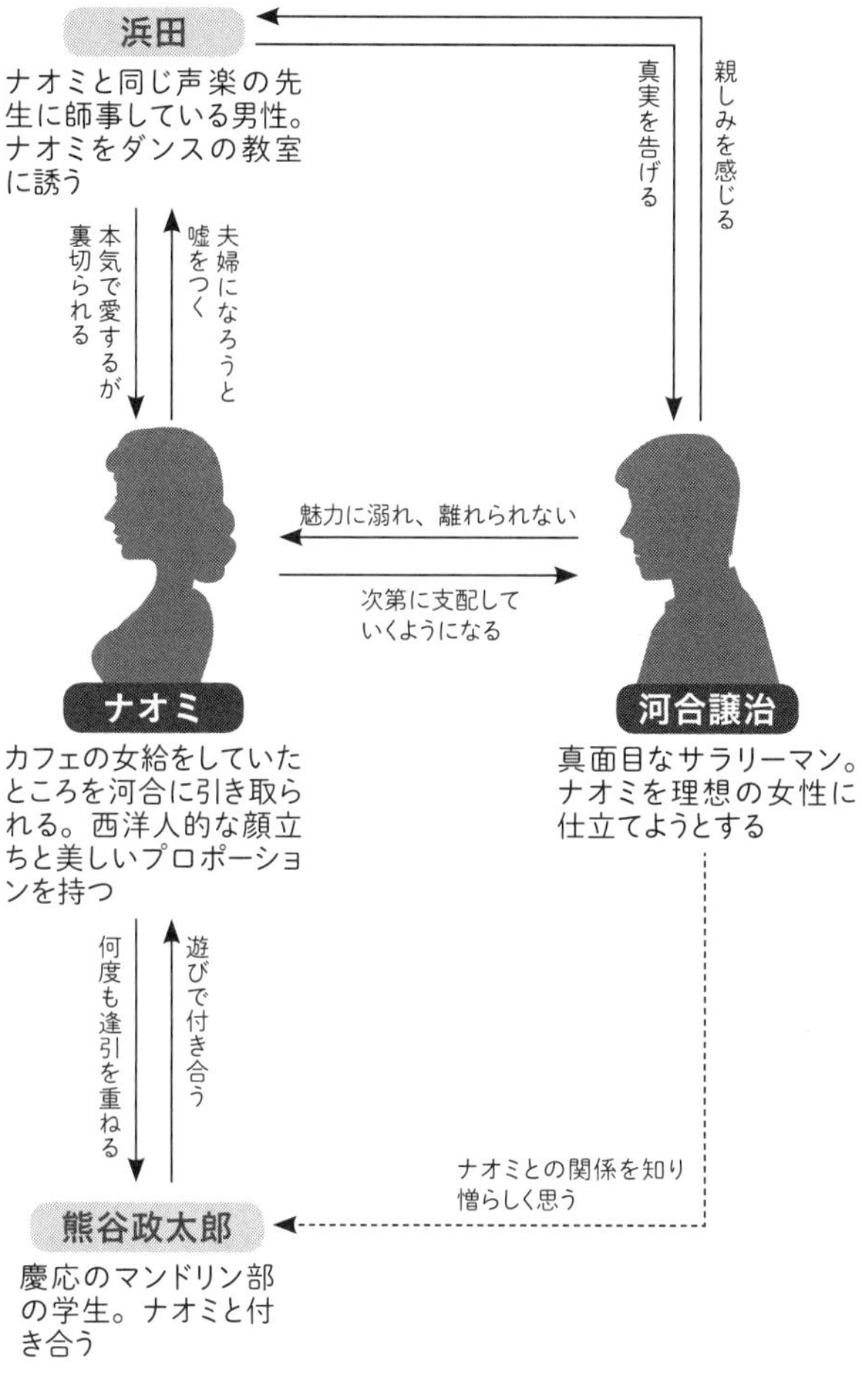
浜田
ナオミと同じ声楽の先生に師事している男性。ナオミをダンスの教室に誘う
真実を告げる
親しみを感じる
本気で愛するが裏切られる
夫婦になろうと嘘をつく
魅力に溺れ、離れられない
次第に支配していくようになる
ナオミ
カフェの女給をしていたところを河合に引き取られる。西洋人的な顔立ちと美しいプロポーションを持つ
河合譲治
真面目なサラリーマン。ナオミを理想の女性に仕立てようとする
何度も逢引を重ねる
遊びで付き合う
ナオミとの関係を知り憎らしく思う
熊谷政太郎
慶応のマンドリン部の学生。ナオミと付き合う

お目《め》出《で》たき人《ひと》

武者小路実篤《むしゃのこうじさねあつ》

1911年発表

話したことのない女性への一方的な片思い

武者小路実篤

1885～1976年。東京で子爵《ししゃく》家の末子として生まれる。学習院を経て東京帝国大学を中退後、1910年に雑誌「白樺」を創刊。自我肯定の思想を持ち、『友情』などを発表した。ユートピア運動の推進や公職追放などを経て、『真理先生』で文学界に復帰。1951年に文化勲章を受章する。

話したこともない女性に恋して求婚するが……

「自分」は26歳で、女に餓えている。19歳のときに恋していた月子さんが故郷に帰って以後、若い女と話したことすらない。今は鶴という女性に恋をしているが、鶴とも一度も話をしたことがない。

鶴は自分の家の近所に住んでいた美しく優しい女性だ。月子さんに恋していた当時は、鶴のことを可愛い子どもだなと思う程度だった。だが月子さんが故郷に帰ってしまい、その失恋の気持ちが薄らいでくると、鶴が次第に気になりはじめ、鶴と夫婦になりたいと思うようになったのである。

そして理想の妻として鶴を愛するようになっていき、鶴にとっても自分の妻になることが幸せだと思えてならなくなった。

そこで鶴を妻にするために、翌年の暮れに鶴との結婚を母に承知させた。その翌年の春には父をも承知させ、夏に間に人をたてて、鶴の家に求婚したのである。

事が思ったより容易に進んだので、自分はこの結婚話が9割方うまくいくと思って、鶴とはじめて会うときのことや最初の接吻《せっぷん》のことまで空想した。だが鶴の家からは無愛想に「まだ若いから、そんな話にのりたくない」と断られる。

その上、同年の秋に鶴の一家は近所から1里ほど離れた所に引っ越してしまった。

2度目、3度目の求婚を断られても待ち続ける

そこで鶴に会う機会が減って淋しかったので、毎月何気なく彼女の学校帰りにこっそり会いに行き、さらに翌年3月に前回も仲介してもらった川路氏にお願いして、再び鶴の家に求婚した。早く鶴と許嫁《いいなずけ》になりたかったのだ。

だが鶴の家からの返答は、鶴はまだ学校も卒業しておらず、兄も結婚していないため、縁談は聞くのさえ嫌だというものだった。

その後、鶴とは電車の中で一度偶然会っただけで、会うことすらなくなってしまった。

それでも鶴を恋する自分は、友人たちが芸者遊びの話を戯談《ぎだん》しているときも、いく

ら女に餓えても芸者遊びは断じてしないと思い、川路氏に再び鶴への求婚の仲介をしてくれるように手紙を書いた。

だが川路氏からの返事には、先方は依然として鶴の若いこと、鶴の兄がまだ嫁をもらっていないことを理由に断ってきたと書いてあった。またほかにも結婚を申し込んでいる人がいるとのことだった。悲しく歯がゆく感じたが、時期を待つしかないのだと思った。

とうとうほかの人と結婚した鶴。そのとき「自分」の気持ちは

そして1年以上、鶴と会わなかった5月のある日、自分は鶴と電車で偶然再会する。同じ駅で降りた彼女は、途中まで自分と同じ道のりを歩いてきた。

このことで鶴も自分を恋してくれていて、妻になってくれるのだと勝手に喜んだ自分は、鶴といよいよ夫婦になれるのだと信じて、月日は流れていった。

やがて10月に1通の手紙が届く。それは川路氏からで、鶴が金持ちの長男で今年工

学士になった人と結婚したと記してあった。

自分は自業自得な失恋のために、情けなく淋しく思って泣いたが、しばらくすると鶴は自分を恋してくれていたのだが、父母や兄の勧めで進まずながら人妻になったのだと思うようになった。

鶴にこの考えが誤っているかを聞きたいが、鶴がもし「私は一度もあなたを思ったことがない」と答えたとしても、口だけで気持ちは違うと思うに違いない。

作品の背景

◎武者小路は、志賀直哉らと「白樺」を創刊した中心的な存在。その間に、禁欲や自己犠牲といったトルストイの思想の影響から抜け出す。
◎やがて自我肯定の思想にたどり着いた武者小路は、片思いの女性に失恋してもくじけずに楽天的に生きる主人公を描いた『お目出たき人』などを発表。『お目出たき人』が発表されたとき、武者小路は主人公の「自分」と同じ26歳だった。
◎志賀直哉らも、武者小路の楽天的な性格に鼓舞されることが多々あったという。

人物相関図

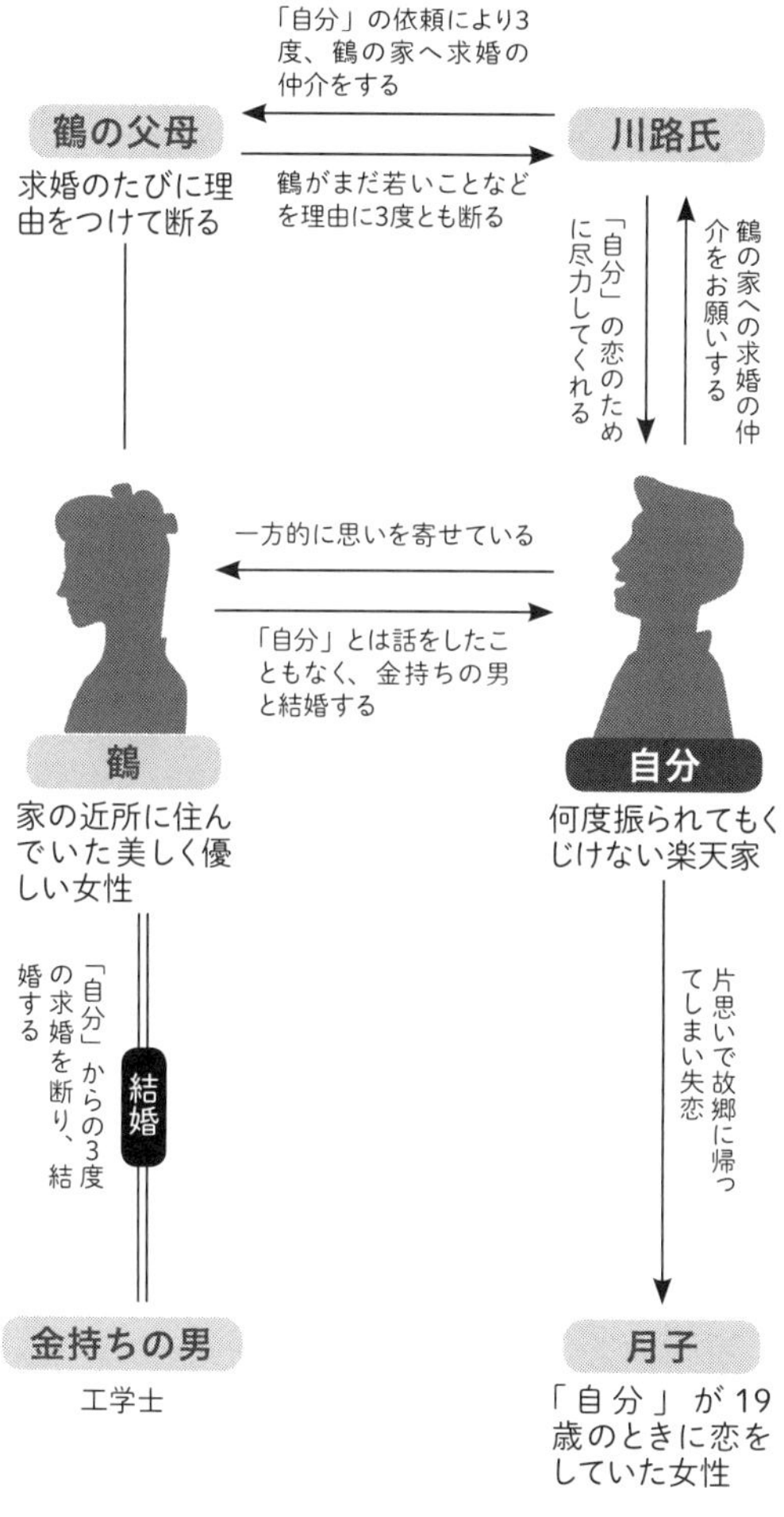
「自分」の依頼により3度、鶴の家へ求婚の仲介をする
鶴の父母
求婚のたびに理由をつけて断る
鶴がまだ若いことなどを理由に3度とも断る
川路氏
鶴の家への求婚の仲介をお願いする
「自分」の恋のために尽力してくれる
一方的に思いを寄せている
「自分」とは話をしたこともなく、金持ちの男と結婚する
鶴
家の近所に住んでいた美しく優しい女性
自分
何度振られてもくじけない楽天家
「自分」からの3度の求婚を断り、結婚する
結婚
片思いで故郷に帰ってしまい失恋
金持ちの男
工学士
月子
「自分」が19歳のときに恋をしていた女性

婦系図《おんなけいず》

泉鏡花《いずみきょうか》

1907年発表

家柄にこだわる一族への復讐と悲劇

泉鏡花

1873～1939年。石川県に生まれる。本名は鏡太郎。18歳で尾崎紅葉に弟子入りし、浪漫主義の鬼才として名を馳せた。代表作は『照葉狂言《てりはきょうげん》』『高野聖《こうやひじり》』など。自然主義全盛時にも独自の作風を曲げず、確固たる地位を築いた。発表した作品は300を超え、近代文学を語るに欠かせない存在である。

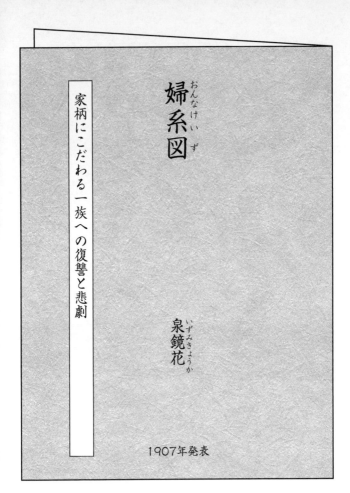

門閥主義を拒絶する青年のつまずき

早瀬主税《はやせちから》はかつては「隼の力《はやぶさりき》」と呼ばれたスリだったが、ドイツ語学者の酒井俊蔵《さかいしゅんぞう》に拾われて更正し、今では自らも立派なドイツ語学者である。

酒井には主税と兄弟同然に育った天使のような娘・妙子《たえこ》がいた。妙子は大人になるにつれ主税に恋心を抱くようになり、主税もまた妙子を何にも変えがたい愛の対象として慕うが、義理ある先生の娘をもらうのは申し訳ないとの考えから、酒井には内緒で芸者のお蔦《つた》と所帯を持っていた。

一方、妙子には静岡で病院を営む河野英臣《こうのひでおみ》の長男の英吉《えいきち》が縁談相手に浮上していた。身を引いてもなお妙子を大切に思う主税は、河野家の命で仲人役の男が妙子の素行調査をして回るのが気に入らない。河野家は名家とつながりを持つことで、自らの門閥《もんばつ》を大きくしようと考える家柄主義の一族だったからだ。

ところがそんな矢先、ひょんなことから、ひた隠しにしていたお蔦のことが酒井にばれてしまった。酒井は主税の将来を考え、お蔦と別れるよう命じる。そして、妙子と河野の縁談も主税の気持ち次第で、返答を考えるという。

娘たちを傷物にした復讐への第一歩

お蔦と別れ静岡に下った主税は、英吉の妹の菅子《すがこ》に出会った。理学士夫人の菅子は派手好きの交際好きで、主税が兄の縁談のカギを握る男だと知りつつ、住まいを世話したり夫の留守中に家に引き入れたりする。

当の主税は愛する妙子を河野家に与えてはならないと、心ひそかに河野一族の破綻を企てていたため、あえて菅子に深入りしていったのである。

東京では主税と別れたお蔦が病に伏せっており、同じ芸者上がりの小芳《こよし》が世話をしていた。

そこへ事の経緯を知った妙子が見舞いに来た。お蔦と妙子は同じ男を好いた者同士、不思議に意気投合したが、小芳だけが動揺している。実は妙子は酒井が小芳に生ませた子だったのである。

結局、お蔦はほどなくして亡くなった。そこには、主税とお蔦を強引に別れさせたことを悔やむ酒井の姿があった。

その頃静岡では、菅子との縁もそのままにドイツ語塾を開いていた主税が、菅子の姉・道子に近づいていた。

この道子という女性は菅子と異なりおとなしい貴婦人だったが、実は酒井家の大婦人、つまり英吉、道子、菅子の母が使用人と不倫してできた子であるという。主税はその不義の秘密をダシに、道子と関係を持ったのである。

菅子は2人の仲を嫉妬したが、主税にとって、すべては河野家の破滅が目的であった。

主税によって導かれた河野家破滅の道

その後、病気になった主税は道子の夫の病院に入院し、そこで河野家に毒を盛られる。主税はここが復讐の好機とばかりに、河野一族の統領、英臣にすべてをぶちまけた。

大婦人が過去に不義密通をしたこと。菅子・道子が自分と関係を持ったこと。さらに道子の夫の病院であやうく毒殺されかけたこと。このように汚れた河野一族が、酒井家に素行調査を行った非礼を詫びるよう言い放った。

主税は河野英臣を自決させ、妙子を河野家の野望から守り抜き目的を果たした。そして最後には、自らも服毒し死に至ったのである。

作品の背景

◎前篇の主税とお蔦のストーリーは、鏡花とすず夫人の同棲時の実話。酒井俊蔵は尾崎紅葉がモデルだといわれている。

◎舞台化された際に、主税とお蔦の別れのシーンがクローズアップされたため、今では主税とお蔦の恋物語として知られるが、鏡花によれば真の女主人公は菅子で、お蔦は添え物だったという。

◎舞台化のあとに鏡花が主税とお蔦の別離だけを書き直した『湯島の白梅』が有名。ただし、原作の『婦系図』にそのシーンは描かれていない。

人物相関図

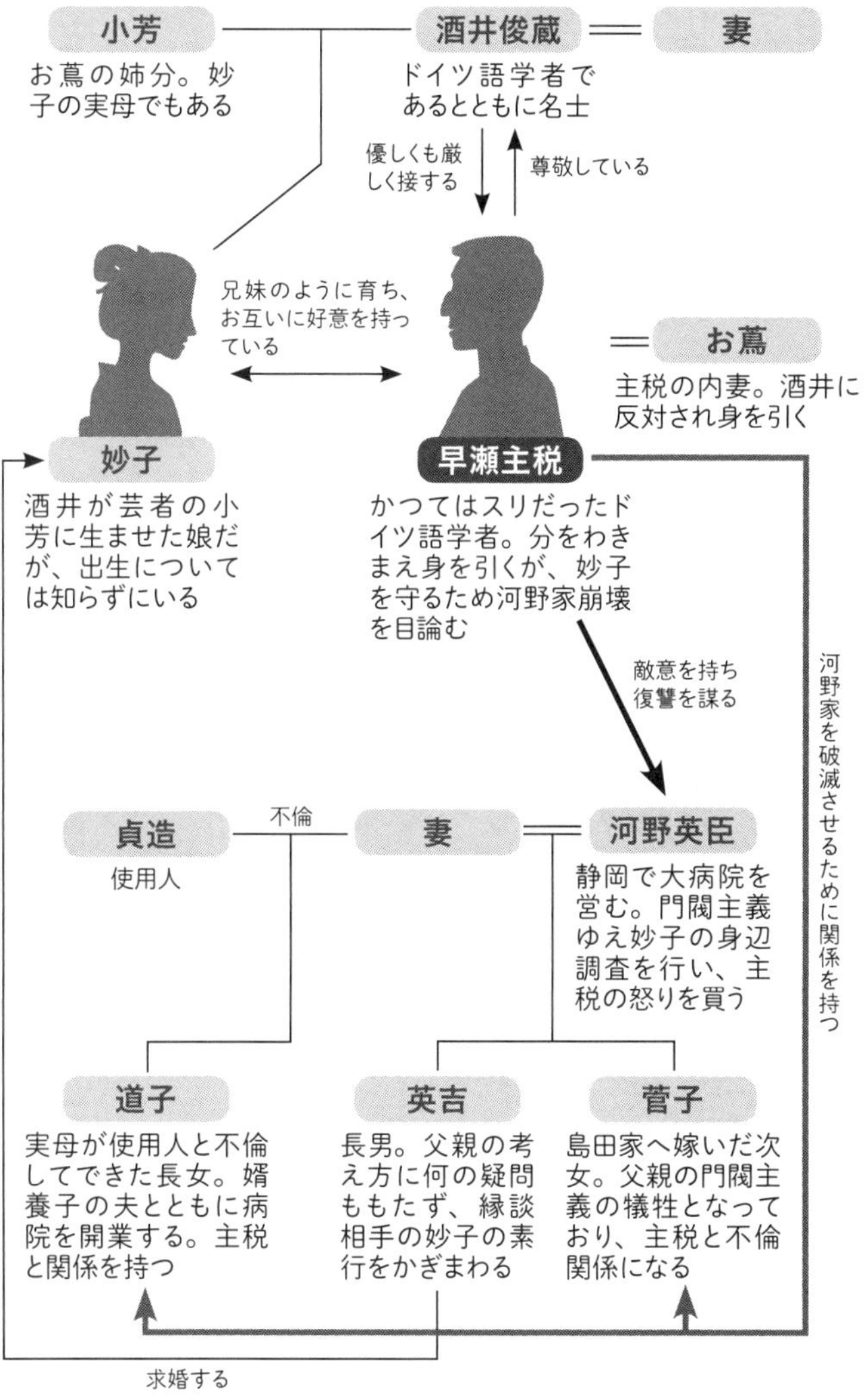

小芳
お蔦の姉分。妙子の実母でもある
酒井俊蔵
妻
ドイツ語学者であるとともに名士
優しくも厳しく接する
尊敬している
兄妹のように育ち、お互いに好意を持っている
お蔦
主税の内妻。酒井に反対され身を引く
妙子
酒井が芸者の小芳に生ませた娘だが、出生については知らずにいる
早瀬主税
かつてはスリだったドイツ語学者。分をわきまえ身を引くが、妙子を守るため河野家崩壊を目論む
敵意を持ち復讐を謀る
河野家を破滅させるために関係を持つ
貞造
使用人
不倫
妻
河野英臣
静岡で大病院を営む。門閥主義ゆえ妙子の身辺調査を行い、主税の怒りを買う
道子
実母が使用人と不倫してできた長女。婿養子の夫とともに病院を開業する。主税と関係を持つ
英吉
長男。父親の考え方に何の疑問ももたず、縁談相手の妙子の素行をかぎまわる
菅子
島田家へ嫁いだ次女。父親の門閥主義の犠牲となっており、主税と不倫関係になる
求婚する

其《その》面影《おもかげ》

二葉亭四迷《ふたばていしめい》

1906年発表

妻と義妹との三角関係に苦悩した秀才の堕落

二葉亭四迷

1864～1909年。江戸に生まれる。本名は長谷川辰之助。軍人志望から旧外国語学校に進学。ロシア文学に精通し、坪内逍遥に師事して小説家を志す。代表作『浮雲』のほか、『あひびき』などの翻訳家としても活躍。言文一致体の創始者としても知られる。本作は20年の断筆を経て発表。

生活の道具にされた婿養子の不満

小野哲也は実家の経済難で学資が払えず、小野家の養子になった身である。誰からも将来を嘱望《しょくぼう》されるほどの秀才で、本人もひとかたならぬ仕事で身を立てるつもりでいた。

小野家は昔こそ羽振りがよかったが、養子縁組したときにはすでに生活は困窮していた。そのため哲也は卒業後の進路を選択する時間も与えられず、やむなく学校教師の職に就かされてしまう。

舅《しゅうと》はすでに亡くなり、家には妻の時子と姑《しゅうとめ》、そして夫に先立たれて出戻った義妹の小夜子《さよこ》がいる。

妻と姑は見栄っ張りで、過去の贅沢な暮らしが忘れられず、芝居だ買い物だといっては浪費している。自分はこの親子の虚飾心のために働かされているのかと思うと、つくづく養子になどなるのではなかったと落胆するのだった。

そんな哲也の安らぎは小夜子だった。小夜子は舅が小間使いに生ませた美しい娘で、義姉の時子や姑に奉公人同然にこき使われても、小野家に恩義を感じて健気《けなげ》に尽くしている。

ともに希望を失いかけていた2人が同情し合うようになったのは、むしろ当然のなりゆきだった。

禁断の恋におちた義兄妹

あるとき、同窓の葉村が、小夜子を渋谷という金持ちの奉公にどうかと話をもちかけてきた。

好色な渋谷老人の奉公といえば実際は妾《めかけ》である。哲也は断じて承服しないつもりでいたが、財に目がくらんだ嫁はこれ幸いと話に乗り、哲也と激しく対立した。

哲也はもともと相性の悪い妻への愛情が冷めており、一方の時子は夫が義妹と姦通《かんつう》しているのではないかと疑ってますます嫉妬する。いよいよ見かねた姑が説得して小夜子を妾に出そうとすると、クリスチャンの彼女は千葉に行って尼になると言い出した。しかし、その事実を知った哲也は、家人に内緒で小夜子を東京に留まらせた。そのとき、2人ははじめて、彼らの間にある愛情を確かめ合ったのである。

優柔不断な秀才の悲惨な末路

哲也は妻に内緒で小夜子と暮らしはじめた。最初こそ小夜子も嬉しそうに哲也を迎えたが、日増しに彼女は義姉への罪の意識を感じるようになる。

その時子は2人の秘密の生活に勘づいており、半狂乱になって哲也を責めたてた。といっても腹の底から哲也を憎んでいたわけではない。すっかり義妹に心を移した夫に、冷たくあしらわれる自分がみじめだったのだ。

そして、肝心の哲也はといえば小夜子を大事に思う一方で、8年連れ添った妻をどう斬り捨ててよいかわからず情緒不安定になっている。

見かねた小夜子は、親友の説得もあり、姿を消すことにした。そうすることが自らの贖罪《しょくざい》であり、義姉と哲也のためだと考えたのだ。

その後の哲也は酒に溺れ、いっそう生きる希望を失った。だが彼には中国へ政府直轄《ちょっかつ》教師として転職する話が決定している。それは小夜子と一緒に現実から逃避するために承諾した話だったのだが。

出発の日、哲也は駅で小夜子を見かけたような気がしたが、そのまま旅立っていった。しばらくして、葉村が中国を訪れた。そこで彼が見たのは、かつて秀才と呼ばれた同級生ではなく、自暴自棄になりアルコールで身を滅ぼした哲也の姿だった。

作品の背景

◎『其面影』は前作『茶筅髪《ちゃせんがみ》』より20年のブランクを経て発表された作品である。断筆期間中は、ロシア語の翻訳や新聞社に勤務するなどして過ごしていた。
◎『茶筅髪』は戦争未亡人の物語だが、途中で未亡人と大学教師の姦通による精神的な苦悶に主題が移っており、未完成作品に終わった。そのため『其面影』では、『茶筅髪』で消化しきれなかったテーマを描こうとしたのではないかと考えられている。
◎タイトルは、小夜子の面影を追い続ける小野哲也の心境を表したもの。

人物相関図

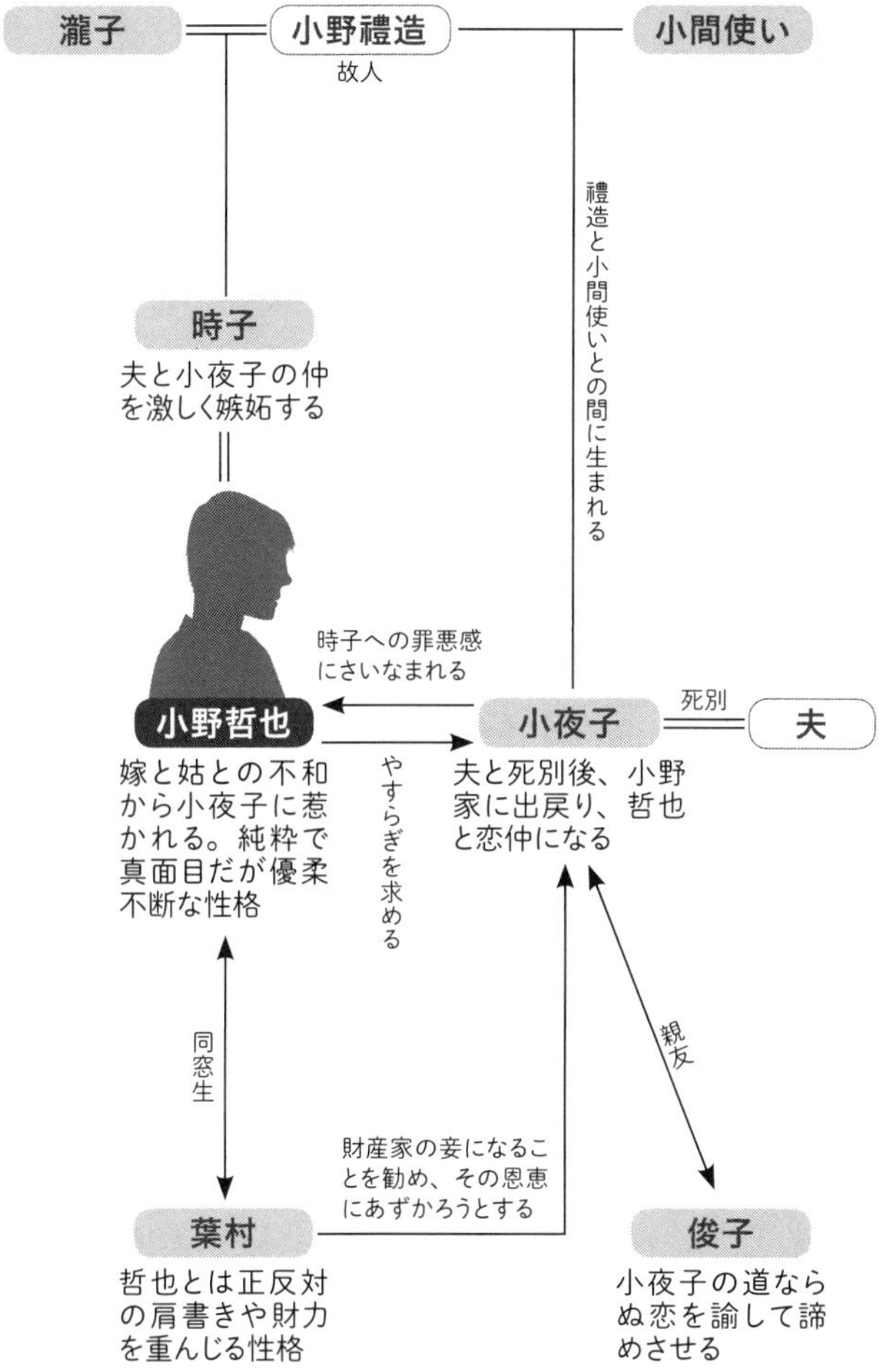
瀧子
小野禮造
故人
小間使い
禮造と小間使いとの間に生まれる
時子
夫と小夜子の仲を激しく嫉妬する
時子への罪悪感にさいなまれる
小野哲也
嫁と姑との不和から小夜子に惹かれる。純粋で真面目だが優柔不断な性格
やすらぎを求める
小夜子
夫と死別後、小野家に出戻り、哲也と恋仲になる
死別
夫
同窓生
親友
財産家の妾になることを勧め、その恩恵にあずかろうとする
葉村
哲也とは正反対の肩書きや財力を重んじる性格
俊子
小夜子の道ならぬ恋を諭して諦めさせる

当世書生気質《とうせいしょせいかたぎ》

坪内逍遥《つぼうちしょうよう》

維新の戦争に弄ばれた出生の秘密と書生の恋

1885～1886年発表

坪内逍遥

1859～1935年。岐阜県に生まれる。父親は美濃国（岐阜県）の代官所役人だった。18歳のとき、県の選抜生として東京の開成学校（東京帝国大学）の政治経済科に入学する。卒業後は東京専門学校（早稲田大学）の教師を務めた。文学理論書の『小説神髄』で写実主義を唱えた。

芸妓になった義理の妹に隠された過去

小町田粲爾《こまちださんじ》は本郷にある某私塾の書生で、秀才でなかなかの美男子だった。彼は飛鳥山《あすかやま》で開かれた私塾の運動会の帰り道、客を連れて花見にやってきた芸妓《げいぎ》「田《た》の次《じ》」と偶然に出会う。

彼女は粲爾の義理の妹で、久しぶりの対面だった。田の次は「年に1度や2度は私を茶屋へ呼んでくださいね」と言い、あまり言葉も交わさずに別れてしまった。

同じ書生の須河悌三郎《すがわていさぶろう》と宮賀匡《みやがただし》は牛肉屋で鍋をつつきながら、この話をして粲爾が田の次を相手に放蕩《ほうとう》をはじめたことを噂していた。

そこに任那透一《にんなとういち》が現れ、3人は時計が止まっていることも気がつかず噂話に花を咲かせるのだった。

田の次は名前をお芳《よし》という。彼女は明治維新の戦争で孤児となり、捨て子として老女に育てられるが、7、8歳の頃にその老女と死に別れてしまった。

お芳は着の身着のまま、親類を頼って東京の神田へ行く途中、粲爾の父、浩爾《こうじ》と妾《めかけ》のお常と会うのである。2人はお芳を不憫《ふびん》に思い、引き取って我が子のように育て、粲爾も本当の妹のように可愛がるのだった。

しかし父浩爾が仕事を失うと家計は窮乏《きゅうぼう》の一途をたどる。お芳はこれを助けるため芸妓となる決意をするのだった。

偽の娘が名乗り出て、実の我が子がわかる

向島の料亭では守山友芳の父・友定が、私塾を卒業して弁護士の資格を取った息子を祝うため、息子と懇意の任那と粲爾を招いて祝宴を行おうとしていた。ところが外はあいにくの嵐。いつまでたっても友芳はやって来ないので、結局祝宴は流れてしまう。しかたなく家に帰ろうと粲爾は人力車を呼ぶのだが、乗り間違えた彼は吉原へ連れて行かれ、そこで再び田の次と出会うのだった。

粲爾と田の次のことは私塾でも噂されるようになり、校長は彼に1か月の休学を言

い渡す。

一方、同じ芸妓に兒島《かおどり》という娘がいた。彼女も維新の戦争で孤児になったという過去がある。彼女は、遊びに来た友芳の羽織の紋が、自分が持つ母の形見の紋と同じなのが気になり、友芳が自分の兄ではないかと考えていた。

そんな折り、吉原の妓楼角海老《ぎろうかどえび》で、兒島の身の回りの世話をするお秀は、新聞の尋ね人欄から、守山友定が維新の戦争で生き別れになった妻と娘を捜していることを知る。そして同じような境遇の兒島を、その娘に仕立てようとするのだった。

そこで友定と面会することになったお秀と兒島は友定の指定する家を訪れる。そこは粂爾の父の妾、お常の家だった。そしてお秀は実の娘の証拠として、守り袋の中のへその緒を見せる。

友定は、兒島こそ探していた娘だと思い感涙する。しかし、同席していた息子の友芳と、兒島の過去を知る粂爾の友人の倉瀬連作はこの話に不信を抱く。

そしてそれは友定の友人である、三芳庄右衛門《みよししょうえもん》がそこにやって来ることで明らかになった。実はお秀は三芳の昔の妻であり、兒島は三芳とお秀との娘だったことを暴露するのである。

維新の戦争のとき、お秀は自分の赤ん坊（兒島）を背負って逃げたが途中で子どもを取り違えてしまい、その子が持っていたへその緒だけ奪うと、子どもは置き去りにしたと言うのだ。

その置き去りにされた娘こそが、粲爾の父親が育てたお芳（田の次）だった。つまり、田の次こそが守山の実妹だったのである。

作品の背景

◎坪内逍遙が1885年に発表した近代文学の理論書『小説神髄』に基づき、そのサンプルとして書かれたもの。逍遙はこの作品を通して、江戸以来続いてきた戯作調の文学を打破し、風俗や新しい価値観が表現できる小説を試みようとした。
◎作品に描かれた書生たちの姿は、青春時代の逍遙自身の経験に基づいたもので、登場人物の何人かは逍遙の友人がそのまま投影されているといわれている。特に小町田粲爾と彼に恋心を抱く田の次は、逍遙とのちに夫人となる根津八幡楼の遊女「薄雲」とのロマンスが反映されている。

人物相関図

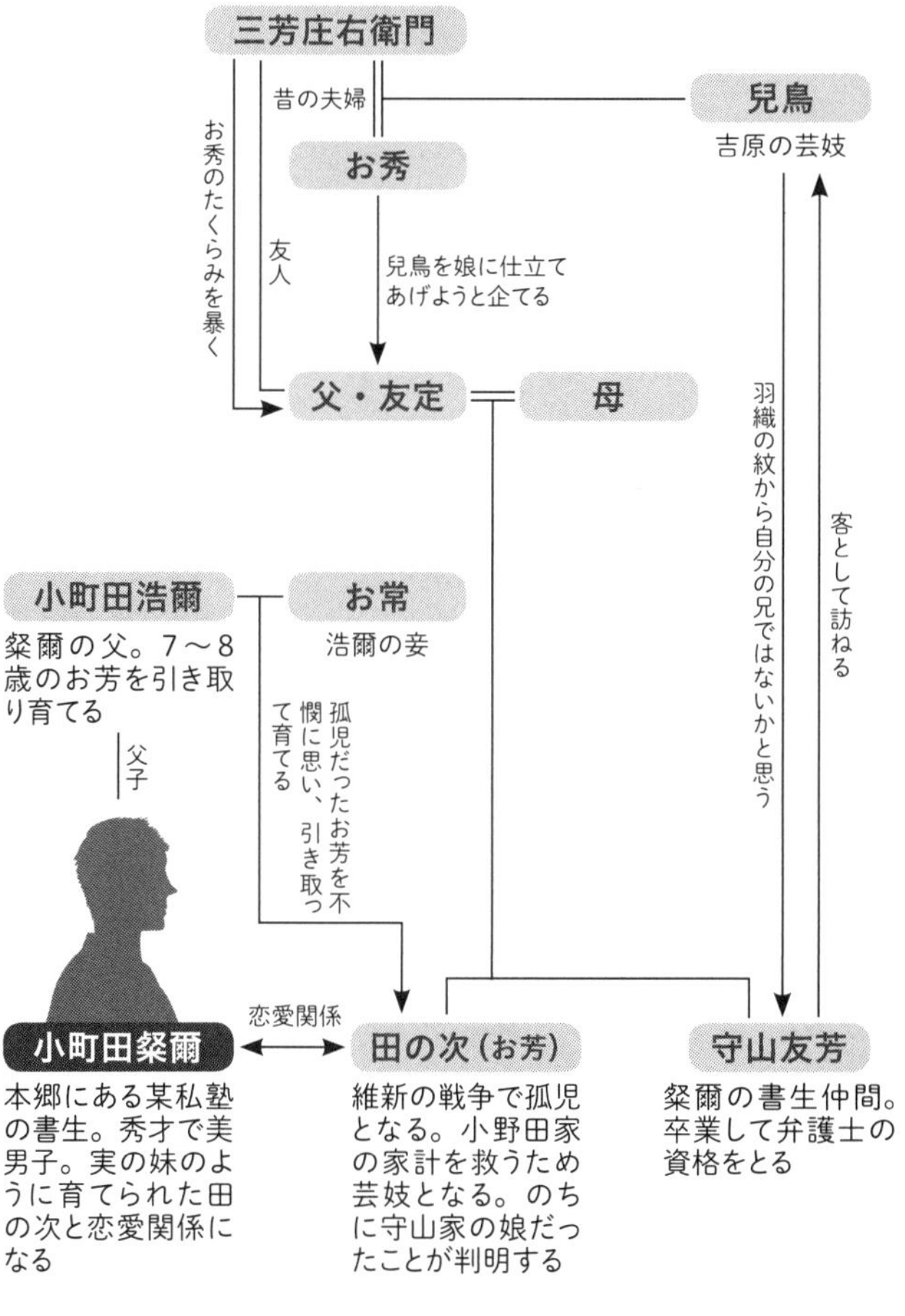
三芳庄右衛門
昔の夫婦
兒鳥
吉原の芸妓
お秀
お秀のたくらみを暴く
友人
兒鳥を娘に仕立てあげようと企てる
父・友定
母
羽織の紋から自分の兄ではないかと思う
客として訪ねる
小町田浩爾
粲爾の父。7～8歳のお芳を引き取り育てる
お常
浩爾の妾
父子
孤児だったお芳を不憫に思い、引き取って育てる
恋愛関係
小町田粲爾
本郷にある某私塾の書生。秀才で美男子。実の妹のように育てられた田の次と恋愛関係になる
田の次（お芳）
維新の戦争で孤児となる。小野田家の家計を救うため芸妓となる。のちに守山家の娘だったことが判明する
守山友芳
粲爾の書生仲間。卒業して弁護士の資格をとる

〈第四章〉

家族や友情について描いた物語

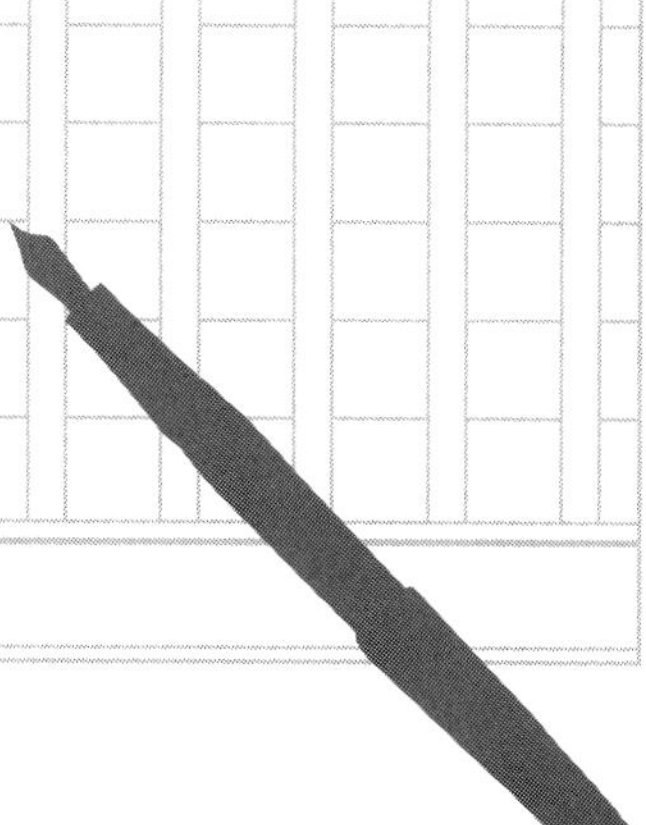

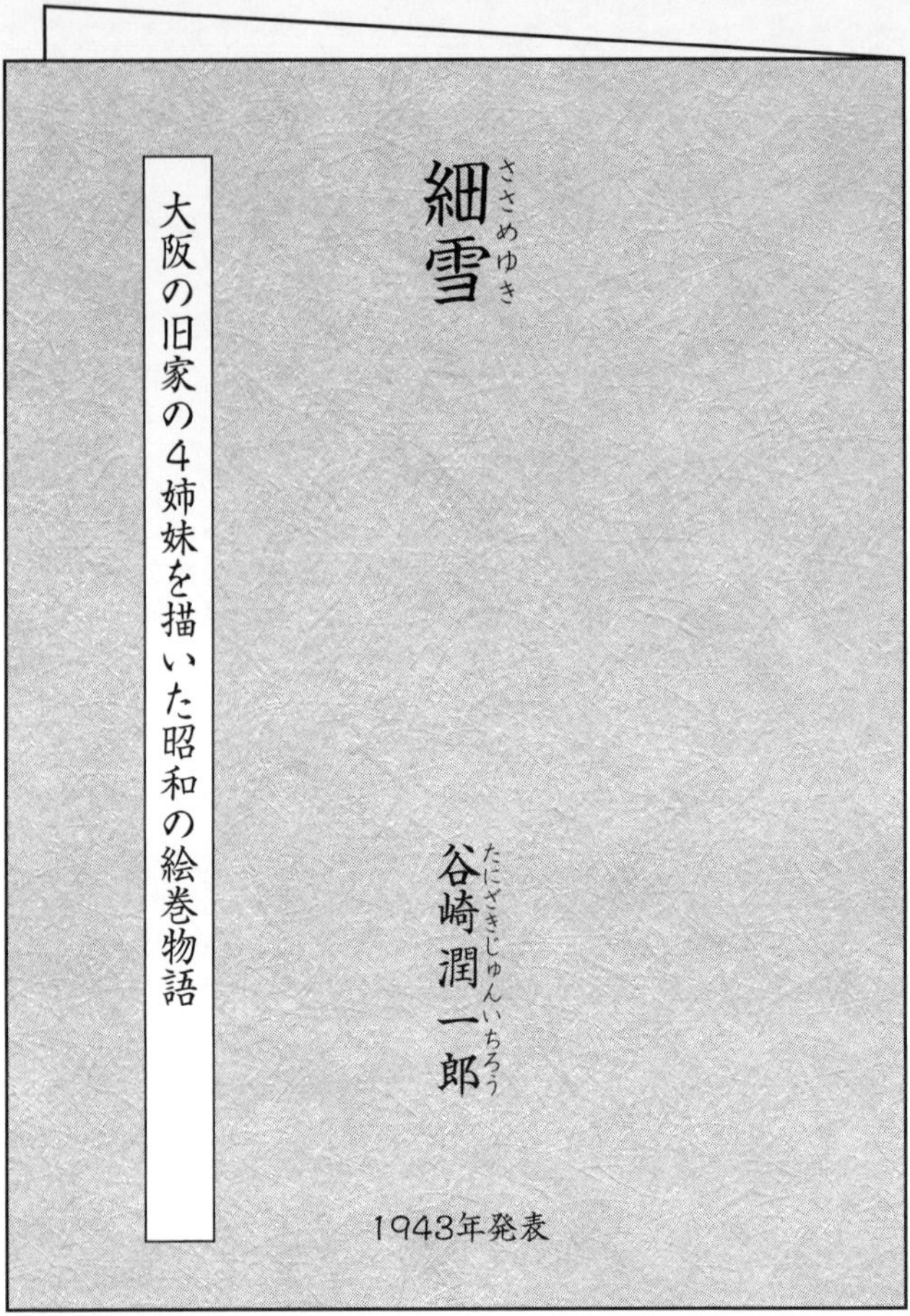

細雪《ささめゆき》
谷崎潤一郎《たにざきじゅんいちろう》
1943年発表
大阪の旧家の4姉妹を描いた昭和の絵巻物語

谷崎潤一郎

1886～1965年。東京都に生まれる。東京帝国大学国文科退学。24歳のとき、同人誌の第二次「新思潮」刊行に参加し、『刺青《しせい》』や『麒麟《きりん》』などを発表する。以後、『痴人《ちじん》の愛』や『春琴抄《しゅんきんしょう》』など、耽美で日本的伝統美を描いた作品を次々と世に送り出す。『源氏物語』の現代語訳も行っている。

家名が重くのしかかり、見合いを重ねる三女雪子

昭和のはじめ、大阪船場《せんば》の旧家・蒔岡《まきおか》家に4人の姉妹がいた。父は晩年には隠居し、長女の鶴子《つるこ》が婿をとって蒔岡家を継ぎ、また次女の幸子《さちこ》も婿を迎えて分家していた。三女の雪子《ゆきこ》と四女の妙子《たえこ》は本家に住んでいたが、次女の幸子の家にもちょくちょく遊びに行き、半月も泊まり続けることがあった。

雪子はいつのまにか婚期を逃し、もう30歳を過ぎていた。見合いも何度かしているが、なかなか決まらない。それは、おそらく雪子だけでなく姉の鶴子も幸子も、蒔岡という旧い家名に囚われていたからであった。

つまり、家名にふさわしい婚家先を望むあまり、どの縁談も何かもの足りないような気がして断ってきたのである。

雪子を縁遠くしたもうひとつの原因に「新聞の事件」がある。今から5、6年前、当時20歳だった妙子が同じ船場の旧家・奥畑家のせがれと恋に落ち、家出をしたので

ある。

それが運悪く大阪のある小新聞に載り、しかも妙子を間違えて雪子と出てしまい、年齢までも雪子の年になっていたのだ。

雪子はおとなしい性格で、特に自分のことについては話さなかったが、鶴子の夫である辰雄がこの新聞記事の取り消しに行ったことについては、「新聞に間違った記事が載ったのは不運としてあきらめるより仕方がない、自分の潔白は知る人は知っていてくれると信じている」と言うのであった。

妙子、そして雪子も生涯の伴侶を見つける

一方、妙子は雪子とは対象的に自由奔放な性格で、また人形作りや裁縫学校に通うなど職業婦人めいたこともしていた。

恋愛にも積極的で、「新聞の事件」のあとも奥畑家の息子と付き合いを続け、将来を誓い合っていたのである。

しかしある日、板倉という男性に好意を持ち結婚を申し込む。彼はかつて奥畑家の丁稚《でっち》をしていたことがあり、中学もろくろく出ていなかったが、アメリカのロサンゼルスで5、6年写真を学び、写真館の主人をしていた。

ところが、板倉は中耳炎にかかり、やがて脱疽《だっそ》となり亡くなってしまう。

このとき幸子は、「自分の妹が、素性もわからない丁稚上がりの青年の妻になろうとした事件が、予想もしなかった自然的な方法で自分に都合よく解決しそうになったことを思うと正直ありがとうという気持ちが先に立った」という。

その後、妙子はバーテンダー・三好の子を妊娠する。妙子は産む覚悟を決め、家名を傷つけないよう密かに産もうとするが、逆子が原因で窒息して死産してしまう。

結局、妙子は三好のもとへ引き取られることになり、そして夫婦暮らしをはじめるのである。

雪子も幾度かのお見合いの末、ようやく35歳で、東京在住の御牧《みまき》実という男性と縁談がまとまり、結婚することを決める。

彼は東大を中途退学してフランスへ行き、パリでしばらく絵を習ったりフランス料理を研究したりしたあと、アメリカへ渡って州立大学を卒業したという45歳の男性だった。また貴族出身で家柄も問題なかったのである。

そして4月下旬に結婚の日取りが決まるが、上京の数日前から雪子は腹の具合が悪く、毎日下痢をしていた。下痢が止まらないうちに当日を迎え、汽車に乗ってからもそれはまだ続いていたのである。

作品の背景

◎大阪船場の旧家、蒔岡家の4姉妹の生き方を描く。上方の習俗や伝統行事などを取り入れた、風俗絵巻とも呼ばれている。

◎1943年の「中央公論」新年号に第1回目を発表するが、軍部から不謹慎という理由で3月号の第2回で中止される。その後も執筆は続けられ、上巻を私家版で200部印刷。しかしこれも警察の忌諱《きき》に触れる。終戦後の1946年〜1948年にかけて、全巻が中央公論社から刊行される。

◎『細雪』のモデルとなった森田家は、谷崎潤一郎の妻・松子の実家で、松子は森田家の4姉妹の次女である。

人物相関図

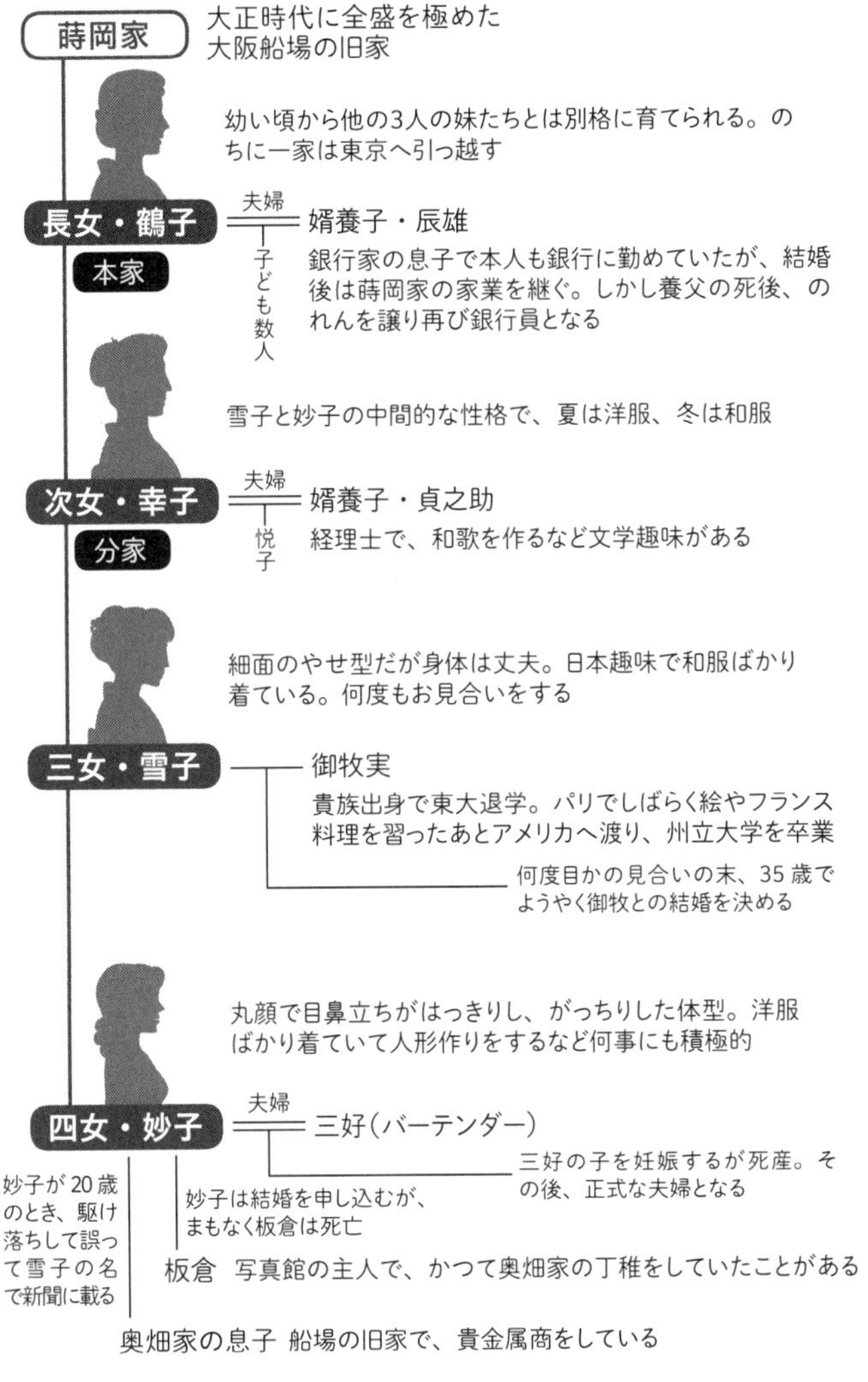

蒔岡家
大正時代に全盛を極めた
大阪船場の旧家
幼い頃から他の3人の妹たちとは別格に育てられる。のちに一家は東京へ引っ越す
長女・鶴子
本家
夫婦
子ども数人
婿養子・辰雄
銀行家の息子で本人も銀行に勤めていたが、結婚後は蒔岡家の家業を継ぐ。しかし養父の死後、のれんを譲り再び銀行員となる
雪子と妙子の中間的な性格で、夏は洋服、冬は和服
次女・幸子
分家
夫婦
悦子
婿養子・貞之助
経理士で、和歌を作るなど文学趣味がある
細面のやせ型だが身体は丈夫。日本趣味で和服ばかり着ている。何度もお見合いをする
三女・雪子
御牧実
貴族出身で東大退学。パリでしばらく絵やフランス料理を習ったあとアメリカへ渡り、州立大学を卒業
何度目かの見合いの末、35歳でようやく御牧との結婚を決める
丸顔で目鼻立ちがはっきりし、がっちりした体型。洋服ばかり着ていて人形作りをするなど何事にも積極的
四女・妙子
夫婦
三好（バーテンダー）
三好の子を妊娠するが死産。その後、正式な夫婦となる
妙子が20歳のとき、駆け落ちして誤って雪子の名で新聞に載る
妙子は結婚を申し込むが、まもなく板倉は死亡
板倉 写真館の主人で、かつて奥畑家の丁稚をしていたことがある
奥畑家の息子 船場の旧家で、貴金属商をしている

和解《わかい》

志賀直哉《しがなおや》

1917年発表

永年にわたり対立する父との和解は成立するのか

志賀直哉

1883～1971年。宮城県に生まれる。兄が早死にしたため、実質的な長男として育つ。東京帝国大学に入学後、雑誌「白樺」を創刊。東大を退学し、『大津順吉』などを発表。リアリズムに徹した簡潔な文章で『城《き》の崎にて』『小僧の神様』『暗夜行路《あんやこうろ》』などの代表作を次々と発表した。

長女の死で決定的になった自分と父の不和

「自分」と父は長い間不仲だった。一昨年の春、父が不和を解消するために妹たちを連れて、その頃住んでいた京都まで尋ねてきてくれたときも面会を拒んだくらいだ。

不和の原因はいくつもあるが、昨年、長女の死に対する父の対処を巡って、不和は決定的なものになってしまった。

長女の出産当時に住んでいた我孫子《あびこ》は産婆もいない土地だったので、妻の康子は東京でお産をすることにした。そして6月のはじめに麻布にある自分の実家に移って、無事に女の子を産んだ。

父は初孫のために出産費用も全部出してくれ、家族は皆、この赤ん坊が父と自分の和解の縁になってくれればと願っていた。

やがて実家の門番の子が赤痢《せきり》にかかったので、汽車に乗せるのには早かったが、赤ん坊は予定より早く生後24日目で我孫子の家に帰ってきた。

そしてその1か月後、祖母から父が赤ん坊を見たがっているので東京へ連れてきてほしいといわれる。医者から100日は赤ん坊を動かさないほうがいいと言われていたが、気が進まないながらも自分は承知してしまい、麻布の実家へ赤ん坊を連れて行った。

するとその晩、我孫子に帰ってきてから赤ん坊の様子が急変した。泣き続ける赤ん坊の顔色はどんどん悪くなり、病院に連れていっても、医者の顔に希望は見えなかった。原因は「脳の刺激かもしれない」と言われる。やはり汽車に乗せるにはまだ早過ぎたのだ。

次女の誕生を機に、自分は父と和解できるのか

医者の必死の処置と赤ん坊の生きようとする努力もむなしく、赤ん坊は結局死んでしまった。

そして父からは、赤ん坊を当時自分たちが住んでいた我孫子の寺に葬るようにとの

連絡が入る。自分は不愉快だった。我孫子にはいつまで住んでいるかわからない。実母も眠っている青山の寺に赤ん坊を収めたかった。

そこで青山に赤ん坊のために新しく墓地を買うと、翌朝、赤坂にいる叔父から連絡が入った。赤ん坊の遺体を青山に運ぶときに、父が麻布の家に寄ることを拒んだという。そのため赤坂の叔父の家に運ぶようにとのことだった。

腹の底から不快を感じた。すべては父との不仲からきていることも腹立たしかった。

それからしばらくして、鎌倉に嫁いだ一番上の妹がお産をした。自分と妻は、祖母や小さい妹たちと赤ん坊を見にいった。感傷的になっていた妻は途中泣き出した。

そして、そのとき一緒にいた祖母の態度から、祖母が赤ん坊が亡くなったことで、やはり辛い思いをしているのだと感じる。

まもなく妻は再び懐妊した。医者や看護婦の手配をして我孫子でお産をすることにし、女の子が産まれた。祖母に名づけを頼むと、祖母自身の名前である留女《るめ》はどうかと言う。自分はそれに子をつけて留女子と命名した。

しかしその後、祖母の体調がだんだんと悪くなっていった。自分は祖母のためにも、父との不和を解消しようと決意する。

そして素直な気持ちで父と話し、快い和解を果たす。自分も父もその場に同席していた叔父も泣き、家族一同がこの和解を喜んだ。

父ははじめて我孫子に遊びに来て留女子と対面し、自分は父の肖像画を描いてくれるよう友人に頼んだ。和解は一時的なものではなく、これからも続くものだと自分も父も確信している。

作品の背景

◎志賀家の跡取りとして祖父母に育てられた志賀直哉は、父との永年の不和に苦しんでいた。足尾銅山鉱毒問題を巡っての意見の衝突からはじまって、妻との結婚に反対されるなど、2人の不和の原因はあまりに多かった。
◎直哉は父との不和を『時任謙作《ときとうけんさく》』という長編小説に書こうとしたが、それはうまくいかなかった。やがて直哉と父との不和は解消され、父との和解を主題にした『和解』が誕生する。
◎父との和解後、直哉は数々の代表作を生み出していった。

人物相関図

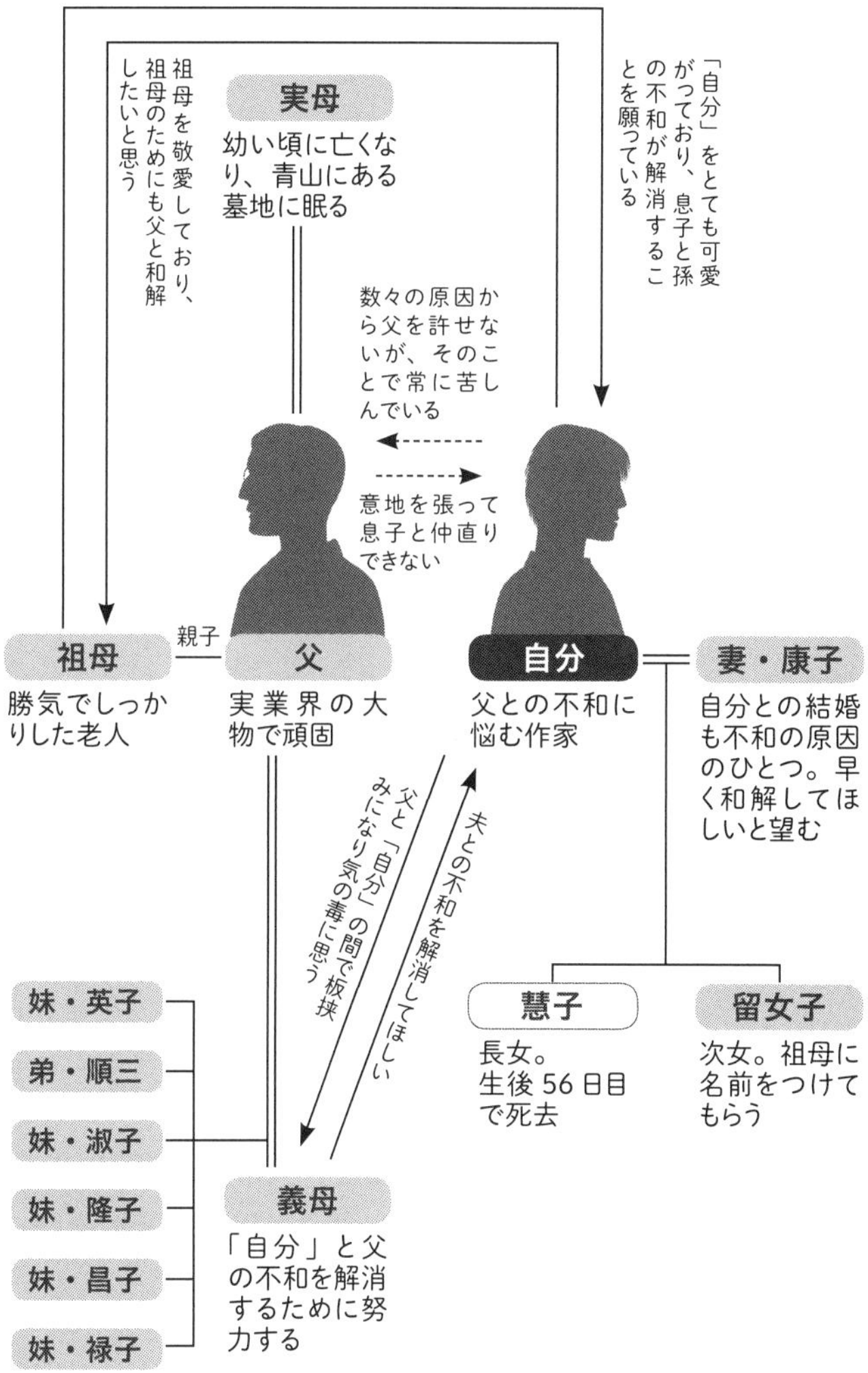

実母
幼い頃に亡くなり、青山にある墓地に眠る
祖母を敬愛しており、祖母のためにも父と和解したいと思う
「自分」をとても可愛がっており、息子と孫の不和が解消することを願っている
数々の原因から父を許せないが、そのことで常に苦しんでいる
意地を張って息子と仲直りできない
親子
祖母
勝気でしっかりした老人
父
実業界の大物で頑固
自分
父との不和に悩む作家
妻・康子
自分との結婚も不和の原因のひとつ。早く和解してほしいと望む
父と「自分」の間で板挟みになり気の毒に思う
夫との不和を解消してほしい
慧子
長女。生後56日目で死去
留女子
次女。祖母に名前をつけてもらう
妹・英子
弟・順三
妹・淑子
妹・隆子
妹・昌子
妹・禄子
義母
「自分」と父の不和を解消するために努力する

真実《しんじつ》一《いち》路《ろ》

山本有三《やまもとゆうぞう》

1935年発表

それぞれの信じる道を生きる家族の葛藤

山本有三

1887〜1974年。栃木県に生まれる。本名は勇造。第一高等学校、東大独文科卒。戯曲家として多くの作品を残したが、菊池寛の勧めで小説家に転身し、1928年、長編小説『生きとし生けるもの』を発表。『路傍《ろぼう》の石』『女の一生』などで国民的作家となり、晩年には参議院議員も務めた。

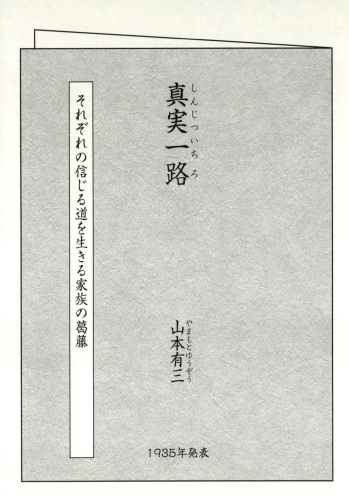

師弟に湧き立つ、生い立ちへの疑問

父と姉の3人暮らしである小学生の義夫は、近頃反抗的だった。年の離れた姉は相変わらず優しいが、父はわがままを許さない厳格な性格の持ち主で、何かというとあれこれと義夫を叱っていた。

母は亡くなったと聞かされているが、義夫はひょんなことから、もしや実母は生きているのではないかと考えるようになる。

その頃、姉のしず子は、弟に母のむつ子が生きていることを話すべきか思いをめぐらせていた。母は10年前に家を出て、今では愛人と暮らしながら場末の飲み屋を経営している。真実を義夫に明かさないことは父・義平《よしへい》の意向だった。

だが、しず子の縁談が自らの出自を理由に破談になったことを知ると、しず子は自らの出生にもまた秘密があるのではないかと考えはじめていたのだった。

ある夏、義平はしず子と義夫を房総に避暑にやった。そこで2人は思いがけずむつ子に出くわす。しず子は肝を冷やしたが、当の義夫は何も勘づいてはいなかった。

明かされた秘密と蘇った母の母性

ほどなくして義平が亡くなった。残された遺書で、しず子は自らの出生の秘密と父母の真実を知る。

実はむつ子は、腹の中に死別した恋人の子（しず子）を宿したままやむなく義平に嫁いだのだった。だが事情を知りながらも結婚した義平がいくら尽くしても、死んだ恋人を忘れられぬむつ子が義平を愛することはなかった。

つまり、子を置いて家を飛び出したのは感情のままに生きるむつ子の信じた道であり、逆に父は残された子と自らの理性を守り通したのだった。そして遺書はしず子に「自分の道を誤らぬように」との言葉で締めくくられていた。

しず子は血の繋がりのない自分を心底大切に思ってくれた父の心に感激し、涙が止まらなかった。

一方、発明家をめざす愛人の隅田との関係がうまくいかなくなっていたむつ子は、房総で偶然にも面識を持った息子の義夫とそれ以来たびたび顔を合わせていた。

義夫は姉の知り合いの「おばさん」としか思っていないようだったが、むつ子には忘れていた母性が目覚めかけていたのである。

そこでしず子は、むつ子に母の名乗りをさせることを決断した。家に迎え入れられたむつ子には、もはやそれまでのうらぶれた生活の影はない。ただただ息子を愛することに必死である。

しかし当の義夫は簡単には受け入れられなかった。「おかあさん」とも呼べず、ひねくれてはむつ子を失望させるだけだった。

真実に生きた女の哀しい結末

やがて隅田が資金トラブルで警察沙汰になった。それを知ったむつ子は、しず子が管理していた義平の遺産を持ち出し家を出る。

この行為は、親子の仲をとりもつべく苦心してきたしず子を落胆させた。だが、むつ子が再び隅田との荒《すさ》んだ生活を選んだのは、親としての自信を失ったことと、何より男への情の深さゆえだった。

のちにむつ子は隅田と心中した。しず子宛の遺書には「義夫をくれぐれも頼む」と書かれていた。

図らずも父母のふたつの遺書を読むことになったしず子の胸には、迫り来るものがあった。母は果たして幸せだったのだろうか――。

そして今、しず子は義夫が運動会で走る姿を見ている。その疾走するまなざしは、どこかむつ子に似ているような気がした。

作品の背景

◎『真実一路』は、1935年に「主婦之友」に21回にわたって掲載。それぞれの真実に生きる家族の物語を戯曲的に描き好評を得た。
◎作者自身も結婚に失敗した経験を持つ。守川義平同様、恩人に勧められた縁談だったが、相性が合わず離婚した。義平がしず子宛の遺書で男女の相性の大切さ、真実に生きることの尊さを説いているのは、自身の経験によるもの。

人物相関図

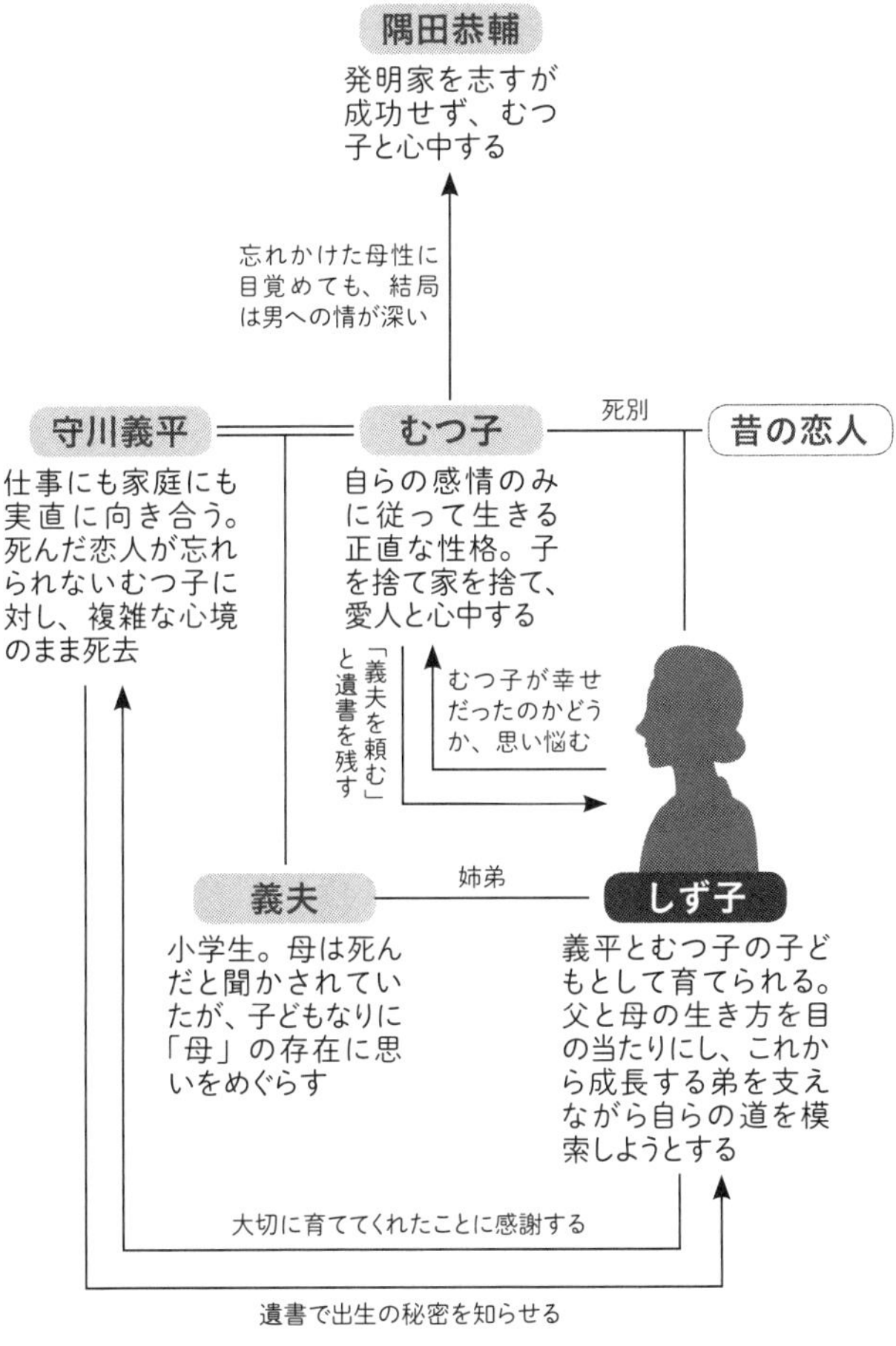

隅田恭輔
発明家を志すが成功せず、むつ子と心中する
忘れかけた母性に目覚めても、結局は男への情が深い
守川義平
仕事にも家庭にも実直に向き合う。死んだ恋人が忘れられないむつ子に対し、複雑な心境のまま死去
むつ子
自らの感情のみに従って生きる正直な性格。子を捨て家を捨て、愛人と心中する
死別
昔の恋人
「義夫を頼む」と遺書を残す
むつ子が幸せだったのかどうか、思い悩む
姉弟
義夫
小学生。母は死んだと聞かされていたが、子どもなりに「母」の存在に思いをめぐらす
しず子
義平とむつ子の子どもとして育てられる。父と母の生き方を目の当たりにし、これから成長する弟を支えながら自らの道を模索しようとする
大切に育ててくれたことに感謝する
遺書で出生の秘密を知らせる

父帰《ちちかえ》る

妻子を捨てて家出した父への恨みと肉親の情

菊池寛《きくちかん》

1917年発表

菊池寛

1888～1948年。香川県高松市に生まれる。京大在学中に芥川龍之介らと雑誌「新思潮」を創刊。『屋上の狂人』や『父帰る』などを発表する。のちに『恩讐《おんしゅう》の彼方《かなた》に』などで作家としての地位を確立し、さらに新聞で『藤十郎の恋』『真珠婦人』などを書いた。芥川賞・直木賞の創設者でもある。

女と家出した父と残された家族

28歳の黒田賢一郎《けんいちろう》には、50歳を過ぎる母おたかと5歳年下の弟新二郎《しんじろう》、20歳の妹おたねがいる。

父親は賢一郎が8歳のときに借金を作って愛人とともに家出してしまい、それ以来帰ってこない。

新二郎は小学校の教師となり、器量よしのおたねはいい所に嫁入り先が決まって、一家は貧しいながらも人並みに暮らしていた。

父のいない分、賢一郎が長男として小さいときから県庁で給仕の仕事をして幼い弟妹を養い、中学校を卒業させ、現在では文官となって一家の支柱となっているのだ。

そんなとき、新二郎が父の幼馴染みから、父に良く似た人を見たという話を聞いてくる。父のはずがないと思いつつ、一家の話題は自然と父のことになっていく。

母はなつかしそうに父の昔話をし、父を覚えていない新二郎が父はどんな人だったかを聞いたが、賢一郎は父の話をしたがらない。

「覚えていない、一生懸命忘れようとしたから」と答えるだけだ。

しばらくすると外出先から帰ってきたおたねが、家の外に年寄りが1人いて、家の玄関をじっと見ているのだと話す。兄弟3人は不安な気持ちになった。

20年ぶりに帰ってきた父との再会

一家が4人で食事をしていると、ふいに「御免」という男の声がした。「おたかはいないか」と呼ぶ声に、母は吸いつけられるように玄関に向かう。玄関からは母を訪ねてきた男の涙ぐんだ声が聞こえてきた。なんと父の宗太郎《そうたろう》が20年ぶりに帰ってきたのだった。

父は憔悴《しょうすい》した様子で、やはり年老いた母に導かれて部屋に入ってきた。そして母や新二郎、おたねと次々に挨拶をしていった。

かつてあんなに父を恨んでいた母は、嬉しそうに子どもたちの成長ぶりを父に説明した。また、父の記憶がない新二郎とおたねは、父に自己紹介をした。

父は4、5年前までは、人を20～30人連れて見世物小屋の興行をしていたが、小屋が丸焼けになり、ひどい損害を出した。そして老いを考えると、女房子どもが恋しくなって帰ってきたというのだ。

「よろしく頼む」と言って、父は賢一郎に杯を差し出した。しかし賢一郎は応じなかった。

久しぶりの再会を祝おうと母は言い、父の差し出す杯に酒をつごうとする新二郎を賢一郎は制して「僕たちに父親がある訳ない」と言い放った。

老いて憔悴した父を賢一郎は許せるのか

「何やと！」父は憤《いきどお》ったが、賢一郎は冷ややかに父のいない間の一家の苦労を語った。

父がいなくなったあと、母は失望して子どもたちと海に身投げをしたのだった。運良く皆助かったが、貧しく辛い生活を味わい、子どもたちが母に不平を言うと「恨むなら父を恨め」と言われて育ってきたのである。

母やおたねは泣き、新二郎の目には涙が浮かんだ。賢一郎の話を聞くに従い、憤っていた父の気持ちは悲しみに変わっていった。

「ええわ、出て行く」。呼び止める新二郎と泣き続ける母妹を残し、消沈した父はとうとう出て行ってしまう。

そして皆に哀願された賢一郎は、しばらくして新二郎に「父を呼び返してこい」と命じるのだった。

だが新二郎は父を見つけることができず、賢一郎は新二郎とともに暗い戸外へ父を探しに飛び出して行った。

作品の背景

◎菊池寛が最初に目指したのは戯曲家で、『父帰る』も雑誌「新思潮」へ発表された一幕物の戯曲である。当時、『屋上の狂人』や『藤十郎の恋』も一幕物の戯曲として書かれたが、発表当初は注目されず、筆者はまず短編作家としての歩みをはじめる。
◎『父帰る』は発表から3年後に大劇場で上演され、好評を得る。菊池の描く現実的な人間の姿とテーマが民衆の支持を得た。

人物相関図

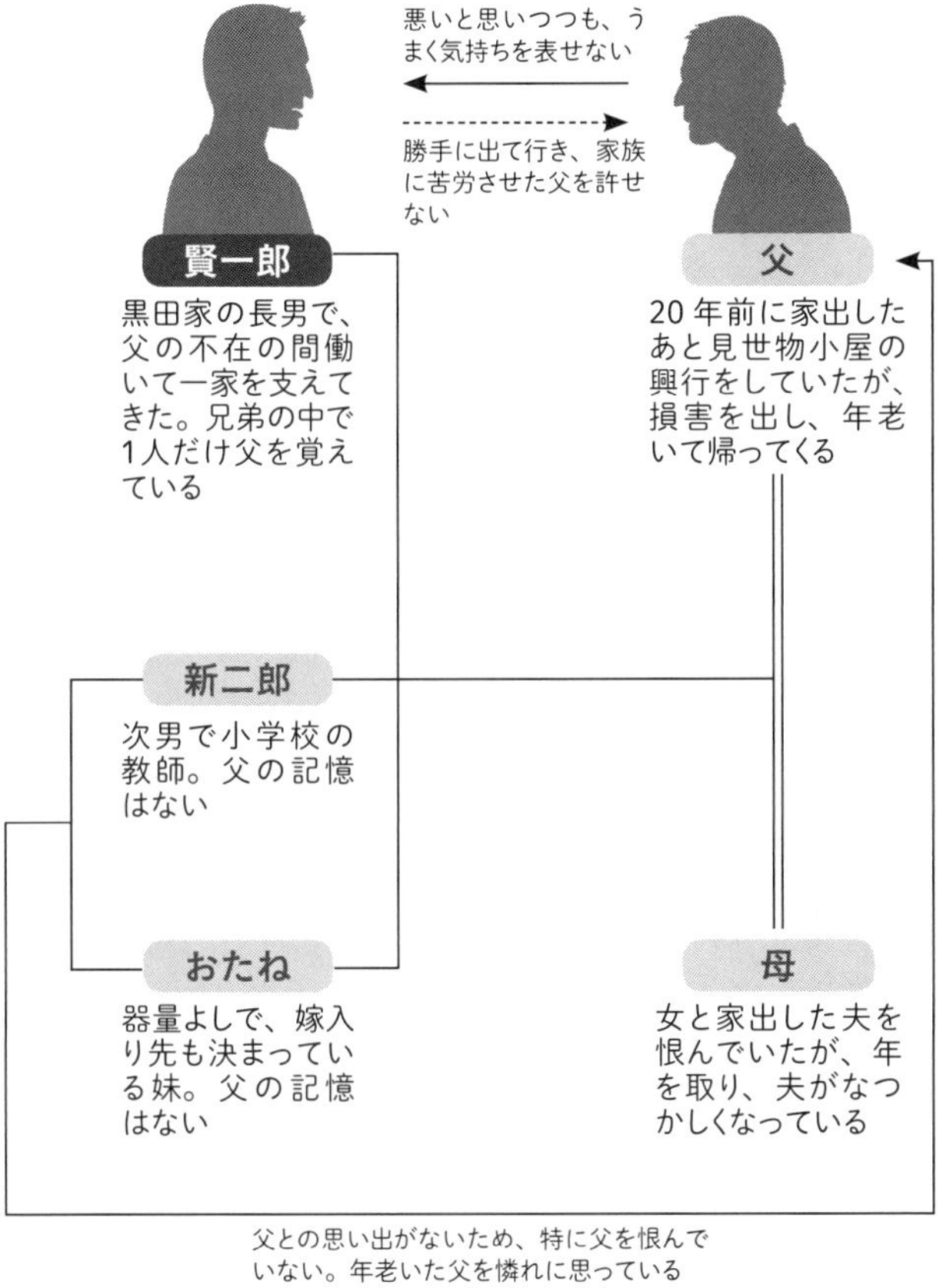
悪いと思いつつも、うまく気持ちを表せない
勝手に出て行き、家族に苦労させた父を許せない
賢一郎
黒田家の長男で、父の不在の間働いて一家を支えてきた。兄弟の中で1人だけ父を覚えている
父
20年前に家出したあと見世物小屋の興行をしていたが、損害を出し、年老いて帰ってくる
新二郎
次男で小学校の教師。父の記憶はない
おたね
器量よしで、嫁入り先も決まっている妹。父の記憶はない
母
女と家出した夫を恨んでいたが、年を取り、夫がなつかしくなっている
父との思い出がないため、特に父を恨んでいない。年老いた父を憐れに思っている

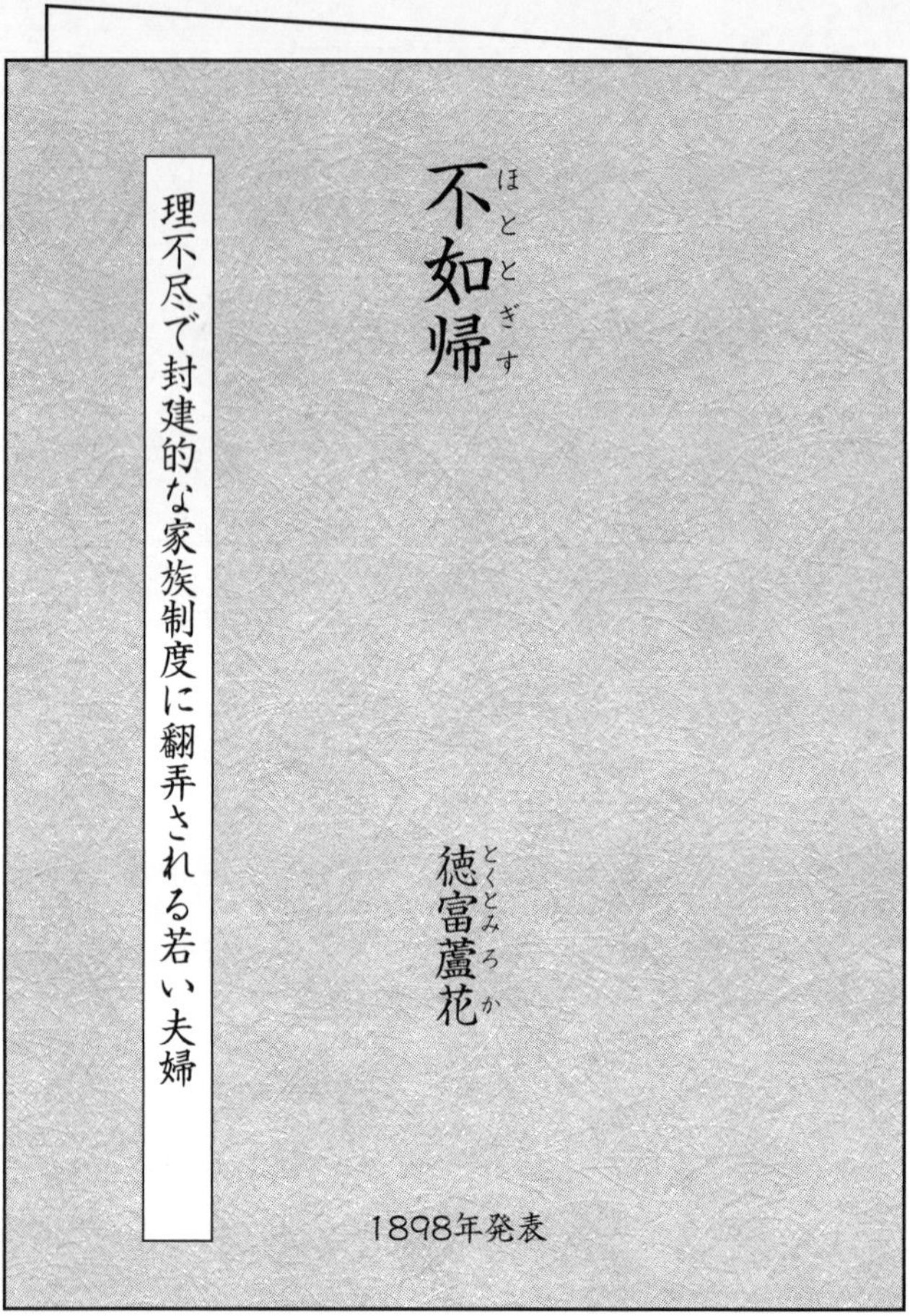

不如帰《ほととぎす》
理不尽で封建的な家族制度に翻弄される若い夫婦
徳富蘆花《とくとみろか》
1898年発表

徳富蘆花

1868～1927年。熊本県に生まれる。本名は健次郎。同志社英学校（現・同志社大学）在学中にキリスト教に影響を受け、トルストイに私淑《ししゅく》。やがて執筆活動をはじめる。初期の作品には『砂上の文字』など。『不如帰』で地位を確立し、社会派小説『黒潮』などを発表。最期は伊香保で死去した。

幸福に満ちた新婚夫婦に忍び寄る不幸の足音

浪子《なみこ》と武男《たけお》は新婚夫婦である。浪子は今をときめく片岡陸軍中将の娘で、実母はとうに亡くなっている。武男は海軍少尉《しょうい》で川島家の跡取り息子である。父はすでになく、未亡人の母はリュウマチを患っていた。

武男は遠洋航海に出ることが多く、浪子は夫の留守中、自らも病弱ながら姑に尽くして世話をしていた。しかし、姑は内気で言葉少ない浪子を嫌い、何かというと辛く当たる。

浪子は実家で父の後妻との折り合いが悪かったため姑との不仲を寂しく感じていたが、それでも愛しい夫を思い、姑にかいがいしく仕えていた。

武男の休暇だったその日、若夫婦は伊香保に休養に来ていた。そこへ現れたのが、武男の従兄弟の千々岩安彦《ちぢわやすひこ》である。

千々岩は出世の糸口に片岡家とのつながりを目論んでおり、武男に内緒で浪子に言い寄っていた。また、あるときは軍用商人の山木兵造《やまきひょうぞう》とつるんで武男を陥れようとする。そんな千々岩を、浪子はもちろん武男も嫌っていた。

周囲の策略によって決まった思わぬ離縁

あるとき、浪子は結核にかかり寝込んでしまった。姑は病に伏した浪子に武男がつきっきりなのが気に入らず、ますます浪子を嫌う。

浪子の容態は思わしくなく、ついに逗子《ずし》へ療養に行くこととなった。以前から浪子を武男に奪われたことを苦々しく思っていた千々岩は山木と共謀し、これを機会に肺病を患う嫁など離縁してしまうよう、姑をそそのかす。

当然、武男は承知しなかったが、姑は武男の航海中、勝手に離縁を決めてしまった。そして代わりに、山木の娘のお豊《とよ》を行儀見習いの口実で川島家へ引き入れたのである。

そんなこととは知らず、逗子で武男の帰りをひたすら待っていた浪子を、伯母で仲人の加藤夫人が迎えに来た。実家に戻った浪子は、川島家から一方的に離縁を言い渡されたことを知り、父の膝ですすり泣いた。

帰艦して母から経緯を聞かされた武男も、すっかり捨てばちな気持ちになり軍隊へ戻った。折しも日本は日清戦争の真っ最中だったのである。

離れても心を通わせる2人は幸せになれたのか

戦況は激しく、千々岩は戦死し武男も負傷した。

入院する武男のもとには浪子から見舞いの品が届いた。武男は2人の愛がまだそこにあることにむせび泣き、再び戦地へ戻った。

その一方で、死の病に絶望した浪子は海に身投げしかけていた。だがこのときはクリスチャンの老婦人・小川に救われ、生きることを選択して京都に静養に向かう。戦地から戻った武男が逗子を訪ねたのはそのあとだった。

しかし、乗艦先の広島へ向かう武男と療養中の浪子は、神戸の山科《やましな》で偶然列車越しに再会した。それはほんの一瞬であったが、2人は確かに互いを確認したのである。

七夕の夜、浪子の容態は急変した。浪子は加藤夫人に武男への手紙を託し、愛する人と添い遂げられなかった無念を泣きながら嘆く。

「ああつらい！（中略）もう――婦人《おんな》なんぞに―生まれはしませんよ」

青山の墓地には白菊の花を手にした海軍士官の姿があった。それは加藤夫人から渡された浪子からの最後の手紙を胸に、呆然とする武男であった。

作品の背景

◎当時の認識はメロドラマ的な通俗小説だったが、実は古い日本の家長制度の有り方に一石を投じた社会小説である。

◎発表は日清戦争開戦後で作品中にはその描写も細かいが、反戦的な色合いは薄く、むしろ妻を失った男の生きがいとして描かれている。

◎主人公の浪子は実在のモデルがいる。また、作者自身も洗礼を受けていたことから、終盤で浪子を救う人物として尼僧が登場しているのも興味深い。

人物相関図

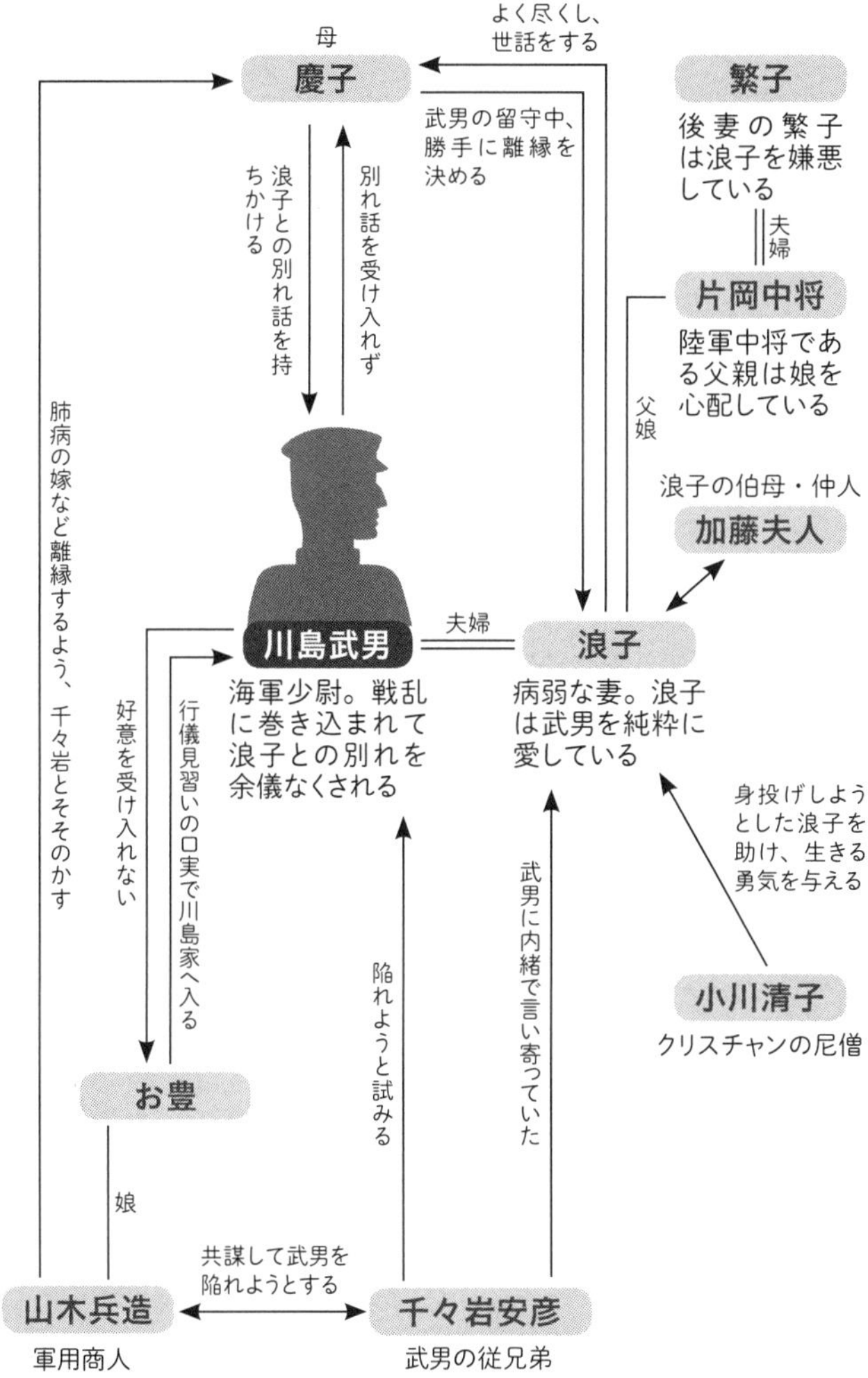

母
慶子
よく尽くし、世話をする
武男の留守中、勝手に離縁を決める
浪子との別れ話を持ちかける
別れ話を受け入れず
繁子
後妻の繁子は浪子を嫌悪している
夫婦
片岡中将
陸軍中将である父親は娘を心配している
父娘
浪子の伯母・仲人
加藤夫人
肺病の嫁など離縁するよう、千々岩とそそのかす
川島武男
海軍少尉。戦乱に巻き込まれて浪子との別れを余儀なくされる
夫婦
浪子
病弱な妻。浪子は武男を純粋に愛している
好意を受け入れない
行儀見習いの口実で川島家へ入る
陥れようと試みる
武男に内緒で言い寄っていた
身投げしようとした浪子を助け、生きる勇気を与える
小川清子
クリスチャンの尼僧
お豊
娘
共謀して武男を陥れようとする
山木兵造
軍用商人
千々岩安彦
武男の従兄弟

山椒大夫《さんしょうだゆう》

森鷗外《もりおうがい》

1915年発表

母親と生き別れた安寿と厨子王の悲しき人生

森鷗外

1862～1922年。島根県に生まれる。本名は林太郎。家業は藩医で、自身も東大医学部卒。陸軍医として1884年にドイツに留学し、西洋文学や美術に造詣を深めた。陸軍軍医総監の地位に上りつめるが、1889年に訳詩集『於母影《おもかげ》』で作家デビュー。生涯、医学と文学の二足のわらじを履き続けた。

父を訪ねる長く苦しい旅路

越後の春日《かすが》から今津へ向かう道を旅する一行があった。30歳過ぎの母親と2人の子ども、そして40歳くらいの女中姥竹《うばたけ》の4人連れである。

子どもは姉が安寿《あんじゅ》といって、14歳だが気丈でしっかりしており、疲れを悟られまいとしている。弟は12歳で厨子王《ずしおう》という賢そうな子であった。一行は筑紫《つくし》へ流されたまま帰らない父を心配し、訪ねていく途中であった。

その日の宿を探そうと、通りかかった潮汲女《しおくみ》に尋ねてみると、このあたりは最近人買いが横行しているので、旅人に宿を貸してはいけない掟《おきて》になっているという。しかたがないので一行は河原で野宿をすることにした。

石垣に立て掛けられた材木の陰に荷を解いていると、1人の男がやって来た。山岡《やまおか》大夫《たゆう》と名乗る船乗りで、宿がなく困っている旅人をこっそり自分の家に泊めているのだという。子どもたちを気遣った母親は、その申し出をありがたく受けることにした。

騙されて母と引き離され、山椒大夫に買われる

陸を行くと親不知子不知《おやしらずこしらず》という難所もあるため、山岡大夫の勧めに従って海路を行くことにした一行は、翌日船着き場へ向かった。

母親と姥竹、安寿と厨子王のふた組に分けて船に乗せられると、それぞれの船は反対の方向に進みはじめた。母親は安寿に守本尊の地蔵様を、厨子王に父の護刀《まもりがたな》を大切にするようにと叫ぶことしかできず、姥竹は悲観して海に身を投げてしまった。

南へ向かった安寿と厨子王はあまりに幼くか弱いので、なかなか買い手が見つからない。ようやく丹後で山椒大夫という大きな屋敷に住む金持ちが2人を買い取った。

安寿は海で潮汲み、厨子王は山で柴刈りをさせられることになる。安寿は同じように潮汲みをする、二見《ふたみ》が浦《うら》から買われてきた伊勢の小萩《こはぎ》という女性と親しくなった。

山椒大夫には二郎と三郎という息子がいる。二郎は2人に辛く当たることはないが、三郎は荒くれ者である。

ある晩、安寿と厨子王は同じ夢を見た。三郎が2人の額に焼けた火ばしを当てるのだが、地蔵様に祈りを捧げると痛みが消え、傷もなくなったのだ。翌朝、地蔵様の額の両側には、夢で見たのと同じような傷がついていた。

姉との悲しい別れ、そして母との再会

あるとき、安寿は山で働きたいと申し出る。厨子王と一緒に山へ行った安寿は地蔵様を持たせ、厨子王を逃がす。そして自分は近くの沼に入水してしまうのだった。厨子王は寺の曇猛律師《どんみょうりつし》に匿《かくま》われ、無事に都まで逃げ延びた。

清水寺に泊まっていると、関白師実《もろざね》が訪ねて来た。娘の病気平癒のためには、ここに寝ている者の守本尊を借りるように、夢のお告げがあったのだという。守本尊を拝むとたちまち娘の病気は回復した。師実は厨子王の父の安否を知るために使いを出してくれたが、すでに父は亡くなっていた。

やがて、厨子王は丹後の国守に任ぜられ、人買いの禁止を行った。それから母の行

方を探しに佐渡へ行く。

ある農家の前にぼろをまとった盲目の女が座って、姉と自分の名の入った詞《ことば》をつぶやいていた。

厨子王の目から涙があふれる。守本尊を捧げ持ち、慌てて駆け寄りひれ伏した。すると、女の目が開き「厨子王」と叫んだ。2人はしっかり抱き合うのだった。

作品の背景

◎この作品は1914年の12月に脱稿し、翌年1月の「中央公論」に掲載された。
◎鷗外は厨子王の設定にかなり苦労をしたようである。山椒大夫から厳しい仕打ちを受けるには13歳という年齢に無理はないが、国守になるにはあまりにも幼過ぎる。そのため、関白師実の大きな権力を使わざるを得なかったと、『歴史其儘《そのまま》と歴史離れ』という随筆の中に書いている。

人物相関図

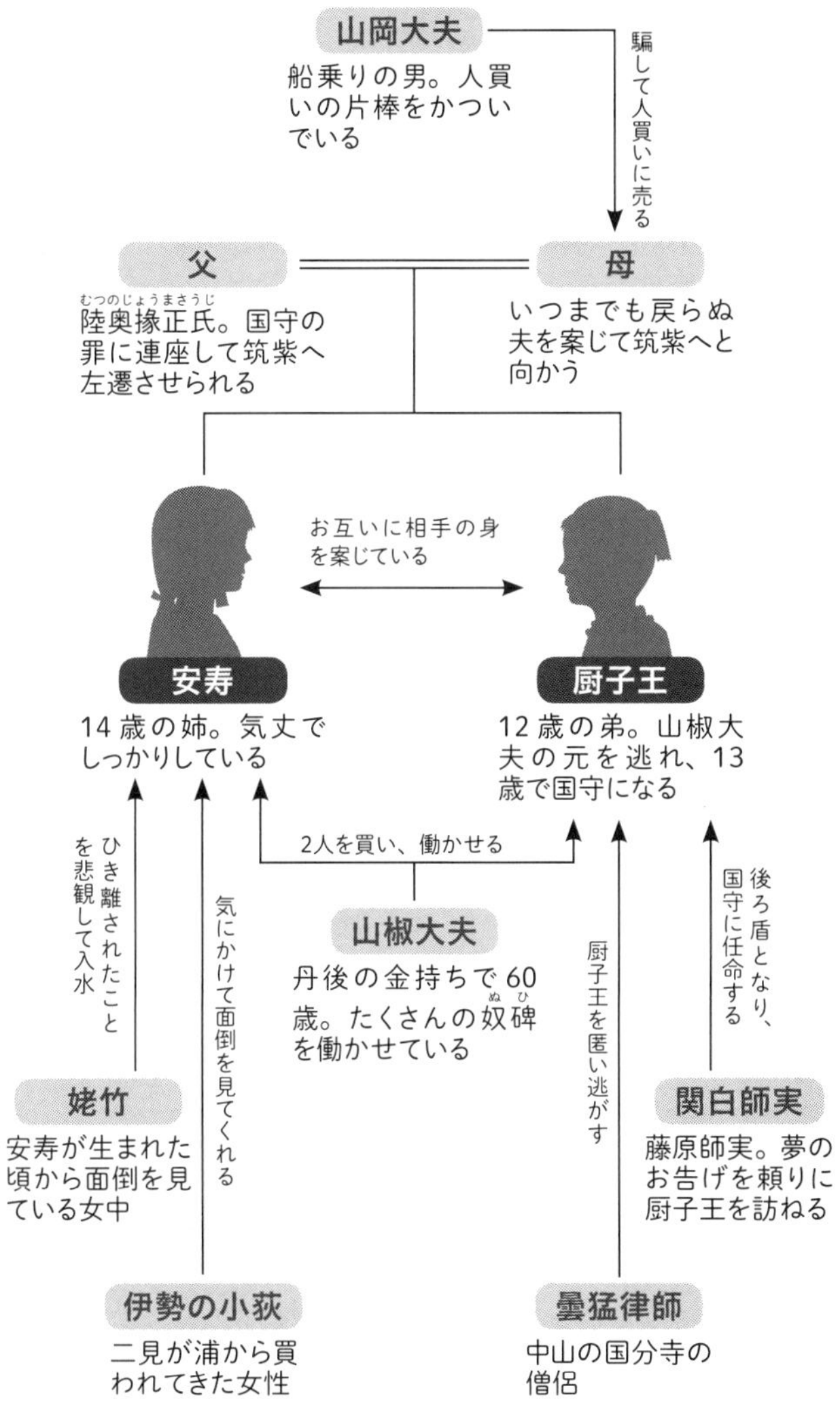
山岡大夫
船乗りの男。人買いの片棒をかついでいる
騙して人買いに売る
父
陸奥掾正氏《むつのじょうまさうじ》。国守の罪に連座して筑紫へ左遷させられる
母
いつまでも戻らぬ夫を案じて筑紫へと向かう
お互いに相手の身を案じている
安寿
14歳の姉。気丈でしっかりしている
厨子王
12歳の弟。山椒大夫の元を逃れ、13歳で国守になる
2人を買い、働かせる
山椒大夫
丹後の金持ちで60歳。たくさんの奴婢《ぬひ》を働かせている
ひき離されたことを悲観して入水
姥竹
安寿が生まれた頃から面倒を見ている女中
気にかけて面倒を見てくれる
伊勢の小萩
二見が浦から買われてきた女性
厨子王を匿い逃がす
曇猛律師
中山の国分寺の僧侶
後ろ盾となり、国守に任命する
関白師実
藤原師実。夢のお告げを頼りに厨子王を訪ねる

銀《ぎん》河《が》鉄《てつ》道《どう》の夜《よる》

宮沢賢治《みやざわけんじ》

（死後発見される）

少年と死者を乗せた汽車は、銀河を走り抜けていく

宮沢賢治

1896〜1933年。岩手県の裕福な商家に生まれる。農学校教員や砕石工場技師をしながら、農業向上に力を注ぐ。生前には詩集『春と修羅《しゅら》』と童話集『注文の多い料理店』が１冊ずつ自費出版されたのみで、『銀河鉄道の夜』や詩『雨ニモマケズ』などは亡くなるまで世に出ることはなかった。

孤独な少年ジョバンニと銀河のお祭り

少年ジョバンニは、身も心も疲れていた。父は遠方へ漁に出ていて行方がわからず連絡もない。母は病気に伏せている。学校帰りには活版所で働き、家計を助けている。学校でいじめられているジョバンニは、銀河のお祭りの夜に同級生の少年たちが烏《からす》瓜《うり》の燈火《あかり》を川へ流しに行く恒例行事にも誘われることはない。

その日、お祭りで賑わう町で同級生たちと鉢合わせしたジョバンニは、いつものように父のことをからかわれ、その場を逃げるように走り出す。そして1人淋しく丘の上で星空を眺めるのだった。

親友と巡る銀河鉄道での不思議な旅

すると「銀河ステーション」という声がどこからか聞こえてきて、急に目の前が明るくなった。そして気がつくとジョバンニは小さな汽車に乗っていた。それは銀河を走る汽車だった。

見ると前の席には皆と川へ燈火を流しに行ったはずのカムパネルラが座っている。2人の父は友人同士で、カムパネルラとジョバンニも小さな頃からの友達だった。同級生の中でカムパネルラだけはジョバンニをいじめないのである。

何故かカムパネルラは最初、青ざめた顔をしていたが、じきに元気を取り戻していった。そして2人は銀河鉄道に乗って、旅をはじめることになる。

りんどうが一面に咲いている場所や白鳥の停車場などを通り過ぎ、そして鳥を捕ってはお菓子にして売っている人や、何かを発掘中の学者など、不思議な人々に出会っては別れていく。

旅の終わりに待っていた親友との永遠の別れ

途中、少女と少年の姉弟を連れた青年が汽車に乗ってきた。3人は船で旅をしていたが、船が氷河にぶつかり沈没したのだという。

やがて大きく真っ赤に燃える火を見つけたジョバンニたちに、少女が「さそりの火」の話を語る。

昔、ある野原で虫を殺して食べて生きていたさそりが、ある日いたちに見つかって食べられそうになった。さそりは一生懸命逃げたが、目の前にあった井戸に落ちてしまい、溺れはじめる。

そのとき、さそりは「神様、こんなにむなしく命を捨てず、どうかこの次にはまことのみんなの幸いのために私の体をお使いください」と祈る。するとさそりは自分の体が真っ赤な美しい火になって燃えて、夜の闇を照らしているのを見たというのだ。

しばらくして青年と姉弟は、天上へ行くために十字架の立つ駅で汽車を降りた。

再びカムパネルラと2人きりになったジョバンニは、この旅で皆の本当の幸せを探しに行こうと決心する。けれども本当の幸せが何なのか、ジョバンニにもカンパネルラにもわからなかった。

そして「僕たちどこまでも一緒に進んで行こう」と語りかけたジョバンニの前に、

カムパネルラの姿はもうどこにもなかった。

気がつくと、ジョバンニは元の丘の上にいた。そして町に降りて、カムパネルラが同級生を助けるために川へ飛び込み、溺れ死んだことを知る。

同時にジョバンニはカムパネルラの父に会って、ジョバンニの父がもうすぐ帰ってくることを知る。いろいろなことで胸がいっぱいで何も言えず、ジョバンニはただ一目散に走り出した。

作品の背景

◎『銀河鉄道の夜』は、死後、人はどこに行ってしまうのか、そして本当の幸福とはいったい何なのかをテーマにした悲しくも幻想的で美しい物語。1922年に賢治の最大の理解者であった妹・トシが亡くなったのを機に生まれた。

◎賢治は1924年に執筆した初稿から10年近くの歳月をかけ、3度の大きな改稿を重ねる。

◎最後に書かれた第4稿も推敲中の部分が残され、永遠に未完成のまま、賢治は急性肺炎のため37歳でこの世を去る。

人物相関図

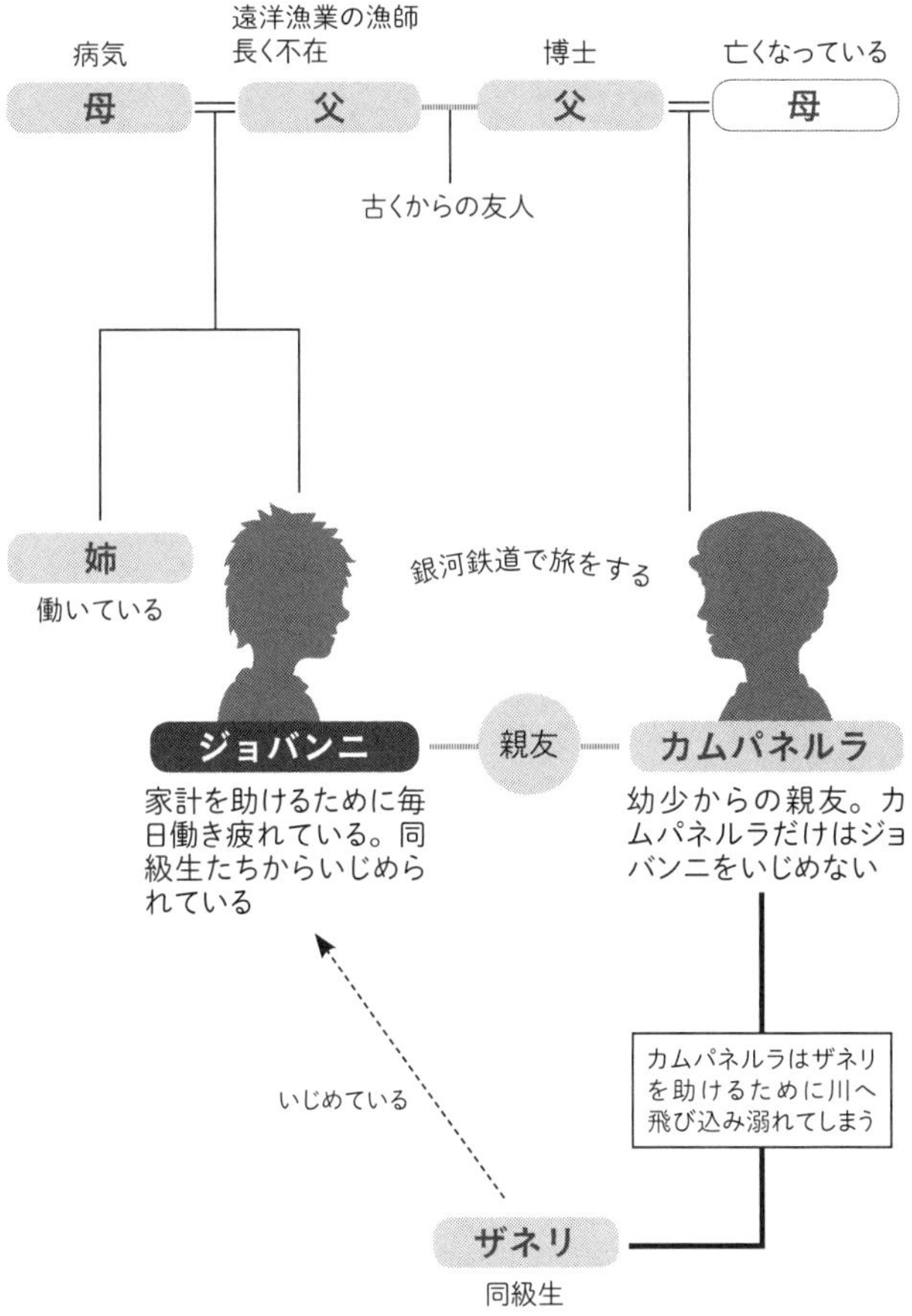
病気
母
遠洋漁業の漁師
長く不在
父
博士
父
亡くなっている
母
古くからの友人
姉
働いている
銀河鉄道で旅をする
ジョバンニ
親友
カムパネルラ
家計を助けるために毎日働き疲れている。同級生たちからいじめられている
幼少からの親友。カムパネルラだけはジョバンニをいじめない
カムパネルラはザネリを助けるために川へ飛び込み溺れてしまう
いじめている
ザネリ
同級生

友情《ゆうじょう》

武者小路実篤《むしゃのこうじさねあつ》

1919年発表

恋愛に破れ、友人までも失った青年の悲痛

武者小路実篤

1885〜1976年。東京都に生まれる。学習院高等科より志賀直哉と親交を深める。東大文科社会学科中退。1910年に志賀直哉、里見弴《とん》、有島武郎らと「白樺」創刊。その後、関東大震災で終刊を余儀なくされるまで通算160冊を発刊した。1918年、理想郷「新しき村」を宮崎県に建設。

一方的とはいえ、杉子への純粋な想い

脚本家の卵である野島は、帝劇ではじめて杉子に出会う。杉子は野島の友人である仲田の妹で、野島は16歳の杉子の美しさにひと目惚れする。

野島は女性を見ると、すぐに結婚のことを考える人間だった。野島は杉子のことを、その場で自分の理想の妻として考えていた。そしてその思いは、時とともに野島の中で大きくなり、彼の心の中は杉子でいっぱいだった。

ただ、自分はまだ文壇から注目される立場ではない。だから杉子と結婚する資格はないと思っていた。そんなとき野島は、「あなたでなければ出来ない使命を持っていらっしゃいます」と杉子から言われることを想像する。それが自分の仕事への何よりの励みになった。

一方的ではあるが、野島の愛は純粋そのものであった。

あくまでも親友の恋を守ろうとする大宮

野島の杉子への気持ちは、親友である大宮には打ち明けていた。大宮は文壇では、野島よりもずっと評判がいい。だから野島は大宮に対して嫉妬を感じることはあるが、大宮は野島に尊敬と信頼を寄せてくれるので感謝していた。

夏になり、仲田家は鎌倉の別荘で過ごす。大宮の別荘も鎌倉にあるので、杉子への想いを知っている大宮は野島を自分の別荘へ誘い、野島と大宮はともに夏を過ごす。

ある夜、野島と大宮が砂丘を散歩していると、仲田や杉子らと出会う。みんなで一緒に散歩しようと誘う仲田。しかし大宮は野島に気遣って、自分だけ先に帰るという。野島は大宮に感謝するも、気がひけて結局は大宮と一緒にその場を離れる。大宮は「恋はあつかましくなければ出来ないものだよ」と笑いながら言う。

ところが、野島の恋心とは裏腹に、杉子は次第に男らしい大宮に惹かれていくのだった。それに気づく大宮。彼は親友である野島のことを思い、夏が終わると前から考えていたヨーロッパ留学を決心するのだった。

出発の日、東京駅で大勢の見送りの中で、杉子が誰とも話をせずに1人淋しく立っていることに野島は気づく。そして、野島は一生忘れられない光景を目にする。杉子は誰にも気がつかれないところに立って、大宮をじっと見つめていた。野島は、杉子の心がすっかりわかったように思った。

親友と恋人を失いつつも強く生きようとする野島

野島は、杉子が大宮に恋していることを直感した。心が落ち着かない野島は1年後、杉子に自分の思いを打ち明けるが、丁重に断られる。そして1年が経った。杉子は大宮の従妹夫妻のヨーロッパ行きに同行する。もちろん、大宮を追うためだった。

数か月後、野島は大宮から奇妙なはがきを受け取る。そこには、自分の謝罪の気持ちを某同人雑誌に告白したとあった。

同人誌には、大宮と杉子との書簡のやりとりが掲載されていた。

杉子は大宮への激しい恋心を告白するが、大宮は野島を気遣って拒否する。親友を裏切ることはできない。しかし葛藤の末、大宮は杉子の愛を受け入れ、自分のもとに来ることを許す。

すべてを知り、親友と恋人を一度に失った野島。怒り、わめき、泣いた野島。彼は大宮に手紙を書く。これからは仕事の上で決闘しよう。君には死んでも同情してもらいたくない。僕は力強く立ち上がるだろう……。

作品の背景

◎1919年「大阪毎日新聞」に連載された、近代文学を代表する青春小説。『愛と死』とともに、武者小路実篤の恋愛小説の双璧をなす作品である。白樺派らしい、理想主義的でプラトニックな恋愛と友情が描かれている。

◎『友情』を連載した頃と同じくして宮崎県に農業を中心とし、一定時間の義務労働を終えたあとは各自の個性を独創的に生かす自由時間を持ち、共産的協力生活を理想とする「新しき村」を建設する。「新しき村」の建設には全国からさまざまな人が集まった。

人物相関図

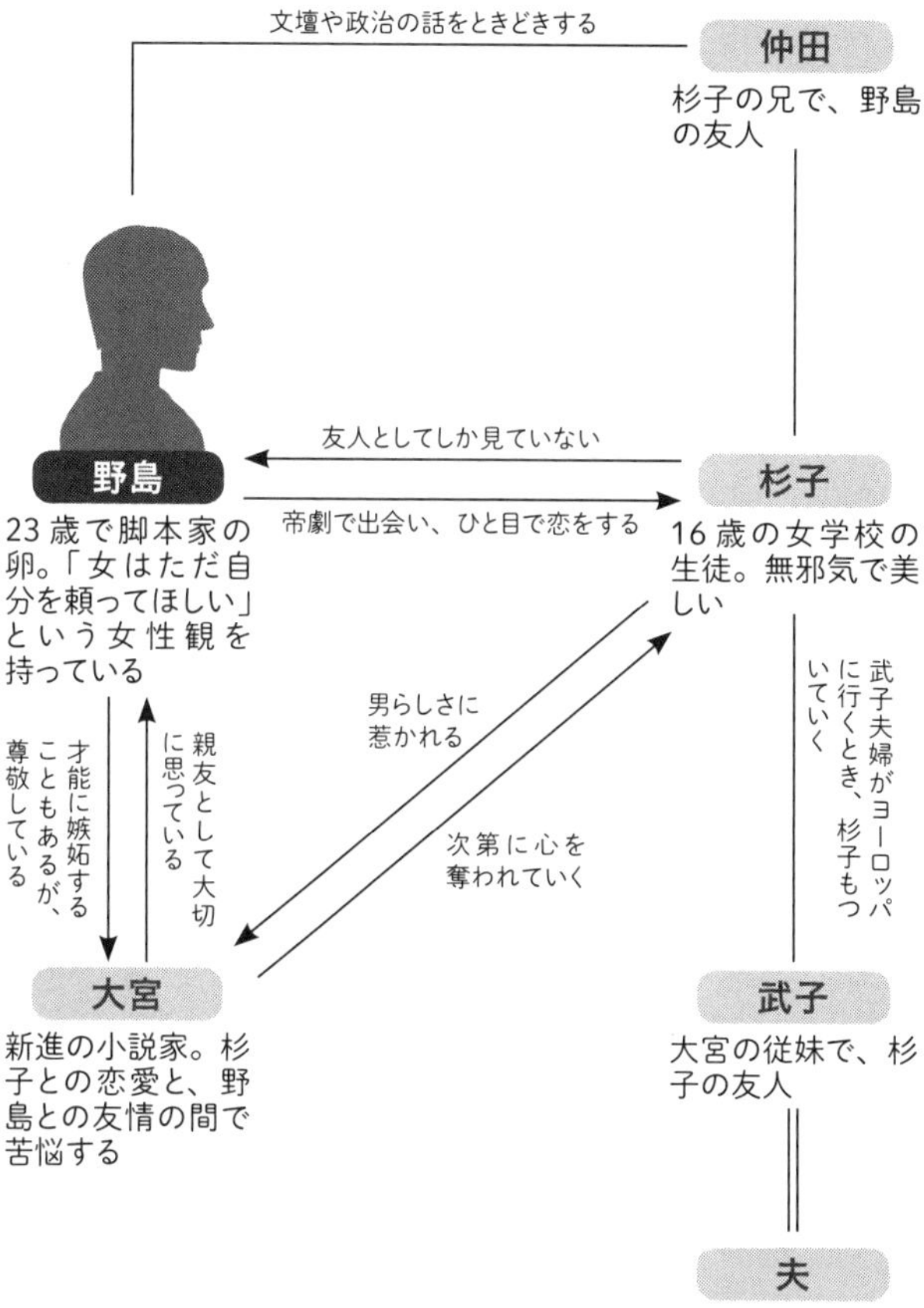
文壇や政治の話をときどきする
仲田
杉子の兄で、野島の友人
友人としてしか見ていない
野島
帝劇で出会い、ひと目で恋をする
杉子
23歳で脚本家の卵。「女はただ自分を頼ってほしい」という女性観を持っている
16歳の女学校の生徒。無邪気で美しい
男らしさに惹かれる
次第に心を奪われていく
才能に嫉妬することもあるが、尊敬している
親友として大切に思っている
武子夫婦がヨーロッパに行くとき、杉子もついていく
大宮
新進の小説家。杉子との恋愛と、野島との友情の間で苦悩する
武子
大宮の従妹で、杉子の友人
夫

〈第五章〉

心の深淵を描いた物語

雪国《ゆきぐに》

川端康成《かわばたやすなり》

1935年～1937年発表

雪国の芸者とのせつなく叙情的なふれあい

川端康成

1899～1972年。大阪市に生まれる。一高を経て東大英文科へ入学。卒業後「文芸時代」を創刊し、『伊豆の踊子』を発表して叙情的な作風で注目を集める。その後『千羽鶴』『古都』などの名作を書き、日本人ではじめてのノーベル文学賞を受賞するが、1972年、創作力の衰えから自殺した。

雪国の温泉場で出会った駒子との再会

国境の長いトンネルを抜けると雪国であった。

汽車が信号所に止まると、向こう側の座席にいた娘が、島村の座席まで来てガラス窓を開けた。娘は体を乗り出して駅長を呼び、この冬から鉄道信号所で働いている彼女の弟のことを駅長に必死に頼み込んでいる。

島村は葉子というその娘に興味を抱いた。彼女は車中、連れの病人の男をかいがいしく面倒みている。2人の関係は不明だが、娘の介抱ぶりはどこか夫婦じみて見えた。彼女たちは島村と同じ駅で降り、やがてその病人が、島村がこれから会いに行く女が世話になっている師匠の息子だとわかる。

島村がはじめて女と出会ったのは新緑の季節だった。芸者を宿に頼むと、今日は宴会で芸者の手が足りない。芸者ではないが、師匠の家にいる娘なら来てくれるという。それが駒子《こまこ》だった。不思議なくらい清潔な印象で、19歳だという。雪国の生まれで、東京でお酌をしていたところを受け出され、いずれ日本舞踊の師匠として身をたたせてもらうつもりでいたが、1年半で旦那に先立たれたと話す。島村は彼女に友情のようなものを感じるようになり、会うたびに親密になっていった。

しばらく滞在したのち妻子の待つ東京に帰った島村は、年の暮れになってこうして再び彼女に会いに、この温泉場を訪れたのである。駒子は連絡をしなかった島村を責めもせず、なつかしげに迎えてくれる。

だが島村が師匠の息子と葉子に会ったことを話すと、駒子は非常に興奮して師匠の息子は腸結核でもう長くなく、故郷に死ぬために帰ったのだと話す。ただ葉子については、何も語ろうとしなかった。

駒子の汚れない女心に惹かれ、島村は3度雪国を訪れるが…

そして島村は偶然、駒子が師匠の息子の許婚《いいなずけ》だという話を耳にする。駒子がこの夏から芸者に出たのも、彼の病院代を稼ぐためだという。駒子はその話を否定するが、葉子という恋人がいる男を自分の身を売ってまで療養させた駒子を、島村は無駄なことをする女だと思うと同時に純粋な存在に感じる。

駒子は毎日のように島村の部屋を訪れ、島村が東京に帰る日が近づいてくると、辛いから早く帰れという。旅人に深入りしそうな心細さがそう言わせるのだろう。島村は駒子の自分への気持ちが深まっているのを知った。

帰京の日、島村を駅まで送りに来た駒子のもとへ葉子が真剣な様子で現れ、師匠の息子がもう危ないから駒子に家に戻ってほしいと懇願する。しかし駒子は島村から離れず、なぜか彼の臨終を看取りに行こうとしなかった。

秋になり、再び駒子のいる温泉場を訪れた島村は、ある日、葉子と2人で話す機会を持つ。島村が駒子と師匠の息子が許婚だったのかと聞くと、葉子は激しく否定し、駒子が憎いと話す。島村は鬼気迫る葉子の様子に狂気を感じる。

3度目の逗留《とうりゅう》は長引いた。離れられないわけではないが、駒子が会いに来るのを待つのが癖になっていた。そして彼女がせつなく迫ってくるほど、島村には呵責《かしゃく》が募っていく。今度帰京したら、もうここを訪れることはないだろうと感じながら、彼は出発の決心をした。

そんなとき、村の繭倉《まゆくら》兼芝居小屋が火事になる。駒子とともに火事場へ急行すると、2階から女の体が落ちてきた。葉子だった。かすかに痙攣《けいれん》して動かなくなった葉子を、駒子は自分の犠牲か刑罰を抱えるように胸に抱いていた。

作品の背景

◎『雪国』は1935年から断続的に雑誌に発表された作品で、1937年に単行本として刊行されるが、その後も改稿を重ね、康成が自殺する前年の1971年になって定本版が刊行された。
◎短編として発表する予定が、書ききれずに書き足していった結果、内容も予定と多少変わっていき、島村よりも駒子を中心に描かれた。島村と葉子の心情はあまり多く書かれず、葉子と駒子のいきさつなども省いてしまったという。
◎作品は失神した葉子を駒子が抱えるところで終わるが、このあと島村が再び温泉場を訪れることはなく、駒子は気の狂った葉子を背負って生きていくだろうと、康成はのちに語っている。

人物相関図

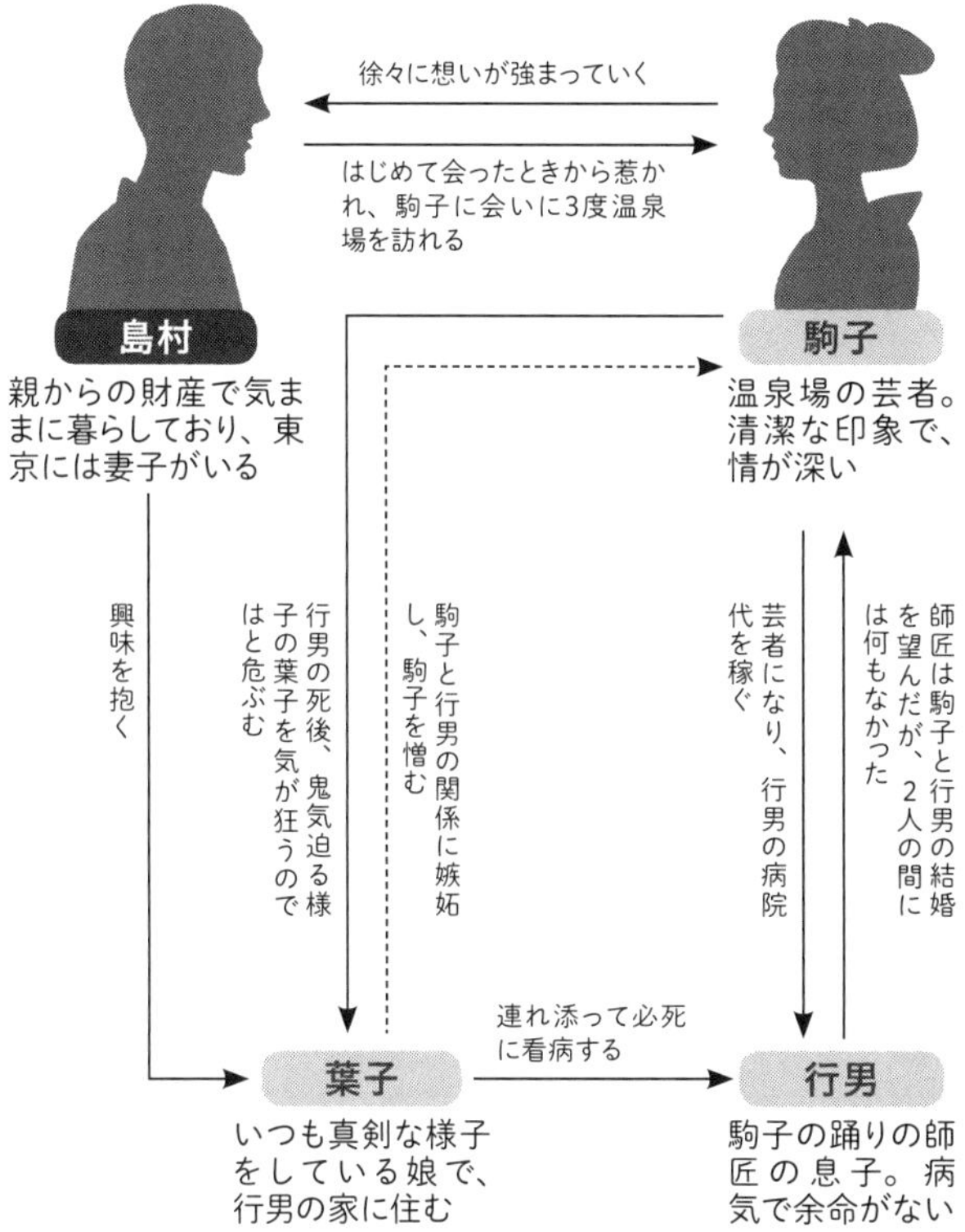
徐々に想いが強まっていく
はじめて会ったときから惹かれ、駒子に会いに3度温泉場を訪れる
島村
親からの財産で気ままに暮らしており、東京には妻子がいる
駒子
温泉場の芸者。清潔な印象で、情が深い
興味を抱く
行男の死後、鬼気迫る様子の葉子を気が狂うのではと危ぶむ
駒子と行男の関係に嫉妬し、駒子を憎む
芸者になり、行男の病院代を稼ぐ
師匠は駒子と行男の結婚を望んだが、2人の間には何もなかった
連れ添って必死に看病する
葉子
いつも真剣な様子をしている娘で、行男の家に住む
行男
駒子の踊りの師匠の息子。病気で余命がない

羅生門《らしょうもん》

芥川龍之介《あくたがわりゅうのすけ》

1915年発表

生きるためには手段を選ばない人間のエゴイズム

芥川龍之介

1892〜1927年。東京都に生まれる。東大英文科に進学し、夏目漱石の門下に入る。卒業後は横須賀海軍機関学校や新聞社に勤務し、『蜘蛛《くも》の糸』『地獄変《じごくへん》』など多くの作品を発表。新進作家の地位を確立していくが、1927年、「将来に対するぼんやりした不安」を動機として遺書に記し、自殺した。

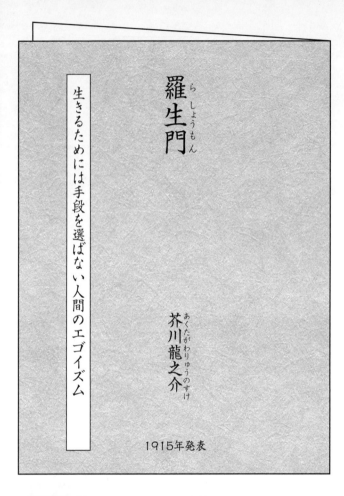

饑え死にか盗人か、羅生門で悩む男

数年来の天災や饑饉《ききん》で、京都の町はひどくさびれていた。朱雀《すざく》大路にある羅生門も荒れ果てて、狸狐《こり》や盗人《ぬすびと》が住みつく有り様である。

挙句の果てには引き取り手のない死人が打ち棄てられ、日が暮れると気味悪がって誰もここには近づかなかった。

さて、雨の降るある日の夕暮れどき、１人の男が羅生門の石段に座って途方にくれていた。この不況の煽《あお》りを受けて長年の勤め先をクビにされ、行く当てもなく雨宿りしていたのである。

このままでは饑《う》え死にして、羅生門に捨てられた死体と同じ運命をたどることになってしまう。そうならないためには、盗人になるしかない。だが男には盗人になる勇気がなかなか出ず、先ほどから羅生門で思案していたのだ。

羅生門で男が見た異様な光景

そのうち夕闇が降りてきて、男は寒さをしのぐために門の上の楼《ろう》でひと晩を明かそうと決めた。

楼に上るために梯子《はしご》を登っていくと、死人しかいないはずの門の上で誰かが火を灯《とも》している。男は静かに梯子を登りつめ、伏せながら楼の中を覗いてみた。

噂どおり、いくつも死体が棄てられている。腐乱した臭気に思わず鼻を覆った男は、次の瞬間、もう鼻を覆うことを忘れてしまった。

男の目に異様な光景が飛び込んできたのだ。なんと痩せた猿のような老婆が、火を灯して女の死体を覗き込んでいるのである。

男は恐怖と好奇心で、息をするのさえ忘れるほどだった。老婆は死体の首に両手をかけ、死体の長い髪の毛を抜いている。

するとその様子を見ていた男に、次第に老婆に対する激しい憎悪が芽生えはじめたのである。

先ほどまで盗人になろうかどうかと悩んでいたことなどすっかり忘れ、男の心には老婆に対してのみならず、あらゆる悪を憎む心が沸き起こってきた。

死人の髪を抜く老婆から男が得た勇気とは

男は太刀《たち》に手をかけ、老婆の前に歩み寄った。驚いて逃げ出そうとする老婆をねじ伏せ、男は老婆に何をしていたのか問いただす。

老婆は死人の髪を抜いて鬘《かつら》を作ろうとしていたと言う。さらに老婆は、ここの死体はそれくらいのことをされてもいい人間ばかりだと言うのだった。

この死体の女も、蛇《へび》を干し魚だと偽って売っていた。だが自分はこの女のしたことを悪いとは思わない。饑え死にしたくないから仕方なくしたのだ。自分だって同じである。この女も自分のすることを大目に見てくれるに違いない、と老婆は言い分を語った。

それを聞いていた男の心には、ある勇気が生まれてくる。夕刻なかなか決心することができなかった勇気、そして先ほどの悪を憎む気持ちとは正反対の勇気である。老婆の話が終わると、男は嘲《あざけ》るような声で「そうか」と返事をし、老婆の襟首《えりくび》をつかむと「では、俺がお前の着物を剥いでも恨むなよ。俺もそうしなけりゃ饑え死にするから」と言って、老婆の着物を剥《は》ぎ取ったのだった。足にしがみつく裸の老婆を手荒く死体の上に蹴倒《けたお》して、男は梯子を駆け下りていった。

しばらくして老婆はうめき声をたてながら、火の光を頼りに梯子まで這っていき、門の下を覗き込んだ。しかしそこには真っ黒な夜の闇があるだけだった。その後の男の行方は誰も知らない。

作品の背景

◎『羅生門』は『今昔物語集』から題材をとった、王朝物といわれる作品の第1作目。

◎当時の龍之介には恋愛感情を抱いていた女性がいて、彼女に求婚しようとしたが、芥川家の反対により結婚話は破談になる。この件で龍之介は人間のエゴイズムについて考えるようになり、挫折と虚無の中で『羅生門』が生まれた。

人物相関図

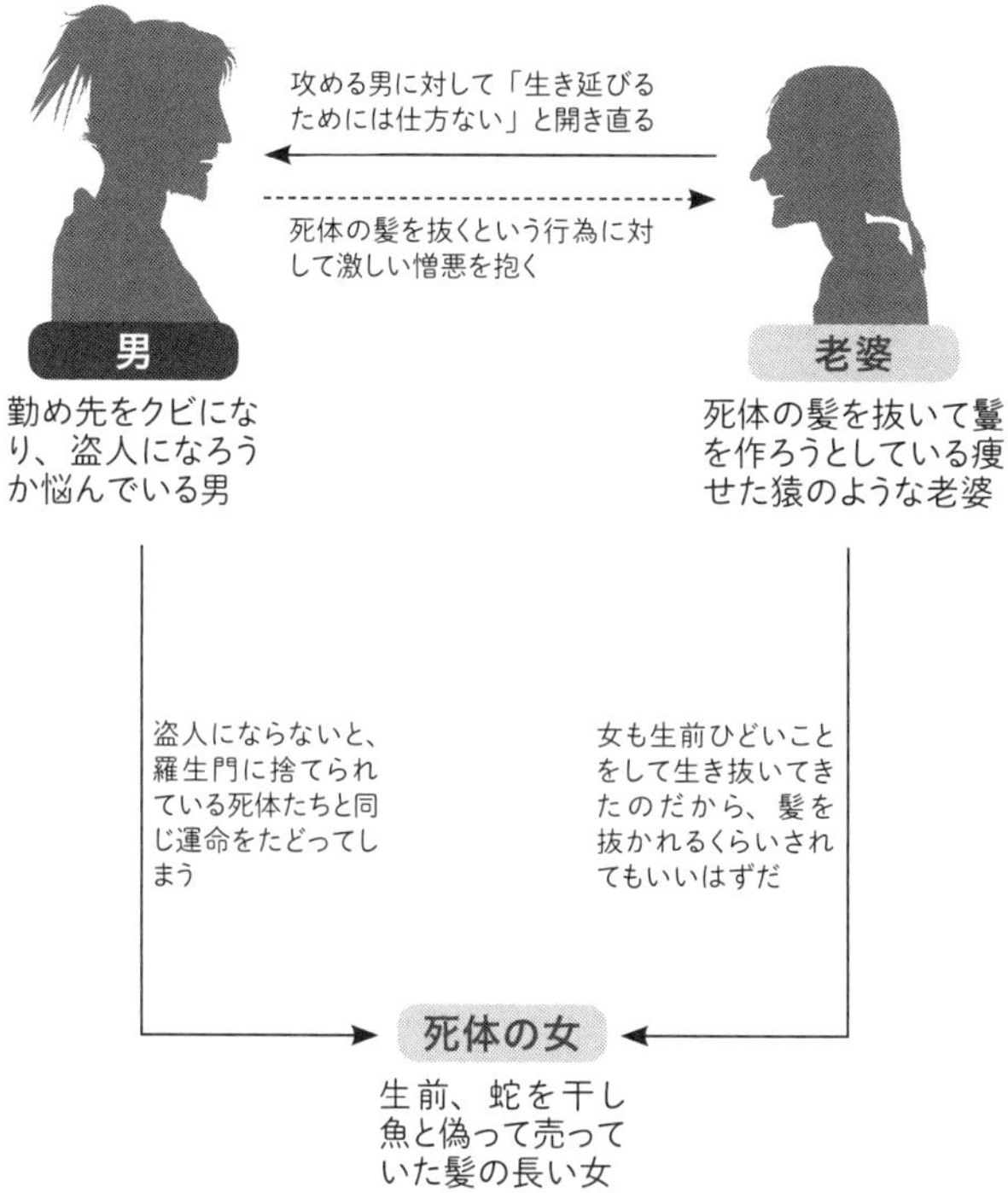

攻める男に対して「生き延びるためには仕方ない」と開き直る
死体の髪を抜くという行為に対して激しい憎悪を抱く
男
勤め先をクビになり、盗人になろうか悩んでいる男
老婆
死体の髪を抜いて鬘を作ろうとしている痩せた猿のような老婆
盗人にならないと、羅生門に捨てられている死体たちと同じ運命をたどってしまう
女も生前ひどいことをして生き抜いてきたのだから、髪を抜かれるくらいされてもいいはずだ
死体の女
生前、蛇を干し魚と偽って売っていた髪の長い女

藪《やぶ》の中《なか》

藪の中の死骸をめぐり、食い違う人々の証言とその真相

芥川龍之介《あくたがわりゅうのすけ》

1922年発表

芥川龍之介

1892～1927年。東京都に生まれる。東大英文科に進学し、夏目漱石の門下に入る。卒業後は横須賀海軍機関学校や新聞社に勤務し、『蜘蛛《くも》の糸』『地獄変《じごくへん》』など多くの作品を発表。新進作家の地位を確立していくが、1927年、「将来に対するぼんやりした不安」を動機として遺書に記し、自殺した。

藪の中で発見された男の死骸と、行方不明になった妻

藪の中で男の死骸が見つかった。検非違使《けびいし》が第一発見者の木こりに聞くと、都ふうの烏帽子《えぼし》をかぶった死骸の男は、胸をひと突きにされ死んでいたという。昨日、男と遭ったという旅の法師は、男には女の連れがいたと証言する。

さらに昨夜、多嚢丸《たじょうまる》という大泥棒を捕らえた下級の検非違使は、人殺しをしたのは多嚢丸に違いないと話す。また多嚢丸は盗人の中でも女好きだから、男と一緒にいたという女も多嚢丸がどうかしたのだろうと言う。

そして連れの女の母親から、男は武弘《たけひろ》、一緒にいた女は真砂《まさご》といって男の女房だとわかる。母親は娘がどうなったか、行方を探してほしいと検非違使に頼んだ。

そこで捕まえられた多嚢丸を詮議《せんぎ》すると、多嚢丸はあの男を殺したのは自分だと白状した。だが女は殺していないし、どこへ行ったのかもわからないと話す。

多嚢丸の白状と真砂の懺悔

昨日の昼過ぎ、旅の夫婦に出会った多嚢丸は女の顔がちらりと見えた瞬間、男を殺してでも女を奪いたいと思った。そして言葉巧みに2人に近づき、藪の中に引き込んで男のほうを木に縛りつけ、小刀を出して挑んできた女を押さえ込み、男を殺すことなく女を手中にしたという。

だが多嚢丸が去ろうとすると、女が泣きすがって「ふたりの男に恥を見せたのは死ぬより辛い。あなたか夫のどちらか1人が死んでほしい。その生き残ったほうに連れ添う」と叫んだというのだ。

燃えるような女の瞳に魅せられた多嚢丸は、この女を妻にしたいと思い、男の縄を解いて決闘を挑んだ。そして多嚢丸が勝ち残ったが、振り返るとそこに女の姿はもうなかった。こう多嚢丸はすべてを明かすと、どうせだから極刑《きょっけい》にしてくれと昂然《こうぜん》と言い放った。

だがのちに、清水寺に現れた真砂の懺悔《ざんげ》によると話は違う。多嚢丸に手篭《てご》めにされたあと、夫に走り寄ると、夫の眼が自分をひどく蔑《さげす》んでいる。振り向けば多嚢丸もどこかに消えている。恥ずかしさと腹立たしさで、真砂は「こうなった以上、私は死ぬ覚悟だから私の恥を見たあなたも一緒に死んでほしい」と夫に言う。すると夫は蔑んだまま「殺せ」と言ったので、彼女は夫を小刀でぶすりと刺した。そしてそのまま気絶し、気がつくと夫は息絶えていたという。

死霊となった武弘が語る隠された真実

しかし死霊となった武弘が巫女《みこ》の口を借りて話した証言によると、真実は異なる。真砂を手篭めにした多嚢丸は、自分の妻にならないかと真砂を口説いていた。するとあろうことか、真砂はそれをうっとりと聞き、「私を連れて行ってください」と返事をして、さらに武弘を指差して「あの人を殺してください。あの人が生きていれば、あなたと一緒にいられません」と叫んだという。

だがさすがの多嚢丸も、この言葉を聞くと色を失った。そして真砂を蹴倒して嘲笑すると、逆に武弘に向かってこう言った。

「あの女を殺すか?」

武弘はためらった。すると真砂は叫び声をあげて藪の奥へ逃げて行ってしまう。多襄丸も武弘の縄を切って立ち去った。やがて1人残された武弘の耳に、誰かの泣き声が聞こえてくる。気づけばそれは自分の泣き声だった。疲れきった武弘は妻の落とした小刀を拾うと、自分の胸に突き差し、永久に闇の中に沈んでいったのである。

作品の背景

◎『藪の中』は1922年に「新潮」で発表された作品で、『今昔物語集』の中から材を得て書かれている。
◎元となったのは『今昔物語集』巻29の「具妻行丹波国男、於大江山被縛語」であるが、この中では盗賊はそのまいなくなり、妻が縛られた夫を助けてともに丹波の国へと旅立っていくところで終わっている。龍之介はこれを大幅にアレンジして、夫を死骸として藪の中に残し、目撃者たちが語る状況証拠や当時者の三者三様の供述を加えていった。

人物相関図

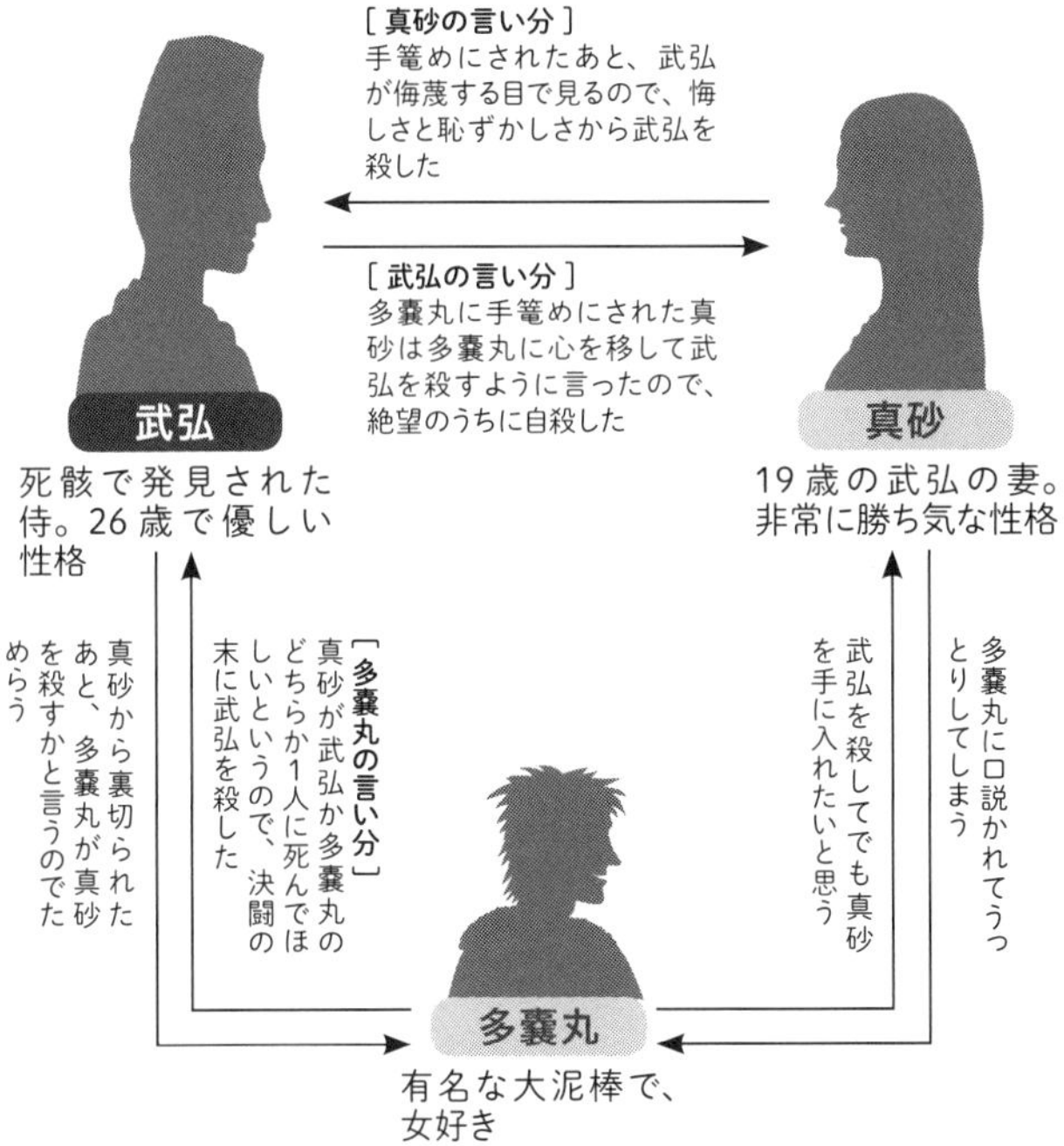

［真砂の言い分］
手篭めにされたあと、武弘が侮蔑する目で見るので、悔しさと恥ずかしさから武弘を殺した
［武弘の言い分］
多嚢丸に手篭めにされた真砂は多嚢丸に心を移して武弘を殺すように言ったので、絶望のうちに自殺した
武弘
死骸で発見された侍。26歳で優しい性格
真砂
19歳の武弘の妻。非常に勝ち気な性格
真砂から裏切られたあと、多嚢丸が真砂を殺すかと言うのでためらう
［多嚢丸の言い分］
真砂が武弘か多嚢丸のどちらか1人に死んでほしいというので、決闘の末に武弘を殺した
武弘を殺してでも真砂を手に入れたいと思う
多嚢丸に口説かれてうっとりしてしまう
多嚢丸
有名な大泥棒で、女好き

檸《れ》檬《もん》

梶《かじ》井《い》基《もと》次《じ》郎《ろう》

1925年発表

不吉な塊に押さえつけられた心を檸檬が救う

梶井基次郎

1901〜1932年。大阪市に生まれる。結核のため５年かかって高校を卒業したあと、東京帝国大学英文科に入学。1925年、中谷孝雄や外村《とのむら》繁らと同人誌「青空」を創刊。そこで『檸檬』と『城のある町にて』を発表する。1932年、「中央公論」に『のんきな患者』を発表し、その２か月後に死亡した。

圧迫された心と檸檬との出会い

得たいの知れない不吉な塊が、いつも「私」の心を押さえつけていた。どんなに美しい音楽も、どんなに美しい詩の一節も辛抱がならない。何かが「私」をいたたまれずにさせるのだ。そのため「私」は始終、街から街を浮浪し続けていたのである。

なぜだかその頃、「私」はみすぼらしくて美しいものに強くひきつけられていた。たとえば汚い洗濯物が干してあったり、むさくるしい部屋がのぞいていたりする裏通りが好きだった。

また「私」は花火が好きになった。安っぽい赤や紫、黄や青、さまざまな縞模様の花火の束、鼠花火《ねずみはなび》、そんなものが「私」の心を変にそそったのである。

それから鯛や花のおはじきや南京玉《なんきんだま》も好きになり、それをなめてみるのが何ともいえない享楽《きょうらく》だった。幼い頃、それを口にしてはよく父母に叱られたものだが、あの味にはかすかな爽やかな詩美といった味覚が漂ってくる。

生活がまだ蝕まれていなかった前の「私」の好きな所は、たとえば書籍や文具などを売っていた京都の丸善だった。切子細工や琥珀《こはく》色の香水ビン、キセル、せっけん、煙草。そんなものを見るのに小1時間くらい費やしたが、ここもその頃の「私」にとっては暑苦しい場所に過ぎなかったのである。

ある朝のこと、何かに追い立てられて裏通りを歩いたり駄菓子屋の前で立ち止まったり、乾物屋の棒鱈《ぼうだら》や湯葉を眺めたりして、そして果物屋の前で足を止めた。その果物屋は「私」の知っている範囲でもっとも好きな店だった。そこで「私」は檸檬をひとつだけ買う。

それからの「私」は非常に幸福だった。

丸善に仕掛けた檸檬の爆弾

その檸檬の冷たさはたとえようもなく、普段、体が熱いせいか、握っている掌《てのひら》から体内に染み通っていくような冷たさは、快いものだった。あんなにしつこかった憂鬱が1個の檸檬で紛《まぎ》れてしまったのである。

また「私」は何度も檸檬を鼻に持っていっては嗅ぎ、深く匂《にお》やかな空気を吸い込めば体が元気に目覚めてきたのだった。どこをどう歩いたかはわからないが、最後に立ったのは丸善の前だった。そして「私」はずかずかと入っていく。

ところが、幸福の感情はだんだんと逃げていき、憂鬱が立ち込めてきた。

画本の棚の前に立って、画集を取り出してはみても気持ちは湧いてこず、バラバラとめくってもそこに置いてしまう。もとの位置に戻すこともできない。「私」は幾度もそれを繰り返した。

どうしたことだろう――。そのとき、「私」は袂《たもと》の中の檸檬を思い出した。すると先ほどの軽やかな興奮が蘇り、画集を積み上げたり、取り去ったりして、そのたびに幻想的な城が赤くなったり青くなったりして、遂に奇怪で幻想的な城ができあがったのだ。

そして、その城壁の頂《いただき》に檸檬を恐る恐る据えつけてみた。檸檬はガチャガチャした色をひっそりと紡錘形《ぼうすいけい》の中へ吸収し、カーンと冴《さ》えかえっていた。

不意に第二のアイディアが起こる。それは、そのままにして何食わぬ顔をして外へ出るということだった。そして「私」は出て行く。

くすぐったい気持ちが「私」を微笑ませた。あの黄金色に輝くのが爆弾で、10分後に丸善が爆発するのだったら、どんなに面白いだろう——。そして「私」は京極《きょうごく》へと下って行ったのだ。

作品の背景

◎圧迫された心がひとつの檸檬によって和らげられるという短編小説。

◎小林秀雄によって高く評価された作品である。その評価によって、梶井基次郎の文壇的評価が定まる。

◎梶井基次郎は、この作品を同人誌に発表した頃、神経衰弱気味となる。発表の翌年、湯ヶ島温泉で静養し、川端康成、尾崎士郎、宇野千代、萩原朔太郎らと知り合う。

その頃の「私」の好きなもの

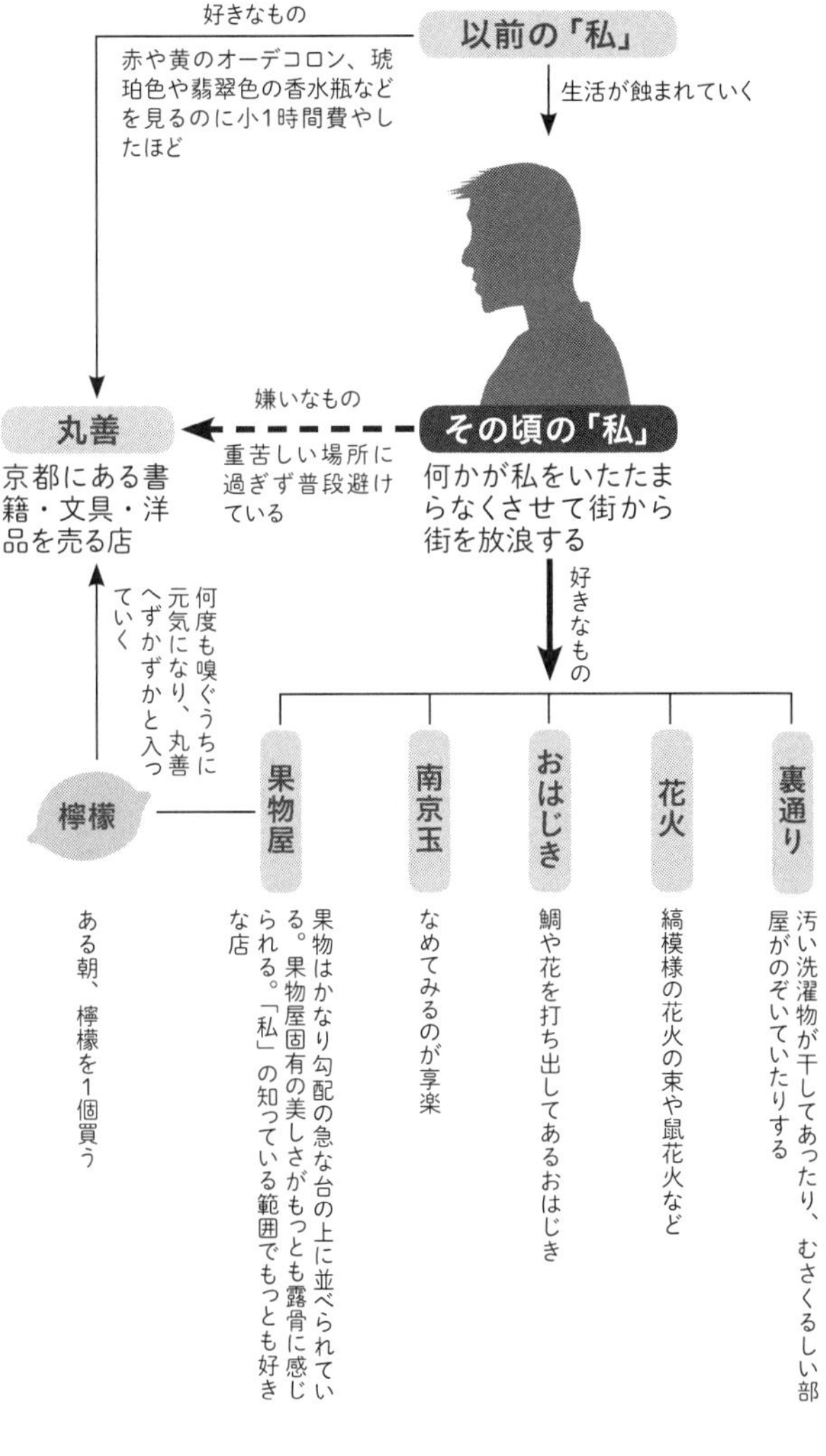

白痴《はくち》

坂口安吾《さかぐちあんご》

1946年発表

住みついた隣人の女房は、物静かな白痴だった

坂口安吾

1906～1955年。新潟県に生まれる。本名は炳五《へいご》。1931年に『風博士』を発表、1946年の評論『堕落《だらく》論』と小説『白痴』で注目を浴び、その後現代小説、大衆小説、推理小説など、さまざまなジャンルの作品を執筆。個性的で豪快な私生活から戦後無頼派と呼ばれた。

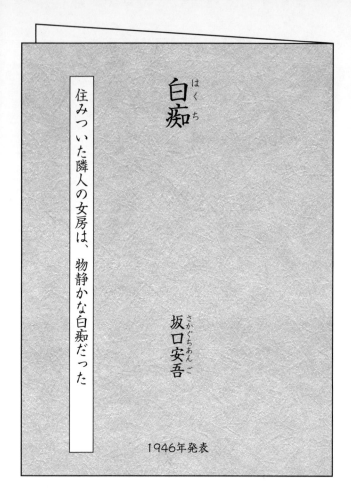

戦争ですさんだ商店街の生態

その家は人間と豚と鶏と家鴨《あひる》が住んでいたが、それぞれの住む建物も食事もほとんど変わりはしなかった。階下には主人夫婦、天井裏には母と娘が間借りしていて、娘は子をはらんでいた。

伊沢の借りている一室は主屋から分離した小屋で、昔はこの家の肺病の息子が寝ていたそうだ。

伊沢は大学を卒業すると新聞記者になり、続いて文化映画の演出家になった男で27歳だ。

主人夫婦は仕立て屋で、町会の役員などもやっている。間借りの娘はもともと町会の事務員だったが、町会長と仕立て屋を除いた他の役員十数人と関係を結び、誰かの子を妊娠したというわけである。

米の配給所の裏手には未亡人が住んでいて、2人の子どもがいた。その実の兄と妹は夫婦の関係を結んでいたが、兄に女ができると妹は50か60の老人に嫁入りすることになり、猫イラズを飲んで自殺を図る。しかし町内の医者は心臓麻痺の診断書をくれるのだった。

このあたりは安アパートが林立し、それらの部屋の何分の1かは妾《めかけ》と淫売が住んでいて、アパートの半数以上は軍需工場の寮となり、ここにも何課の誰さんの愛人だの重役の2号などがいた。

こんな街の生態を目の当たりにした伊沢は「戦争以来、心がすさんだせいだろう」と聞いてみると、「このへんじゃ先からこんなものでしたねえ」と仕立て屋は静かに答えるのだった。

戦火をくぐり抜け、白痴と生きる伊沢

伊沢の隣人は気違いだった。気違いは30前後で、母親と25、26の女房がいた。母親は正気の人間の部類に属しているが、強度のヒステリーで町内唯一の女傑だった。

また、気違いの女房は白痴であった。白痴の女房は特別静かでおとなしく、何かおどおどと口の中で言うだけで料理も米を炊くことも知らず、配給物を取りに行ってもただ立っているだけだった。

ある晩、遅く帰ってきた伊沢が部屋の明かりをつけると万年床の姿が見えず、訝《いぶか》りながら押入れを開けると、積み重ねた蒲団の横に白痴の女が隠れていた。多分、叱られて逃げ込んだのだろうと思った伊沢は、一夜を保護するという義務感にかられ、ふたつの寝床を敷いて女を寝かせる。

しかし、女は何度も寝床をはい出してしまう。勘違いも甚《はなは》だしいと伊沢は腹を立てるが、女は伊沢が自分の体に手を触れないため、その羞恥心から蒲団を抜け出していたのだ。女は子どものように素直だった。伊沢は自分にもこの白痴のような幼い、素直な心が何よりも必要だと思った。そして女を寝床に寝かせて、3つか4つの小さな娘を眠らせるように額の髪の毛をずっとなでていたのだった。

以来、白痴は伊沢の家にいるようになるが、伊沢は一歩外に出れば白痴のことなど忘れていた。ただ警戒警報や空襲警報が鳴ると、白痴が取り乱して外に出て、すべてが近隣に知れわたるのではないかと不安になるのだった。

そんな4月15日。警戒警報が鳴って伊沢が外に出てみると火の手が近づいてくるのが見えた。伊沢は白痴の女を抱き、蒲団をかぶって火の海をくぐり抜ける。ようやく川を渡り丘に上がると、女は眠りたいといって寝てしまった。

伊沢は女を置いて立ち去りたいと思ったが、捨てるだけの張り合いもなかった。そして、夜が白みかけてきたら女を起こして、停車場を目指して歩き出すことにしようと伊沢は考えていた。

作品の背景

◎「新潮」（1946年6月号）の「小説」欄に発表された。2か月前に発表された『堕落論』とともに反響を呼び、流行作家となるきっかけとなった作品。発表当時、文壇に大きな反響を呼び起こし、戦後第一等の文学作品などと高く評価された。

◎坂口安吾が住んでいた現在の大田区が舞台とされている。周辺のほとんどの家が空襲で焼き出されたが、安吾の家だけは焼け残ったという。

人物相関図

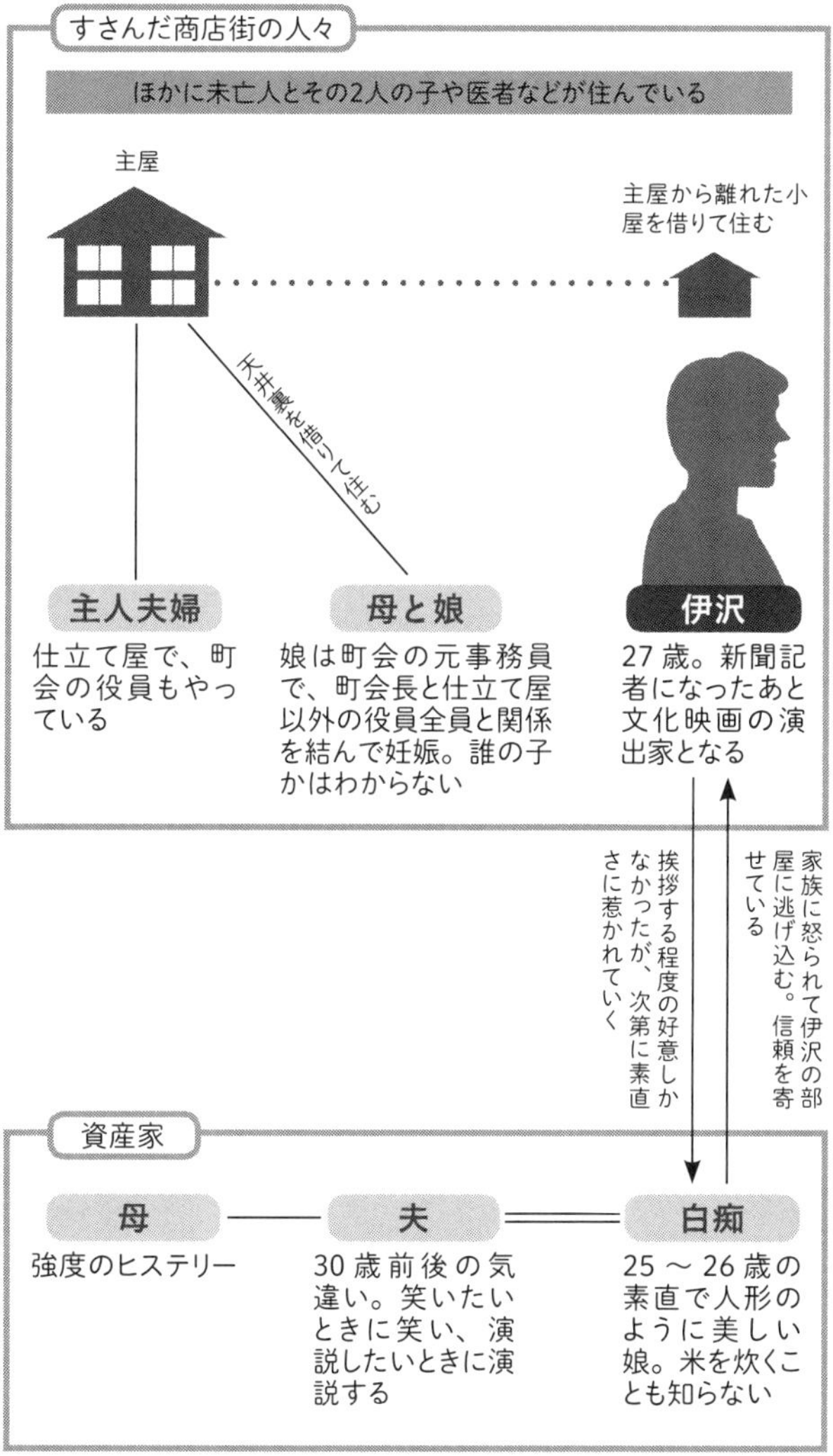

すさんだ商店街の人々
ほかに未亡人とその2人の子や医者などが住んでいる
主屋
主屋から離れた小屋を借りて住む
天井裏を借りて住む
主人夫婦
仕立て屋で、町会の役員もやっている
母と娘
娘は町会の元事務員で、町会長と仕立て屋以外の役員全員と関係を結んで妊娠。誰の子かはわからない
伊沢
27歳。新聞記者になったあと文化映画の演出家となる
挨拶する程度の好意しかなかったが、次第に素直さに惹かれていく
家族に怒られて伊沢の部屋に逃げ込む。信頼を寄せている
資産家
母
強度のヒステリー
夫
30歳前後の気違い。笑いたいときに笑い、演説したいときに演説する
白痴
25～26歳の素直で人形のように美しい娘。米を炊くことも知らない

金色夜叉《こんじきやしゃ》

尾崎紅葉《おざきこうよう》

1897年発表

ドラマチックに展開される愛と憎悪を描いた未完の物語

尾崎紅葉

1867～1903年。東京都に生まれる。本名は徳太郎。現在の東大在学中に硯友社《けんゆうしゃ》を創立し、「我楽多《がらくた》文庫」を創刊した。擬古典主義の代表作家で、著作に『伽羅枕《きゃらまくら》』『三人妻』『多情多恨《たじょうたこん》』などがある。30歳から読売新聞で『金色夜叉』を書きはじめるが、36歳で胃がんに倒れ中断。完結できぬまま死去した。

「今月今夜のこの月を…」、恋人を奪われた恨み節

身寄りのない間貫一《はざまかんいち》は、引き取られた鴫沢《しぎさわ》家の1人娘・宮《みや》と結婚の約束を交わした恋仲である。

あるとき宮は資産家の御曹司・富山唯継《とみやまただつぐ》に見初められ、縁談話が持ち上がった。幼なじみとの約束と、降って沸いた玉の輿《こし》との間で頭を悩ませた宮は、母をともない熱海に湯治《とうじ》に出かける。

縁談話を聞いた貫一は宮を追った。しかし熱海で富山と一緒にいる宮の姿を目にすると、悲しみに打ちひしがれ、海岸で宮に訣別する。

「かうして二人が一処に居るのも今夜ぎりだ。（中略）一生を通して僕は今月今夜を忘れん、忘れるものか、死んでも僕は忘れんよ！」

貫一はそれ以来、行方をくらませてしまうのだった。

愛よりも財産を選んだ恋人を恨みながら、貫一は鰐淵《わにぶち》という男の手代《てだい》で高利貸しに

なっていた。そんな貫一に同業の赤樫満枝《あかがしみつえ》は好意を寄せるが、貫一は相手にもしなかった。

熱海の海岸の別離から4年後、宮は夫とともに招かれた某子爵《ししゃく》邸で思いがけず貫一に再会する。宮は富山と結婚後も貫一への未練を断ちきれなかったが、宮に気づいた貫一は憤《いきどお》りに涙をこらえ、口もきかず立ち去ってしまった。

貫一は金持ちに嫁いだ宮に復讐するかのごとく、まるで金の夜叉のようになっていたのである。

復讐心に燃える男と悔悟する女の積年の思い

ある晩、貫一は突然暴漢に襲われ入院した。その間、鰐淵家が逆恨みによって放火される事件が起こった。鰐淵の息子の直道《ただみち》は、これを機会に足を洗うよう助言したが、貫一は耳を貸さず、ますます高利貸し業にのめり込む。

一方の宮は、貫一のかつての親友・荒尾譲介《あらおじょうすけ》と再会していた。荒尾は宮が別離を後悔していることを聞き、貫一を訪ねて忠告するが、そこに折しも満枝がやって来た。荒尾は満枝の高利貸しの客だったのである。

それきり姿を見せなくなった荒尾を心配する貫一のもとに、宮が現れた。宮は泣きすがって6年前の裏切りを詫びるが、激昂する貫一はやはり取り合わなかった。

その後貫一は、宮と満枝が刃物を持ってもみ合う夢を見た。夢の中で貫一は血まみれの宮を抱き、宮を許していた。それに喜んだ宮は入水し、貫一もあとを追おうとするところで目が覚めたのだった。

愛を貫く男女を助けた貫一の心境の変化

それ以来、落ち着かない日々を送っていた貫一は仕事で塩原へ出かけた。そこは夢の風景とよく似ており、貫一をますます苦悩させる。

ある宿に泊まった貫一は、心中を図ろうとした若い男女をなりゆきで助けた。男は狭山元輔《さやまもとすけ》、女は芸者の静《しず》と名乗った。狭山は不本意な縁談を押しつけられ、また静は嫌いな客に身請けが決まり、将来に絶望したのだという。

しかも驚くことに、静の身請け相手とは宮の夫の富山であった。実はこの頃には、宮と富山の夫婦仲は冷えきっていたのである。

それを聞いた貫一は身請け金の肩代わりを申し出て、さらに2人の身柄を引き受けることを申し出た。恋に破れ憎悪の鬼と化した自分に比べ、死んでまで意志を貫こうとした2人に感動したのである。

そして、2人と暮らす貫一の元に宮からの手紙が届いた。そこには熱海の裏切りの謝罪と、これまでの思いがしたためられている。物思いにふける貫一を、静はただ心配するばかりだった。

作品の背景

◎6年間にわたって断続的に連載された紅葉晩年の大作。明治を代表する大衆小説として爆発的な人気を得た。『金色夜叉（前・中・後編）』『続・金色夜叉』『続々・金色夜叉』『新続・金色夜叉』と続いたが、作者の死によって未完である。
◎紅葉は、愛情と財産を天秤にかけた物語の中で、最後は愛の勝利を描いて2人をハッピーエンドにしようとしていたといわれる。

人物相関図

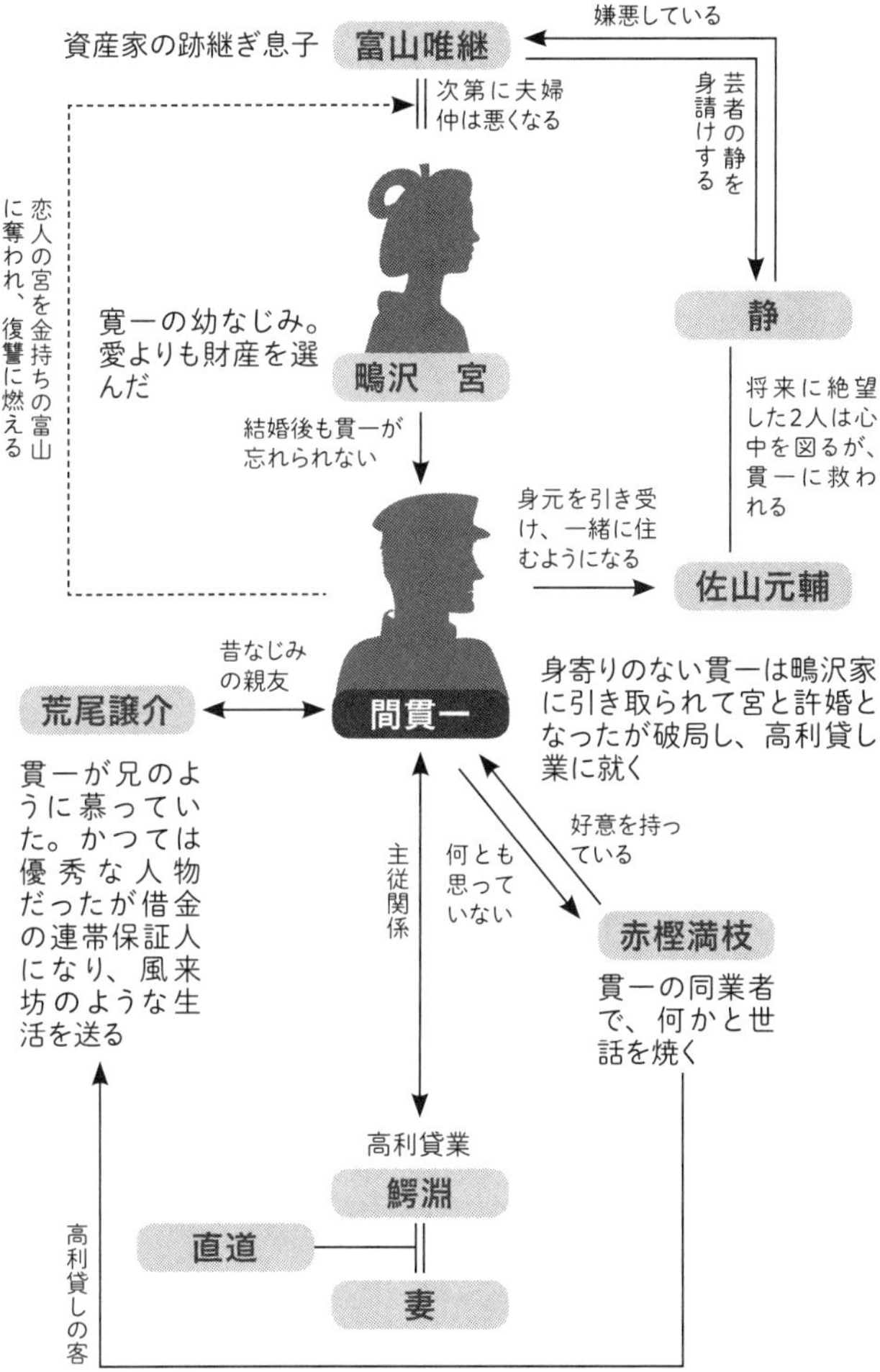
資産家の跡継ぎ息子
富山唯継
嫌悪している
芸者の静を身請けする
次第に夫婦仲は悪くなる
恋人の宮を金持ちの富山に奪われ、復讐に燃える
寛一の幼なじみ。愛よりも財産を選んだ
鴫沢　宮
静
将来に絶望した2人は心中を図るが、貫一に救われる
結婚後も貫一が忘れられない
身元を引き受け、一緒に住むようになる
佐山元輔
昔なじみの親友
荒尾譲介
間貫一
身寄りのない貫一は鴫沢家に引き取られて宮と許婚となったが破局し、高利貸し業に就く
貫一が兄のように慕っていた。かつては優秀な人物だったが借金の連帯保証人になり、風来坊のような生活を送る
好意を持っている
主従関係
何とも思っていない
赤樫満枝
貫一の同業者で、何かと世話を焼く
高利貸業
鰐淵
直道
妻
高利貸しの客

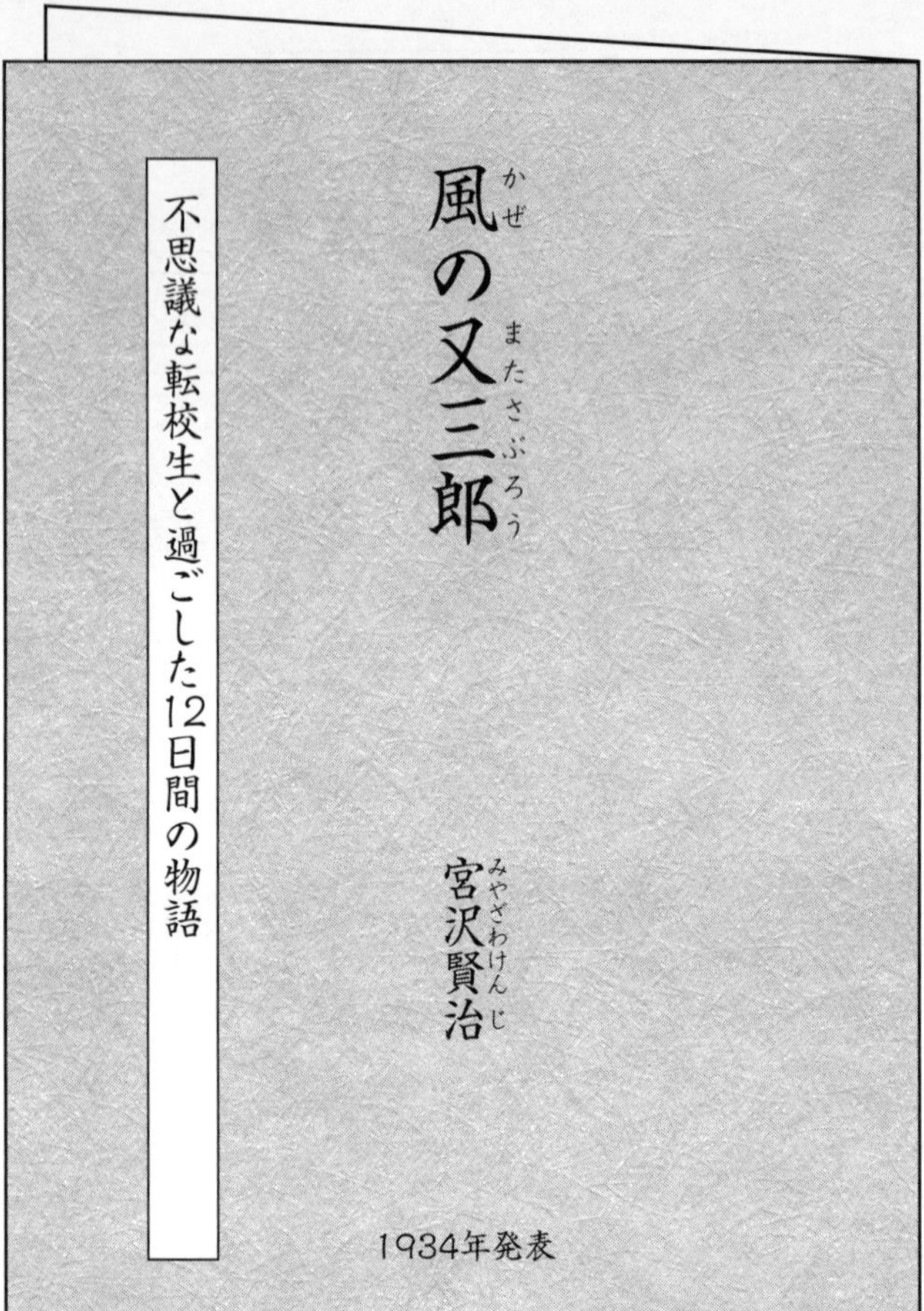

風《かぜ》の又三郎《またさぶろう》
宮沢賢治《みやざわけんじ》
1934年発表
不思議な転校生と過ごした12日間の物語

宮沢賢治

1896～1933年。岩手県に生まれる。家は裕福だったが、農地の改良や農業技術の向上のために、献身的に働いた。また熱心な日蓮宗信者でもあり、布教にも務めた。しかし過労のため晩年は病床にあることが多く、37歳という若さでこの世を去る。

突然やってきた奇妙な転校生

東北の山あいの村、その谷川のほとりに小さな小学校がある。1年生から6年生まで合わせても38人だけの学校だ。

9月1日、夏休みが明けて子どもたちが学校へ行くと、教室に見知らぬ赤毛の子どもが座っていた。だぶだぶの上着に半ズボン、赤い革の半靴《はんぐつ》という奇妙な格好をしている。6年生の一郎が声をかけても、言葉が通じないかのようにきょろきょろしているだけだ。これが父親の仕事の都合で転校してきた高田三郎だった。同じ5年生の嘉《か》助《すけ》は、彼に風の又三郎というあだ名をつけた。

不思議な雰囲気を持つ又三郎に興味を持った嘉助と一郎は、いつもより早めに登校して彼を待つ。又三郎に元気よく「おはよう」と言われた2人は戸惑い、返事をすることができなかった。友達同士で朝の挨拶などしたことがなかったのだ。

その日の授業中、4年生の佐太郎が自分の妹の鉛筆を取りあげてしまうと、又三郎は自分の鉛筆を佐太郎に差し出す。このように最初はぎこちなかった子どもたちも、次第に打ち解けていった。

嘉助が見た不思議な夢

すっかり仲良くなった又三郎たちは、一郎の兄・牧夫が世話をしている山の放牧地に遊びに行く。土手から出ると危ないという牧夫の言葉に従い、その場で馬を追い立てて遊んでいたが、そのうち1頭が逃げ出してしまう。

慌てて追いかける又三郎と嘉助。馬はどんどん逃げて行き、姿が見えなくなった。天候があやしくなってくる中、又三郎ともはぐれてしまった嘉助は帰りの道がわからなくなってしまう。

あちこちさまよい、疲れきった嘉助はとうとう草の中に倒れ込み眠ってしまった。すると、不思議な夢を見た。ガラスのマントを羽織った又三郎が強い風の吹く空に飛んでいくのである。ふと目を開けると目の前に馬が立っており、又三郎もそばにいた。

ようやく一郎と牧夫が探しにやってきて、2人は助かる。夢の光景が忘れられない嘉助は、帰る道すがら、又三郎は風の神様に違いないと一郎に話すのだった。

風のように去って行った又三郎

9月8日には、みなで川へ魚獲りに行くが、さっぱり魚は捕まえられない。魚獲りを諦めた子どもたちは、今度は鬼ごっこをはじめる。じゃんけんで負けた者が鬼になり、何度も鬼ごっこを繰り返した。

ついに、又三郎に鬼が回ってきた。すべりやすい場所に固まっていた子どもたちに水をかけ、すべり落ちてきた子を次々と捕まえる。最後に残った嘉助が捕まったとき、いきなり雷が鳴り出して激しい夕立がやってきた。

子どもたちが急いでねむの木陰に逃げ込むと、1人取り残された又三郎も慌ててやって来る。そのとき、どこからともなく又三郎をからかうような声が聞こえてくるが、子どもたちは自分が叫んだのではないという。又三郎はおびえたような様子で川を見つめていた。

9月12日の朝、一郎は又三郎に教わった歌を夢で聞き、飛び起きる。外では本当に嵐のような雨風が吹き荒れていた。胸騒ぎを覚えた一郎は、嘉助を誘って早い時間に学校へと向かう。すると、又三郎は前日にほかの学校へ転校してしまっていた。

嘉助は「やっぱりあいつは風の又三郎だったんだ」と叫ぶのだった。

作品の背景

◎『風の又三郎』は「児童文学」第3冊に発表するために執筆されたが、これは刊行されなかった。
◎生前の賢治は、詩人としても童話作家としても無名に近かった。刊行された作品も詩集『春と修羅《しゅら》』、童話集『注文の多い料理店』の2冊だけで、『風の又三郎』が世に出たのも賢治の死の翌年である。
◎この作品には草稿といえるものがある。1924年頃に完成していた『風野又三郎』という物語をもとに、『種山ヶ原』『さいかち淵』などの作品を組み合わせて練り上げたのである。

人物相関図

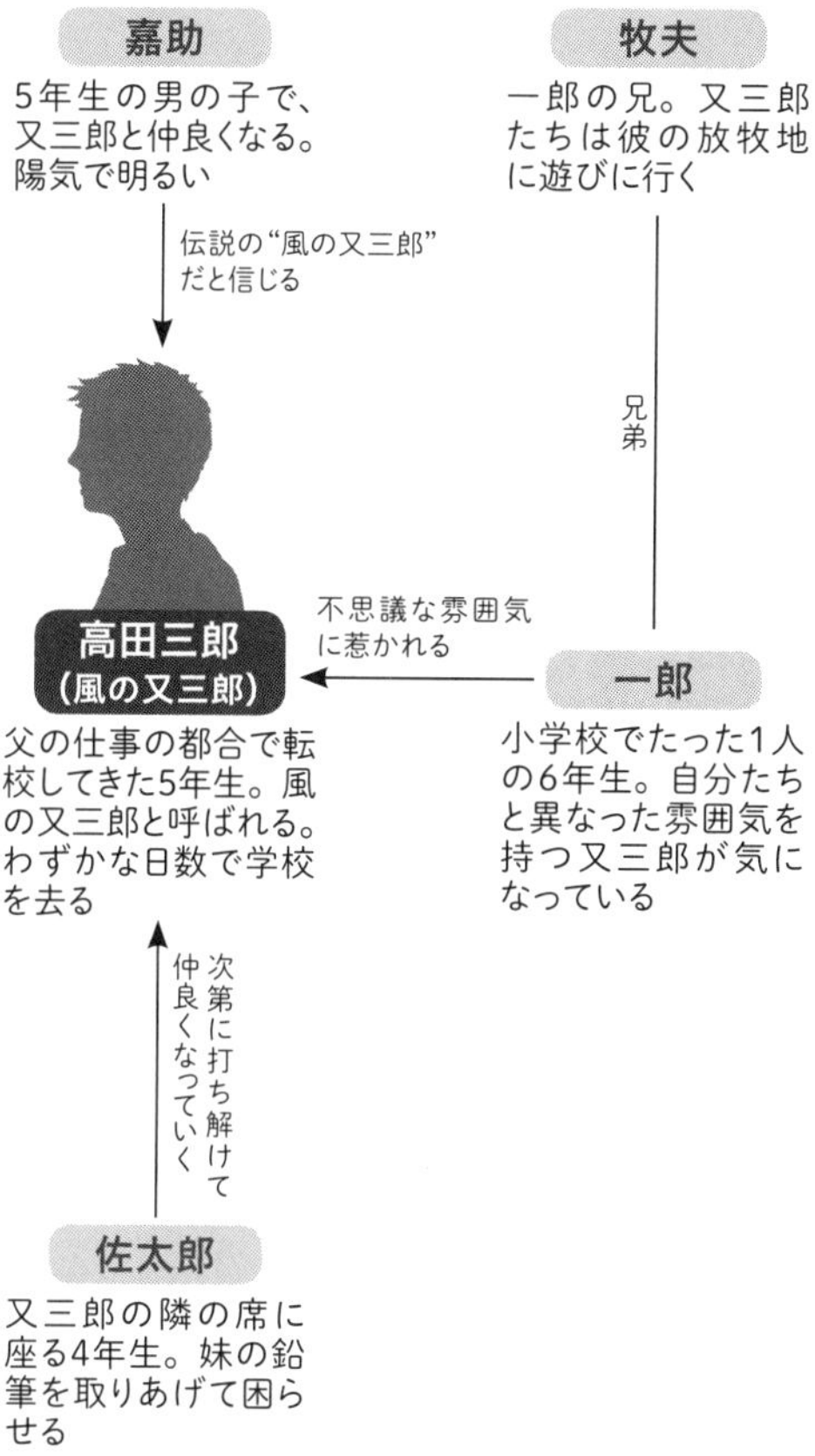
嘉助
5年生の男の子で、又三郎と仲良くなる。陽気で明るい
伝説の“風の又三郎”だと信じる
牧夫
一郎の兄。又三郎たちは彼の放牧地に遊びに行く
兄弟
高田三郎
（風の又三郎）
父の仕事の都合で転校してきた5年生。風の又三郎と呼ばれる。わずかな日数で学校を去る
不思議な雰囲気に惹かれる
一郎
小学校でたった1人の6年生。自分たちと異なった雰囲気を持つ又三郎が気になっている
次第に打ち解けて仲良くなっていく
佐太郎
又三郎の隣の席に座る4年生。妹の鉛筆を取りあげて困らせる

〈第六章〉

戦争や社会問題を描いた物語

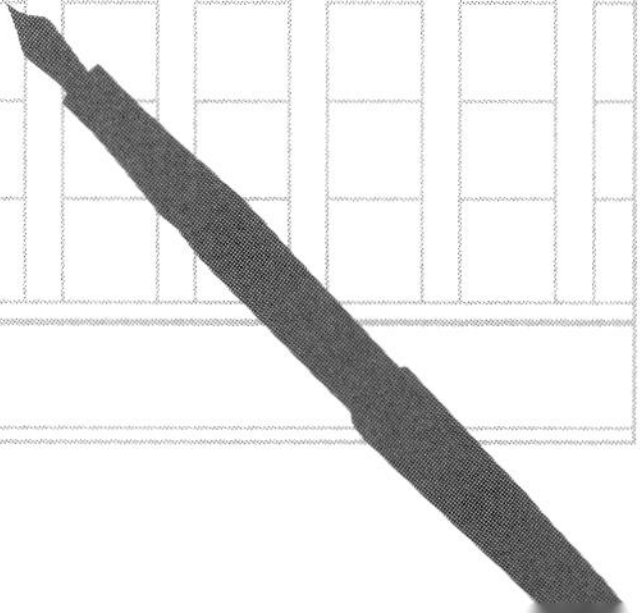

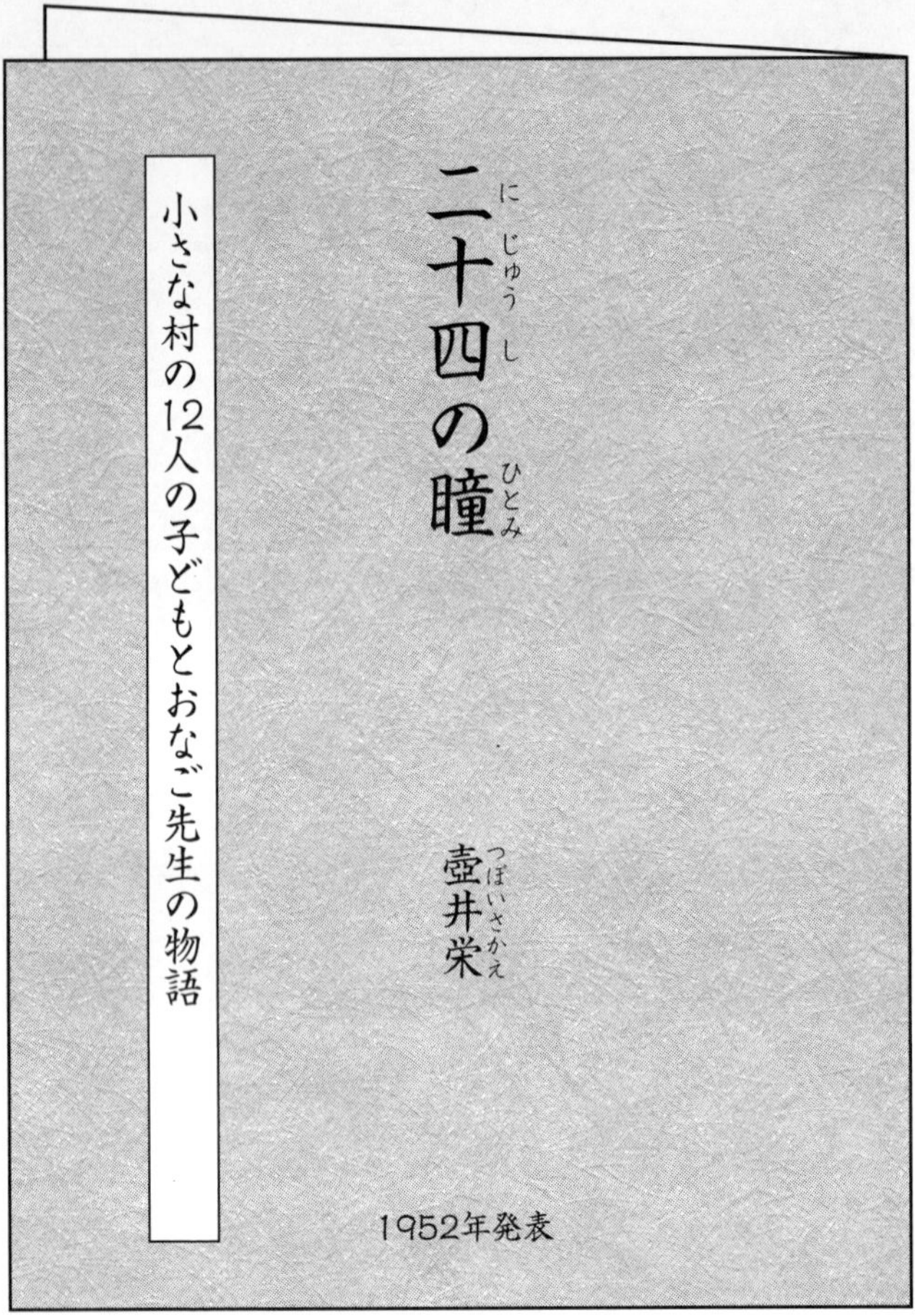

壺井栄

1900～1967年。香川県小豆島に生まれる。兄弟姉妹10人のほか、2人の孤児と一緒に育つ。郵便局、村役場に勤めたあと上京し、詩人の壺井繁治と結婚。1938年から本格的に作家活動に入る。『母のない子と子のない母と』『暦』『大根の葉』など多数の作品を発表する。

洋服を着て自転車に乗った、前代未聞のおなご先生

10年をひと昔というなら、この物語の発端は今からふた昔半も前のことだった。昭和3年4月4日、瀬戸内海べりの100戸あまりの一寒村に、若い女性の先生が赴任してくる。ここの子どもたちは4年生までが村の分教場《ぶんきょうじょう》に通い、5年生になってはじめて5キロ先の本校に通うのだった。

その分教場の先生は常に2人。それも年寄りの男の先生と若い女の先生と決まっていて、男の先生が3、4年生を、女の先生が1、2年生を受け持つのも昔からの決まりであった。

子どもたちは2人の先生をそれぞれ男先生、おなご先生と呼んだが、新しいおなご先生は、洋服を着て自転車を飛ばしてやってきたから、みんなびっくりする。なにせ自転車に乗るおなご先生も、洋服を着たおなご先生も、はじめて見たからだ。新しいおなご先生は大石先生といって、先生の組には磯吉《いそきち》、竹一《たけいち》、吉次《きちじ》、仁太《にた》、正《ただし》、松江《まつえ》、

ミサ子、マスノ、富士子《ふじこ》、早苗《さなえ》、小ツル、コトエの12人の生徒がいた。

大石先生は体が小さかったのでさっそく小石先生とあだ名がつき、子どもたちは明るくて元気な大石先生になついていくが、村の人々はなかなか心を開いてくれなかった。

そんな、夏休みも終わった2学期のはじめのことである。台風が起こり、大石先生と子どもたちは荒らされた村の家に見舞いに行くが相手にされず、仕方なく道路の砂利掃除をする。

しかし、ここでもまた邪魔扱いされ、浜に行って歌を歌う。そして、もうおしまいと立ち上がった途端、大石先生は落とし穴に落ちてアキレス腱を切ってしまうのだ。

大石先生は半月経っても学校には現れなかった。そこで12人の子どもたちは、親に内緒で8キロも離れている大石先生の家を訪ねることにする。子どもの足で8キロの道は遠く、寂しくなって泣き出す者が出る一方、夕方になっても子どもたちが帰らないので村は大騒ぎになった。

結局、子どもたちは無事大石先生と会うことができ、きつねうどんをごちそうになり、写真屋さんを呼んで大きな一本松の下で記念写真を撮って帰っていくのだ。

不当に辛くあたっていたことを悔いていた村の人々も、米やら豆やらをお見舞いの品として届けて復帰を願う。しかし大石先生は分教場をやめ、本校に転任してしまうのである。

結婚した先生と12人の子らのその後

本校に赴任した大石先生と、成長した子どもたちは、再び本校で出会う。しかし、その後太平洋戦争に突入し、大石先生の夫は戦死、自分の3人の子どものうち1人も飢えのあまりかじった青柿がもとで病死する。

教え子たちも竹一、仁太、正の3人が戦死、磯吉が失明、コトエが病死し、富士子は行方不明になっていた。

敗戦の翌年、女手ひとつで子どもたちを育てなければならない大石先生は、本校で教鞭をとっている早苗のはからいで、13年ぶりに分教場で教えることになる。

物も金もないこの時代、とうてい自転車は買えなかったので分教場へは毎日、長男が舟をこいで送ってくれることになった。また、新しい組の生徒たちの何人かは、かつての教え子たちの子どもだった。

そんなある日、教え子たちが歓迎会を開いてくれる。そこにはあの、一本松の木の下で撮った写真が置かれていた。

作品の背景

◎昭和のはじめ、瀬戸内海の小豆島の分教場に赴任してきた大石久子先生と、先生をとりまく12人の教え子の物語。のどかな風景を背景に書かれた作品だが、戦争批判が潜在的なテーマである。
◎壺井栄自身、12人の兄弟姉妹・孤児の中で育ったことが根底にあって完成した。
◎雑誌「ニュー・エイジ」に、1952年2月号から11月号まで連載された。

人物相関図

大石久子先生

- 夫（戦死）
- 大吉
- 並木
- 八津（病死）

分教場の12人の生徒たち

- コトエ：女中奉公に出る →肺病にかかって死亡
- 小ツル：高等科に進む →産婆学校へ入学し、産婆となる
- 早苗：女学校に入学する →師範学校に進み、学校の先生となる
- 富士子：旧家の娘で破産 →行方不明となる
- マスノ：高等科に進む →結婚して実家の料理屋の女将となる
- ミサ子：みどり学園に入学する →花嫁学校に行き、結婚
- 松江：5年生のときに母が亡くなり、高松へ行く →大阪へ渡る
- 正：高等科に進み、造船所で働く →兵隊に行き、戦死
- 仁太：石けん製造の仕事に就く →兵隊に行き、戦死
- 吉次：漁師になる →兵隊に行き、無事戻る
- 竹一：中学・大学に進む →兵隊に行き、戦死
- 磯吉：大阪へ奉公に出る →兵隊に行き失明し、除隊

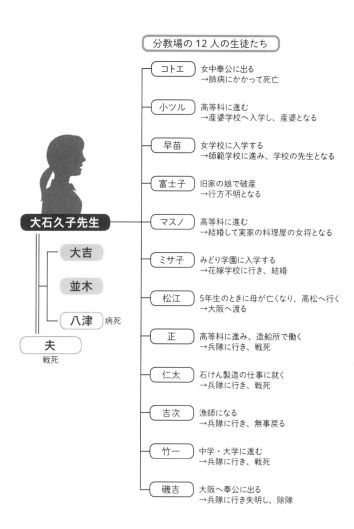

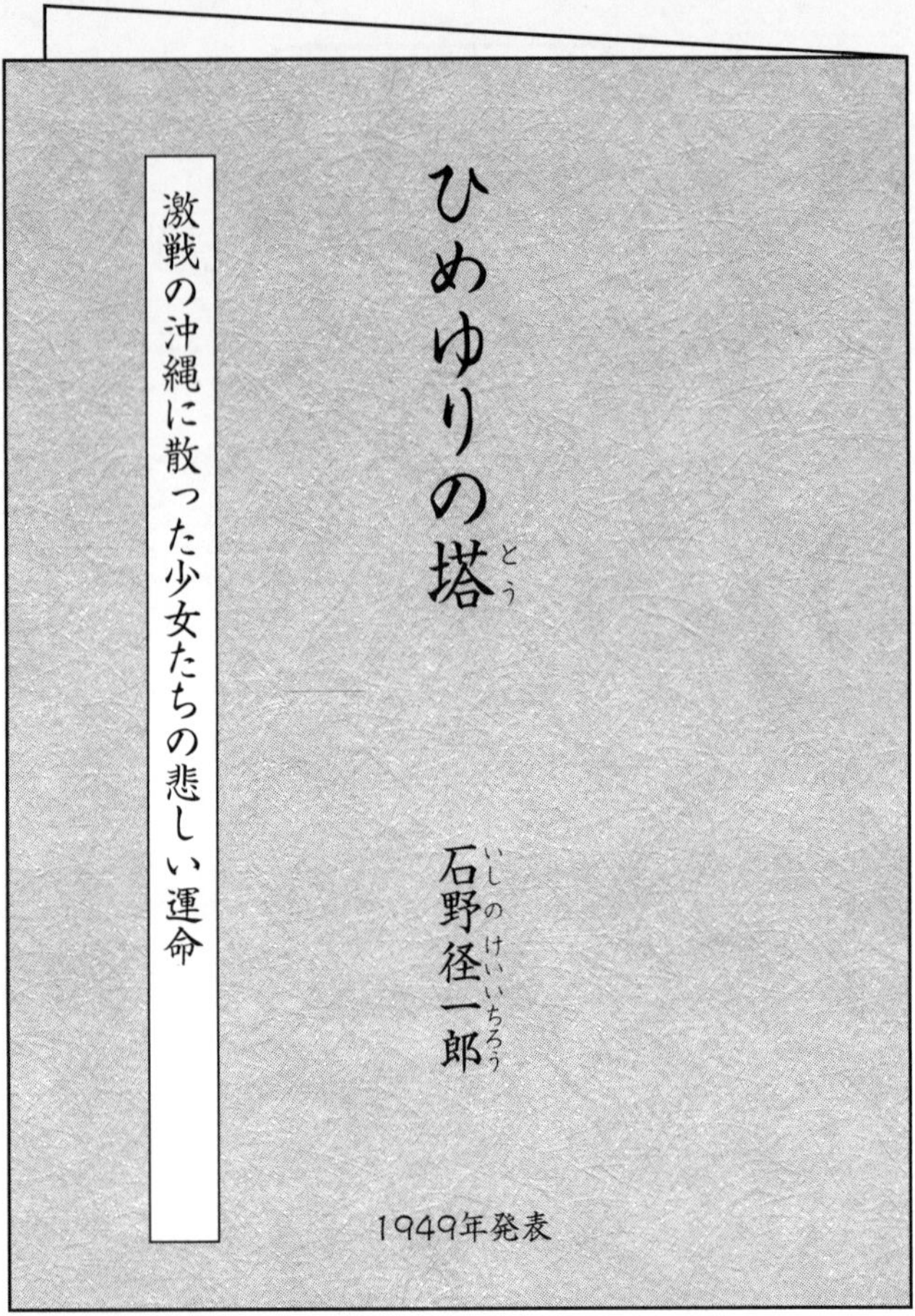

ひめゆりの塔《とう》
石野《いしの》径一郎《けいいちろう》
1949年発表
激戦の沖縄に散った少女たちの悲しい運命

石野径一郎

1909～1990年。沖縄県首里区（現在の那覇市）に生まれる。本名は石野朝和。17歳で上京し、いったんは小学校の教員になるが、その後、法政大学に入学する。『ひめゆりの塔』をはじめ、『沖縄の民』『火の花の島』『ひめゆり部隊』など、沖縄に関する著書多数。

激しい戦火の中で働く少女たち

沖縄県立女子師範《しはん》学校と第一高等女学校の生徒たちは、特志《とくし》看護婦として野戦病院で働いていた。世にいう「ひめゆり部隊」である。女子師範に通っていた20歳の伊差《いさ》川《がわ》カナも南風《はえばる》原野戦病院第三外科に配置されていた。

ある日の夜明け、カナは石川県の小学校で教師をしていた細川三之介《さんのすけ》という負傷兵に会う。彼は決して生きることを諦めてはいけないとカナを諭《さと》した。

戦火が迫ってきて、ついに病院に移動の命令が下る。細川は自分の命が長くないことを悟り、残ることを決意する。カナは後ろ髪を引かれながらも、彼の額に口づけをして病院を後にした。

雨の中の行軍は非常に厳しいものだった。途中、生徒に慕われていた石川園子教諭が川に落ちて亡くなってしまう。カナは妹のミト、英語教師の吾妻、友人の荻堂雅子《おぎどううたこ》、波平暁子らと、米軍の砲撃の中を進んでいく。首里では難攻不落といわれた司令部が陥落したという話を聞き、生徒たちの胸を絶望が埋め尽くす。

真也と出会い、雅子の心は揺れる

砲撃の中で隊列からはぐれてしまったカナと雅子は、カナのいとこの長嶺真也に出会う。2人は海軍士官の真也から詳しい戦況を聞いた。

米軍が上陸して沖縄は南北に分断される。北部では飢餓にあえぎ、南部では戦火にさらされるというどちらも悲惨な状況だった。島民は女子どもにいたるまで一丸となって抵抗したが、圧倒的な戦力を持つ米軍は次々と南下を進める。真也は本土の援軍は望むべくもなく、敗戦は疑いようのないことだと語るのだった。

数日を一緒に過ごすうち、雅子は真也の雄々しさ、感性のみずみずしさ、自由さなどに惹かれていく。真也もまた、雅子に肉体的な感情を感じていた。

真也の気持ちに気づいていた雅子だが、カナと真也の関係に嫉妬を感じ、1人で家を飛び出してしまう。迫撃を受け右腕を負傷し、孤独に嘖《さいな》まれながら進んでいった雅子は、八重瀬嶽《やえせだけ》の洞窟でミトに再会する。

玉砕を選ばされたひめゆり部隊

一方、雅子を追って出発したカナも米軍の攻撃に遭い、意識を失ってしまう。気がつくと、ひめゆりの友人たちがいる壕《ごう》にいた。やがてミトも追いつくが、雅子は途中で被弾し亡くなっていた。

ひめゆり部隊は米須《こめす》の洞窟で最後の壕生活に入る。砲撃の合間をぬって水を汲みに行ったカナは、負傷した友人を背負った清見《きよみ》という兵に会う。3人で避難していると、米軍が日本語で降伏を促すのが聞こえた。米軍の降伏勧告状も見せられたカナは、友人たちを救うべく皆の元へと戻った。清見は武器を捨てて降伏していった。

壕へ戻ると、すでにひめゆりの解散命令が出ており、玉砕《ぎょくさい》をすることが決まっていた。カナは玉砕は不合理だと感じ、みなに降伏を勧めるが、大和魂を踏みにじる行為だと殴られ、倒れてしまう。そして米軍の大掃討《だいそうとう》がはじまった。

ひめゆり部隊と第三外科は全滅した。しかし何時間か後、カナは意識を取り戻す。あたりは死体の山だった。

ミトを探すと、慕っていた吾妻教諭の胸に顔を埋めるようにして亡くなっていた。衣服は焼け落ち、足の火傷も痛んだが、壕を出ると次第に歓喜がこみあげてきた。カナの表情は明るく晴れやかになっていた。

作品の背景

◎『ひめゆりの塔』は1949年9月から「令女界」に連載された。第二次世界大戦での激烈な沖縄戦をもとに書かれた小説である。

◎当時、沖縄は本土防衛の最前線とされ、本土決戦の前に米軍をできるだけ消耗させるという命令が出ていた。しかし、沖縄の日本軍は7万人、それに対して米軍は1500隻の軍艦と50万人もの兵力を持っていた。上陸した兵は約18万人だったとされる。

◎兵力の足りない日本軍は現地での補助兵を招集する。17～45歳までの男子という規定だったにもかかわらず、高齢者や少年までもが集められた。

◎作者は生存者からの聞き取りはせず、わずかな沖縄戦帰還兵より話を聞いて、この作品をまとめたといわれている。

人物相関図

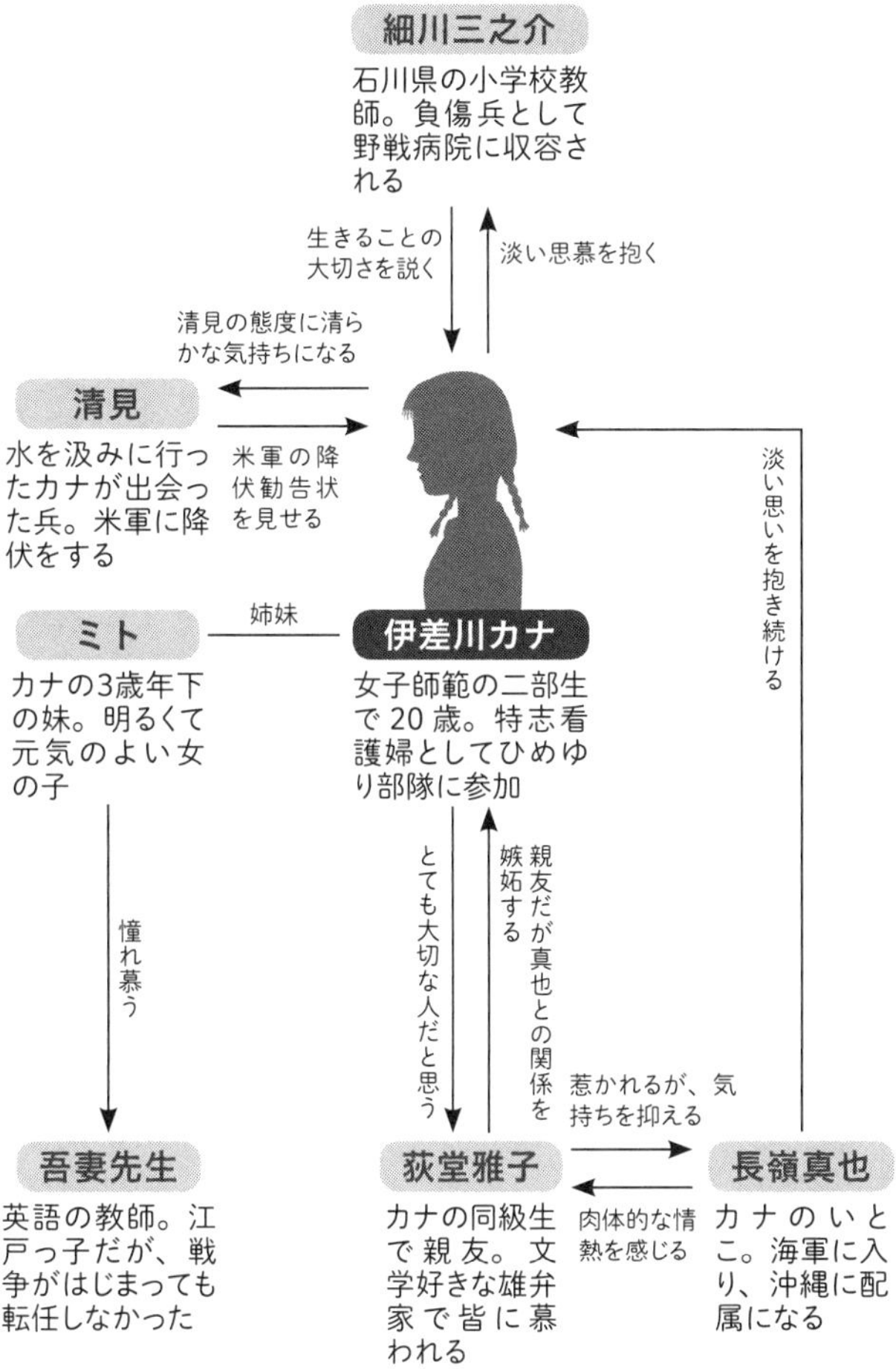
細川三之介
石川県の小学校教師。負傷兵として野戦病院に収容される
生きることの大切さを説く
淡い思慕を抱く
清見の態度に清らかな気持ちになる
清見
水を汲みに行ったカナが出会った兵。米軍に降伏をする
米軍の降伏勧告状を見せる
淡い思いを抱き続ける
ミト
カナの3歳年下の妹。明るくて元気のよい女の子
姉妹
伊差川カナ
女子師範の二部生で20歳。特志看護婦としてひめゆり部隊に参加
憧れ慕う
とても大切な人だと思う
親友だが真也との関係を嫉妬する
惹かれるが、気持ちを抑える
肉体的な情熱を感じる
吾妻先生
英語の教師。江戸っ子だが、戦争がはじまっても転任しなかった
荻堂雅子
カナの同級生で親友。文学好きな雄弁家で皆に慕われる
長嶺真也
カナのいとこ。海軍に入り、沖縄に配属になる

黒《くろ》い雨《あめ》

井伏鱒二《いぶせますじ》

1965年発表

原爆の惨状や後遺症を、市民の日常を通してリアルに描く

井伏鱒二

1898～1993年。広島県に生まれる。中学卒業後、日本画家を志望して橋本関雪《かんせつ》に入門を希望するが拒絶される。早稲田大学文学部退学後、同人雑誌「世紀」に参加し、『幽閉』『山椒魚』を発表。哀愁にユーモアをまじえた作風で知られる一方、原爆を描いた『黒い雨』でさらに名声を高める。

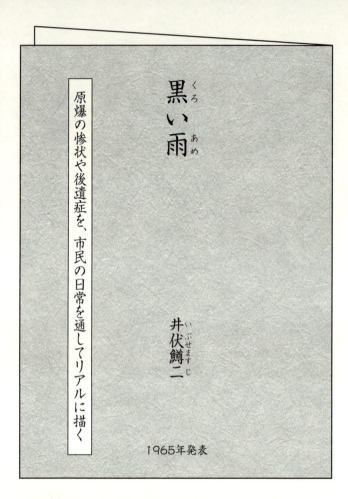

「その日、市内にいた」という噂で縁遠くなる姪

閑間《しずま》重松《しげまつ》と妻シゲ子は、姪の矢須子《やすこ》と3人で広島市内に住んでいた。昭和20年8月6日、通勤途中の重松は、爆心地から2キロメートルほど離れた横川駅で被爆する。頬に火傷を負ったが妻のシゲ子も、会社の用事で郊外に行っていた姪の矢須子も無事で、3人は避難所でなんとか合流することができた。

数年後、原爆病で重労働ができなくなった重松は、妻と矢須子の3人で広島市から少し離れた郷里の小畠村に住み、仲間と一緒に鯉の養殖をして生計を立てる。

重松は、矢須子の縁談話がなかなか進まないことに心を痛めていた。それは、原爆投下時、矢須子が広島市内で被爆し、しかもそれを閑間夫妻が隠していると村で噂されているからである。矢須子が広島中心部の奉仕隊にいたというのは、事実無根である。

しかし、縁談を持ってくる人々は、その噂を聞くだけで一も二もなく逃げ腰になって話を切り上げてしまうのだった。

清書しながら回想する地獄絵

そこで重松は、原爆が投下された当日、矢須子が爆心地からかなり離れた郊外にいたことを証明するために、矢須子の日記を清書することにした。

途中、矢須子の日記には「黒い雨」の描写があった。爆弾とともに降ってきた「黒い雨」。当時はその正体は不明だったが、実は毒素が含まれていたことは今では誰でも知っている。この部分は隠すべきか。隠したいが、仲人に日記の現物を見せてくれと言われたらどうしようか。重松は悩んだ。

そんなことを考えているうちに、重松は自分の「被爆日記」も清書することを決心する。爆心地から2キロメートルのところにいて火傷を負った自分すら、こうして生きている。まして爆心地からずっと離れたところにいた矢須子は原爆病とは無縁のはずだ。

仲人に見せるだけでなく、将来への記録のために、重松は清書に取りかかるのだった。清書を続けているうちに、当時の凄惨な思い出が蘇る。それは今の重松の、のどかな生活とは正反対の悲惨な光景だった。

日記の一文にこうある。「戦争はいやだ。勝敗はどちらでもいい。早く済みさえすればいい。いわゆる正義の戦争よりも不正義の平和のほうがいい」。

矢須子を励まし、奇跡を信じる重松

日記は8月12日分まで清書できた。その頃、矢須子に原爆病の症状が現れて、重松とシゲ子はショックを受ける。

原爆投下時にその場にいなくても、またそのときは軽症でも、あとから原爆病で死ぬ人も少なくなかった。矢須子も被災地を逃げているうちに被爆したのだろう。

矢須子は急激に衰弱していった。シゲ子は矢須子を看病しながら、「高丸《たかまる》矢須子病状日記」を綴る。

一方、村の医師も矢須子を励まそうと、被爆しながらも奇跡的に回復した「広島被爆軍医予備員・岩竹博《いわたけひろし》の手記」や、その夫人の手記を送る。重松はこれらの手記を読み、とにかく矢須子に気力を失わせてはいけないと思っていた。しかし矢須子はすでに諦めており、薬を飲まずに棄てていた。

無辜《むこ》の市民を一瞬にして悲劇に陥れただけでなく、数年たってもまだその爪あとを残す原爆病。これらの事実を後世に伝えつつ、重松は矢須子の身にも奇跡が起こることを祈るのだった。

作品の背景

◎最初この作品は「新潮」に『姪の結婚』という題で連載され、途中で『黒い雨』に改題。1965年1月号からはじまり、1966年9月号で終わっている。

◎原爆を扱った小説は数多い。しかしこの『黒い雨』は、政治的なこと云々というよりも、あえて一市民の目線で、原爆投下の事実を綴っている。きわめてセンセーショナルな出来事を日常的なことに溶け込ませたところにも、この作品ならではの高い評価がある。

◎閑間重松には、広島県神石郡三和町に住む実在のモデルがいる。井伏鱒二が、知人である彼の日記をもとに小説化したのが『黒い雨』である。

◎黒い雨について作品中では「毒素が含まれていた」とだけ描写されているが、言うまでもなくそれは放射能である。

人物相関図

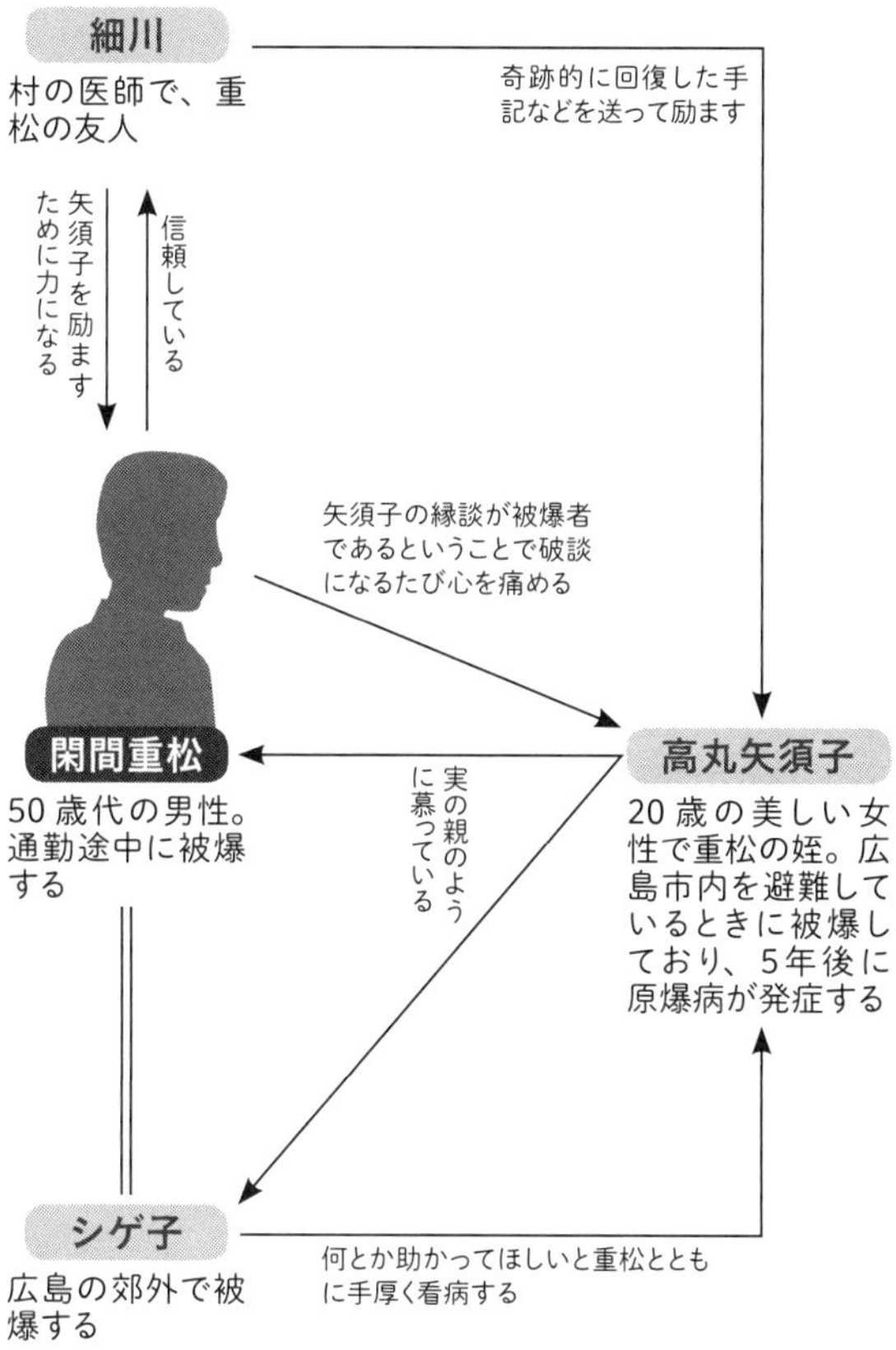

細川
村の医師で、重松の友人
奇跡的に回復した手記などを送って励ます
矢須子を励ますために力になる
信頼している
閑間重松
50歳代の男性。通勤途中に被爆する
矢須子の縁談が被爆者であるということで破談になるたび心を痛める
実の親のように慕っている
高丸矢須子
20歳の美しい女性で重松の姪。広島市内を避難しているときに被爆しており、5年後に原爆病が発症する
シゲ子
広島の郊外で被爆する
何とか助かってほしいと重松とともに手厚く看病する

野《の》火《び》

大岡昇平《おおおかしょうへい》

1948年発表

殺人、人肉喰い…極限に追いつめられた人間の究極の心理

大岡昇平

1909～1988年。東京都に生まれる。京大仏文科を卒業後、新聞社やガス会社などに勤務する。1944年召集されてフィリピン・ミンドロ島に赴くが、翌年米軍の俘虜《ふりょ》となり、レイテ島収容所に送られる。俘虜生活を描いた作品のほか、『武蔵野夫人』など恋愛小説も発表。

隊から追放され山中を彷徨する私

平凡な中年男である私（田村一等兵）が投入されたフィリピン・レイテ島は、すでに敗北濃厚だった。

結核に冒された私は、「治癒」を宣告されて病院から隊へ戻るが、隊でも足手まといとみなされ、6本の芋を渡されて「病院へ戻れ」と追い返される。要するに病院からも隊からも見放されたのだ。

病院といっても、薬も与えられず、手当てもされず、食糧不足で悲惨なものだった。1本の芋や煙草をめぐって争う兵士たち。戦場も病院も、みな自分が生き残ることしか考えられない。

しかし、戦場にあってはこれがもっとも正しい物の見方であるのかもしれないと私は思うのだった。

次の日の朝、病院は米軍の襲撃に遭う。私は傷ついた兵士を助けることもせず、山中をひたすら逃げた。行く手には死と惨禍《さんか》しかないとわかっていても、息を引き取るその瞬間まで、私自身の孤独と絶望を見極めようという暗い好奇心があった。

もはや「日常茶飯事」でしかない殺人

途中、私は島の住人が放棄した山間の耕作地を見出し、食料も豊富な「楽園」ともいえる小屋で飽満の幾日かを過ごす。昼間は外の斜面に坐って海を眺めるのが日課となった。

ある日、海辺の林の上に「白く光るもの」を見つける。それは十字架であった。なぜか十字架に惹かれた私は、自分の心を確かめるために海岸の村に降りて行く。たどり着いた村は無人だったが、日本兵の屍体《したい》がいくつも転がっていた。日本兵の略奪と住民の反撃が繰り返された結果だろう。

私は村の家で休んでいると、若い男女に遭遇する。私は衝動的に女を銃で撃った。一緒にいた男は逃げてしまった。

私は自分が単なる一個の暴兵にすぎないことを悟り、その家にあった塩を雑嚢《ざつのう》に詰めて去った。

戦場での殺人は日常茶飯事なので、私は女を撃ったことに後悔はなかった。

飢えに耐えきれず、人肉を嗜食する兵士

雨、飢え、そして米軍の攻撃に苦しみながら、山中を彷徨《ほうこう》する私。ある日、私は1人の瀕死の将校に会う。将校は「俺が死んだら、ここを食べていいよ」といって右手でその上膊《じょうはく》部を叩いた。

山蛭《ひる》が将校の屍体にとまり、血を吸う。私は、そのふくらんだ蛭を押し潰して、中の血をすすった。

ほかの生物を経由さえすれば、人間の血を摂ってもかまわないと思ったからだ。

そして屍体を剣で切ろうとしたちょうどそのとき、私自身の左手が右手首を握って無意識に制した、という奇妙なことが起こり、結局私は、屍体をそのままにしてその

場を離れるのだった。

彷徨の末、私はかつての仲間である永松と安田に会う。衰弱した私に、永松は「猿の肉だ」といって黒く固い物を食べさせた。あとになってそれは人肉だったとわかる。日本兵の中では人肉喰いが行われていた。飢えに耐えきれなくなった永松は、安田を撃つと素早く蛮刀《ばんとう》で手首と足首を切り落とそうとした。私は思わず立ち上がり、永松を撃とうとした。撃ったかどうか私の記憶にはないが、肉は食べなかったことは確かである。

それから6年後に、私は東京の精神病院でこの話を書いている。私は未だに、フィリピンの島の山野にたちのぼる野火の幻影を見るのだった。

作品の背景

◎作者が実体験した俘虜生活から生まれた『野火』は、生存ぎりぎりのところに追い込まれた人間が、人肉喰いという、正常な世界では明らかに倫理に反することにどう立ち向かうかを追った名作で、各国語に翻訳されている。
◎野火とは通常、野山に火をつけて枯草を焼くことを指すが、戦争当時は「フィリピン人のいるところ」「食料のあるところ」を意味した。この小説の主題にふさわしい、象徴的な題名といえる。

人物相関図

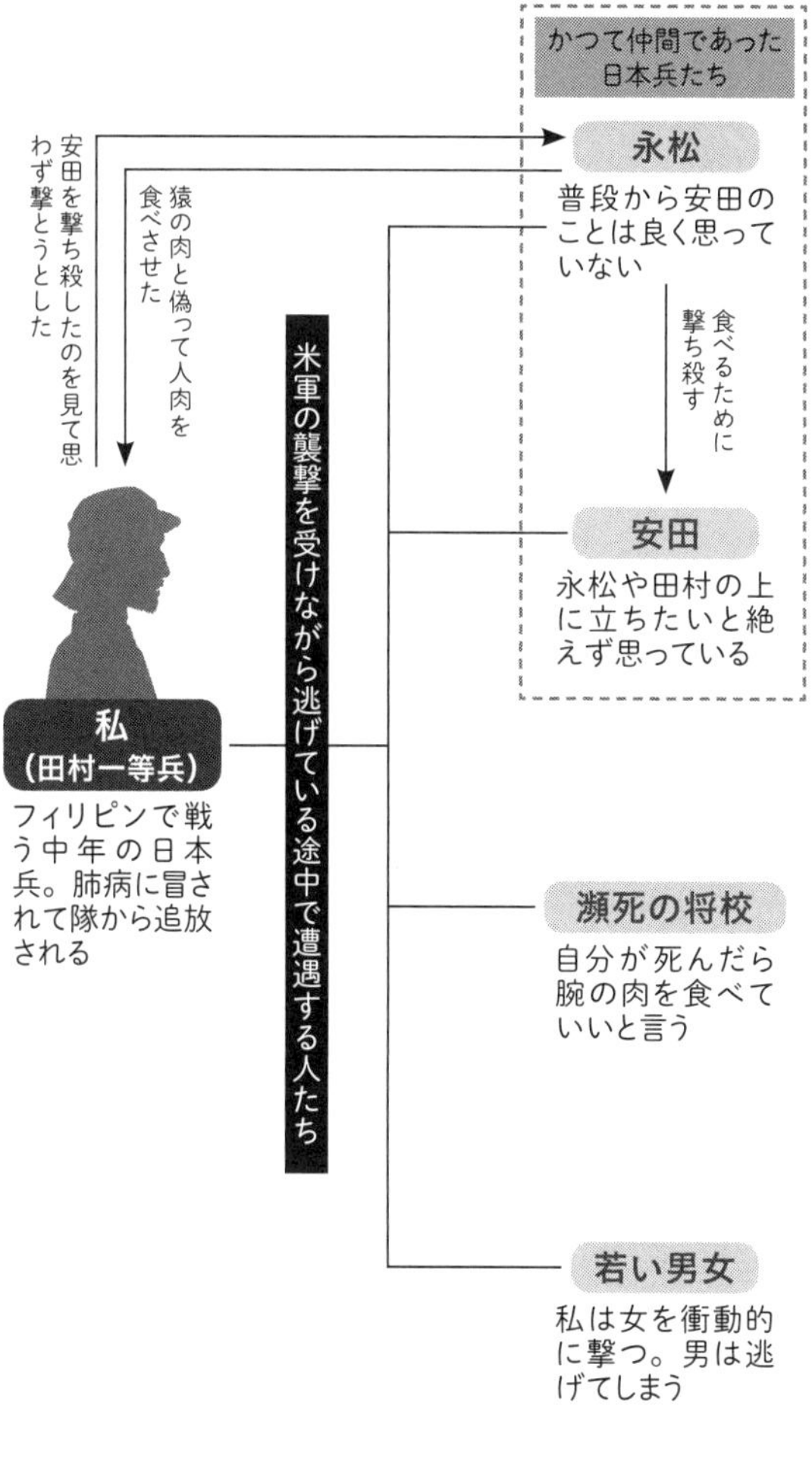
かつて仲間であった日本兵たち
永松
普段から安田のことは良く思っていない
食べるために撃ち殺す
安田
永松や田村の上に立ちたいと絶えず思っている
安田を撃ち殺したのを見て思わず撃とうとした
猿の肉と偽って人肉を食べさせた
米軍の襲撃を受けながら逃げている途中で遭遇する人たち
私
(田村一等兵)
フィリピンで戦う中年の日本兵。肺病に冒されて隊から追放される
瀕死の将校
自分が死んだら腕の肉を食べていいと言う
若い男女
私は女を衝動的に撃つ。男は逃げてしまう

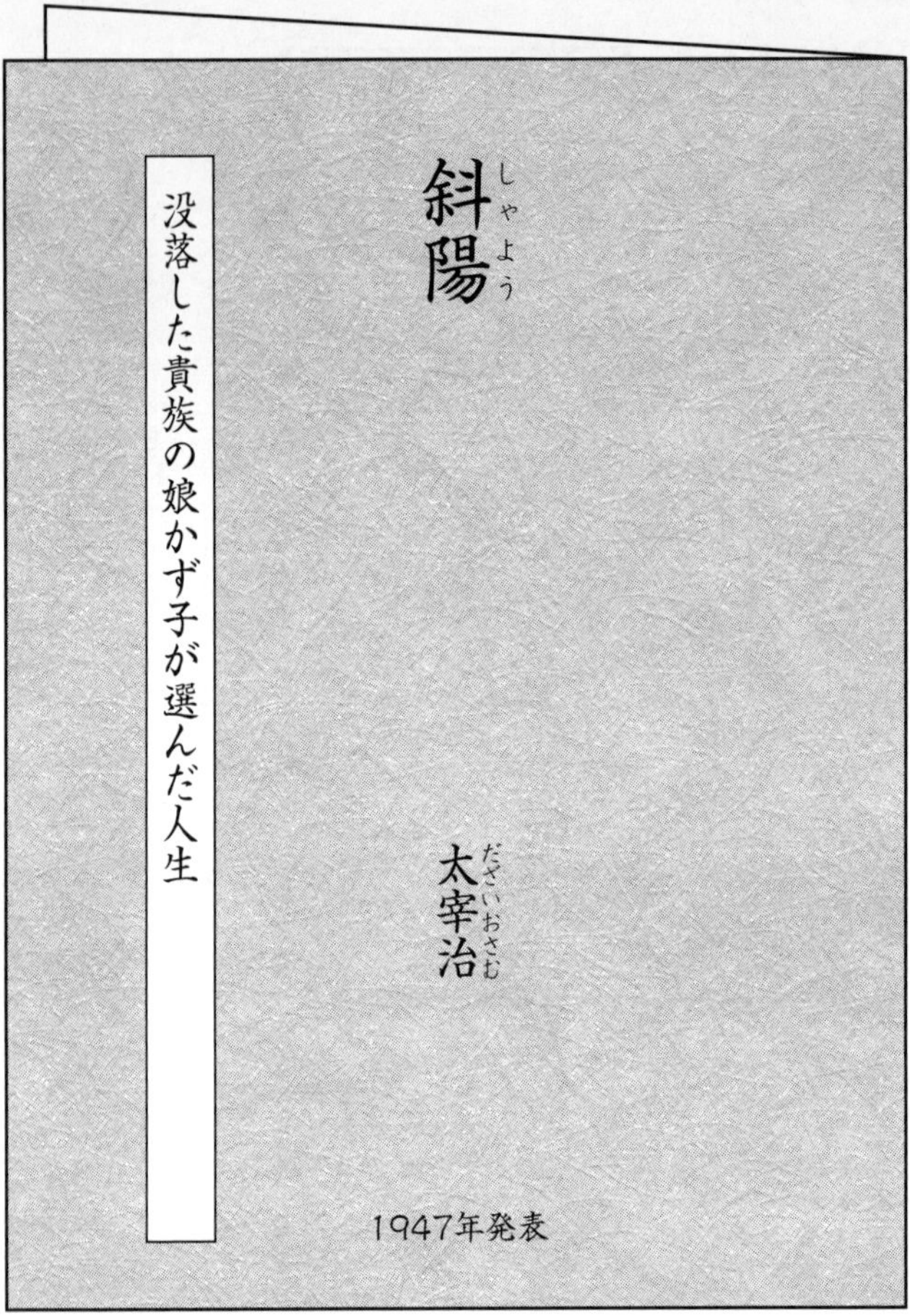

斜陽《しゃよう》
太宰治《だざいおさむ》
1947年発表
没落した貴族の娘かず子が選んだ人生

太宰治

1909～1948年。青森県金木村の大地主の家に生まれる。本名、津島修治。1933年、はじめて太宰治の名前で『列車』を発表する。以降、『富嶽《ふがく》百景』や『女生徒』など多くの作品を発表。1948年6月、『グッド・バイ』連載中に、山崎富栄と玉川上水に入水自殺する。

家を売って伊豆の山荘へ

貴族であるかず子と母親が東京・西片町の家を出て伊豆の山荘に引っ越したのは、日本が無条件降伏をした年の12月のはじめだった。父親はすでに亡く、弟の直治《なおじ》は大学の中途で招集され南方の島へ行ったが、消息は途絶えたままだ。

父親が亡くなってからは母親の弟、すなわちかず子の叔父が生活の面倒を見てくれていたが、終戦を迎え世の中が変わったことで、家を売って田舎に越さなければ生活できなくなったのである。

出発の前日、母親は「かず子がいてくれるから伊豆に行く、いなかったらお父様の亡くなったこの家で死んでしまいたい」と泣きじゃくった。それを見てかず子は、金がなくなるということはなんという恐ろしい、惨めな救いようのない地獄なのかと思うのだった。

しばらくして落ち着きを取り戻した2人は、高台の見晴らしのよいこの山荘で、食事の支度以外は毎日、縁側で編み物をしたり、本を読んだり、お茶を飲んだりと、ほとんど世の中と離れてしまったような穏やかな生活を送る。

しかし、かず子はこの山荘の安穏は、全部いつわりの見せかけに過ぎないと思うときがあった。また母親も幸福を装いながら、日に日に衰えていくのだった。

上原の子を妊娠し、1人で育てる決心をする

そんな夏のある日、直治が戦場から戻ってくるが、どうやらアヘン中毒になっているらしかった。かず子は「また！」と思う。

直治は高等学校時代、文学に凝り、ある小説家の真似をして麻薬中毒にかかったことがあるのだ。薬屋の支払いに困った直治はかず子に金をねだり、かず子は腕輪や首飾りなどを売って金を工面する。

その金は、いつもばあやから直治の師匠で作家の上原二郎に渡されていた。しかし、次々と多額の金をねだられ心配になったかず子は、1度だけ上原の部屋を訪ねる。そ

のときかず子は、女房も子どももいる彼に恋をしてしまうのだ。ちょうどその頃、かず子は夫との子を妊娠していたが、夫とはうまくいっていなかった。そして実家に帰って子どもを産むが死産し、かず子も病気になり離婚するのである。

それから6年たった今、病気の母と中毒患者の弟を抱えたかず子は、親子3人が生きていくための手段はこれしかないと思い、上原に手紙を書く。それは、恋する上原の愛人として暮らしたいという内容だった。

しかし、3回手紙を書くが上原からの返事はない。そこで上京して上原に会う決意をするが、その矢先、母親の容態が急変し亡くなる。それでもかず子は上原に会いに東京へと向かう。そしてようやく上原と再会し、その夜2人は結ばれて朝を迎えるが、次の朝、直治が山荘で自殺する。

遺書には、「自分がなぜ生きていなければならないのかわからない。高等学校に入り自分とは全く違う階級の人たちの勢いに押され負けまいとして麻薬を用い、生きる手段としてアヘンを用いた。貴族に生まれたのは僕たちの罪でしょうか」などと書かれていた。

それから1か月後、冬の山荘に1人で暮らしていたかず子は、上原に最後の手紙を書く。

「あなたもだんだん私のことをお忘れになるようですね。でも私は幸福です。私の望みどおり赤ちゃんができたようです。私には古い道徳を無視してよい子を得たという満足があります。私たち親子は古い道徳とどこまでも争い、太陽のように生きるつもりです」

作品の背景

◎没落貴族の悲劇を描いた作品で、ロシアの作家チェーホフの戯曲『桜の園』を意識して書かれたといわれている。

◎ヒロインのかず子のモデルは太田静子で、離婚して母を失ったあと山荘で1人で暮らしていた。この静子の日記をもとに『斜陽』は書かれている。

◎弟を通じて太宰の作品に親しみ、自らも詩人である太田静子は太宰の子を産みたいと願い続け、遂に妊娠し治子が産まれる。

◎麻薬中毒に侵された弟・直治は太宰の若い頃、作家の上原二郎は執筆当時の太宰が投影されている。

人物相関図

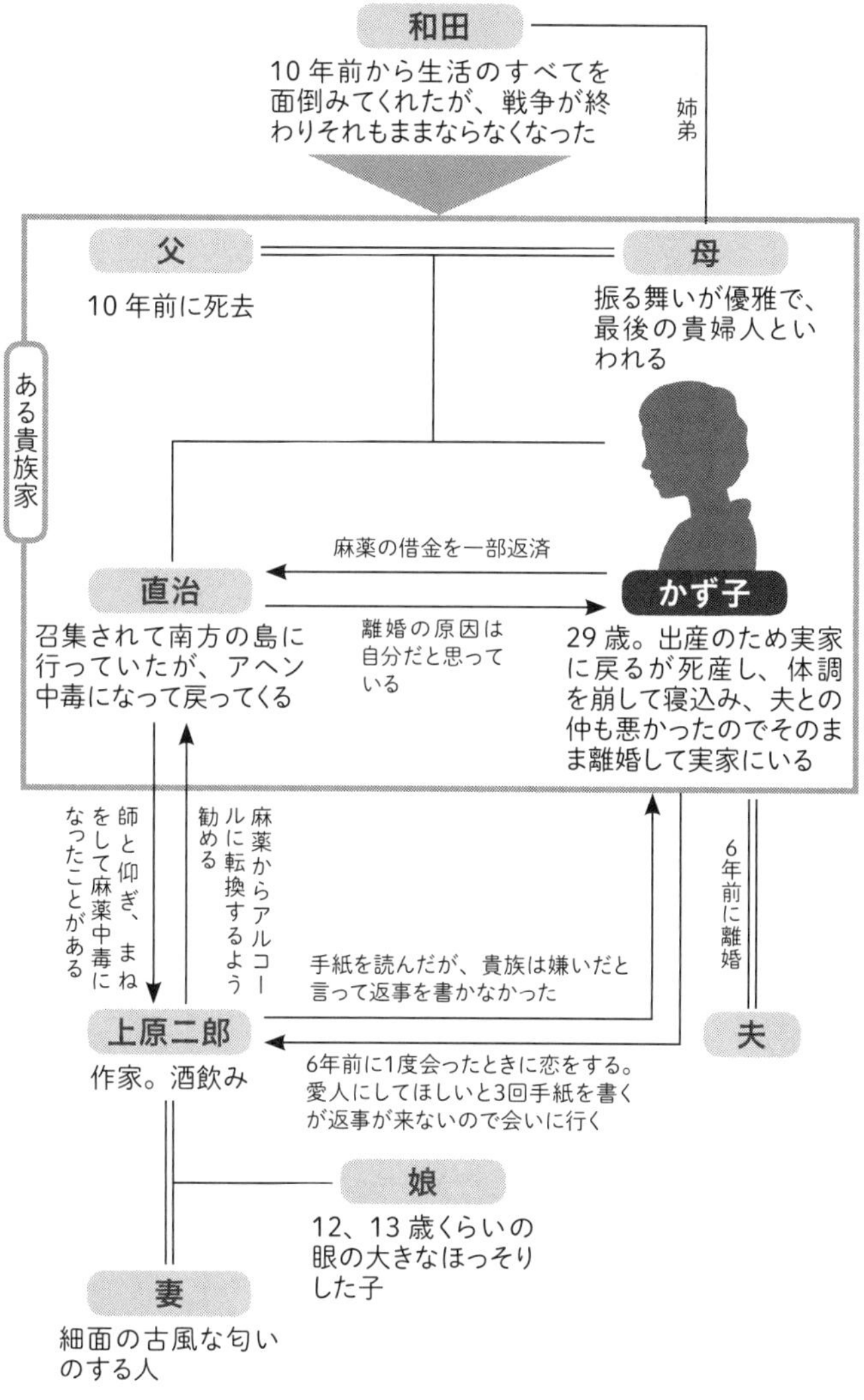
和田
10年前から生活のすべてを面倒みてくれたが、戦争が終わりそれもままならなくなった
姉弟
ある貴族家
父
10年前に死去
母
振る舞いが優雅で、最後の貴婦人といわれる
麻薬の借金を一部返済
直治
召集されて南方の島に行っていたが、アヘン中毒になって戻ってくる
離婚の原因は自分だと思っている
かず子
29歳。出産のため実家に戻るが死産し、体調を崩して寝込み、夫との仲も悪かったのでそのまま離婚して実家にいる
師と仰ぎ、まねをして麻薬中毒になったことがある
麻薬からアルコールに転換するよう勧める
手紙を読んだが、貴族は嫌いだと言って返事を書かなかった
6年前に離婚
上原二郎
作家。酒飲み
6年前に1度会ったときに恋をする。愛人にしてほしいと3回手紙を書くが返事が来ないので会いに行く
夫
娘
12、13歳くらいの眼の大きなほっそりした子
妻
細面の古風な匂いのする人

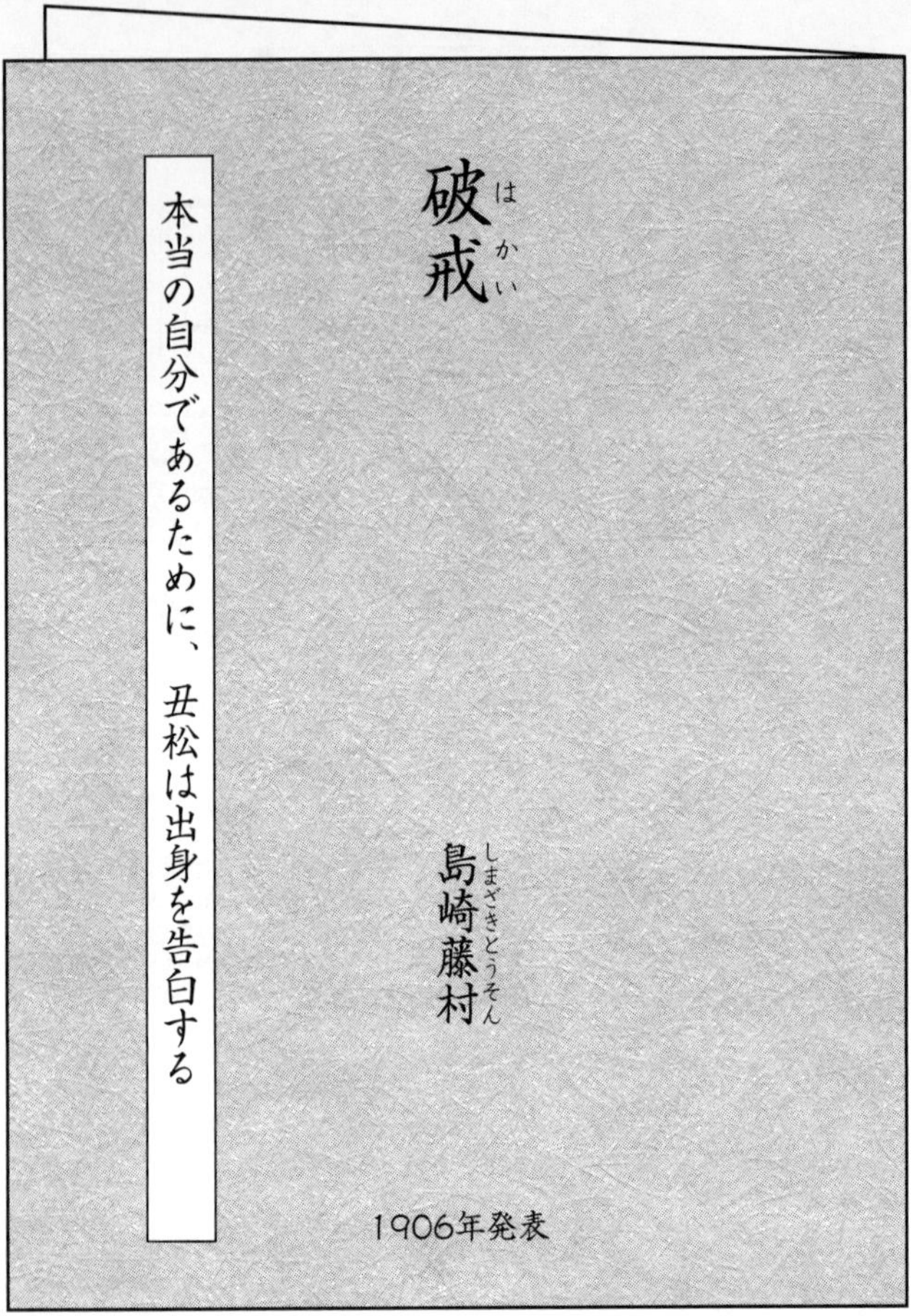

島崎藤村

1872～1943年。長野県に生まれる。本名は島崎春樹。明治学院に入学後、キリスト教の洗礼を受ける。卒業後は東北学院の教師を務め、小諸には小諸義塾の教師として赴任した。叙情詩集『若菜集』で文学的に認められるようになる。1929年から『夜明け前』を「中央公論」に連載する。

何があっても打ち明けられない秘密があった

瀬川丑松《うしまつ》は信州飯山《いいやま》で教鞭を執る青年教師だった。彼は牧夫《ぼくふ》をしている父親から「たとえいかなる目を見ようと、いかなる人に邂逅《めぐりあ》おうと、決してそれとは自白《うちあ》けるな」と厳しく言われている。

実は丑松親子は被差別部落の出身だったのである。

だが丑松は、自分が先輩と呼ぶ同じ被差別部落出身で、思想家の猪子蓮太郎《いのこれんたろう》の著作を読むうちに、生まれにより差別されることに激しい抵抗を感じるようになっていた。

これまでは父親の戒《いまし》めどおりに秘密を守ってきた丑松だったが、何もかも隠している自分が嫌で、悶々と悩むのだった。

丑松が突然蓮華寺《れんげじ》に下宿を変えたのも、前の下宿で病院に通院するために泊まっていた同じ被差別部落出身の大日向《おおひなた》という金持ちが、素性によって宿を追われるという不愉快な事件が起きたことが理由だった。

蓮華寺には、体調を崩して退職した「老朽《ろうきゅう》教師」の風間敬之進《けいのしん》と、生活に窮したことで寺の養女にした敬之進の先妻の娘、お志保がいた。

丑松は家庭の事情から行き場もなく飲んでばかりいる敬之進の面倒を何かにつけ見るようになり、次第にお志保に気持ちが近づく。

一方、丑松の勤める小学校では、校長が自分の意のままに学校を操ることを企んでいた。校長自身が国から金牌《きんぱい》を授与されたこともあり、より小学校を我がものとしたがっていたのである。そのため何かというと反発する丑松や、その同僚で師範学校からの友でもある土屋銀之助は邪魔になっていた。

そんなある日、丑松の元に父親の死が知らされる。

丑松は急ぎ父親の元に駆けつけるのだが、そこへ向かう汽車の中で、偶然にも尊敬する猪子蓮太郎と出会った。丑松は彼に自分の秘密を打ち明けたい衝動に駆られるのだった。

その汽車にはもう1人男が乗っていた。代議士を目指す高柳利三郎である。高柳は資産目当てに、丑松の郷里の娘を妻に迎えに行くところだった。

蓮太郎の死が決意させた「告白」の結末とは

父親の葬儀を終えて蓮華寺に戻ると、長い間京都に出張していた住職が帰っていた。住職は学問があり世間では立派な人物で通っていたが、女性にことのほか弱かった。丑松は自分が帰郷している間に、住職が養女にしているお志保に手を出してしまったことを、敬之進から聞かされるのだ。そしてお志保は寺を逃げ出した。

しばらくすると、高柳が下宿を訪ねてきた。彼は丑松の秘密を妻から聞いて知っていると言い、選挙では自分を応援するように脅迫した。そして誰が言いはじめたのか、丑松が被差別部落の出身者であることが学校で噂されるようになる。

選挙戦がはじまると、高柳に対抗して立候補している市村弁護士が、猪子蓮太郎とともに飯山に乗り込んできた。

飯山では互いに演説会を行うのだが、蓮太郎は高柳の汚い手口や金目当ての結婚を聴衆に暴露してしまう。これが理由なのか、演説を終わった帰り道、蓮太郎は暴漢に襲われて殺されてしまう。

蓮太郎の死を知った丑松は、ついに父親の戒めを破って、自分の出身を教え子の前で告白し、教室の板敷きにひざまずくと、許しまで乞うのだった。

学校を辞め、飯山を追われるように後にする丑松は、同郷の大日向が事業を興そうとするテキサスの農場に未来を求めるのである。

作品の背景

◎作品は藤村が小諸で教師生活をしていた7年間の中で準備されたものといわれている。この教師生活をはじめた年に妻フユと結婚した。『破戒』を書きはじめたのは日露戦争中の1904年である。

◎この作品はリアリズムによって人間を追求し、現実の社会問題に立ち向かった作品として文学的に高く評価された。しかし、多くの評論家は明治という時代ゆえ、藤村の差別に対する認識が徹底されていないことを、唯一の弱点と見ている。

◎藤村はこの作品を書くために教師の職を辞めて上京している。背水の陣を引くためとされているが、小説が完成するまでの2年間に3人の子どもたちが次々と死亡し、妻も栄養不良に陥ったという。

人物相関図

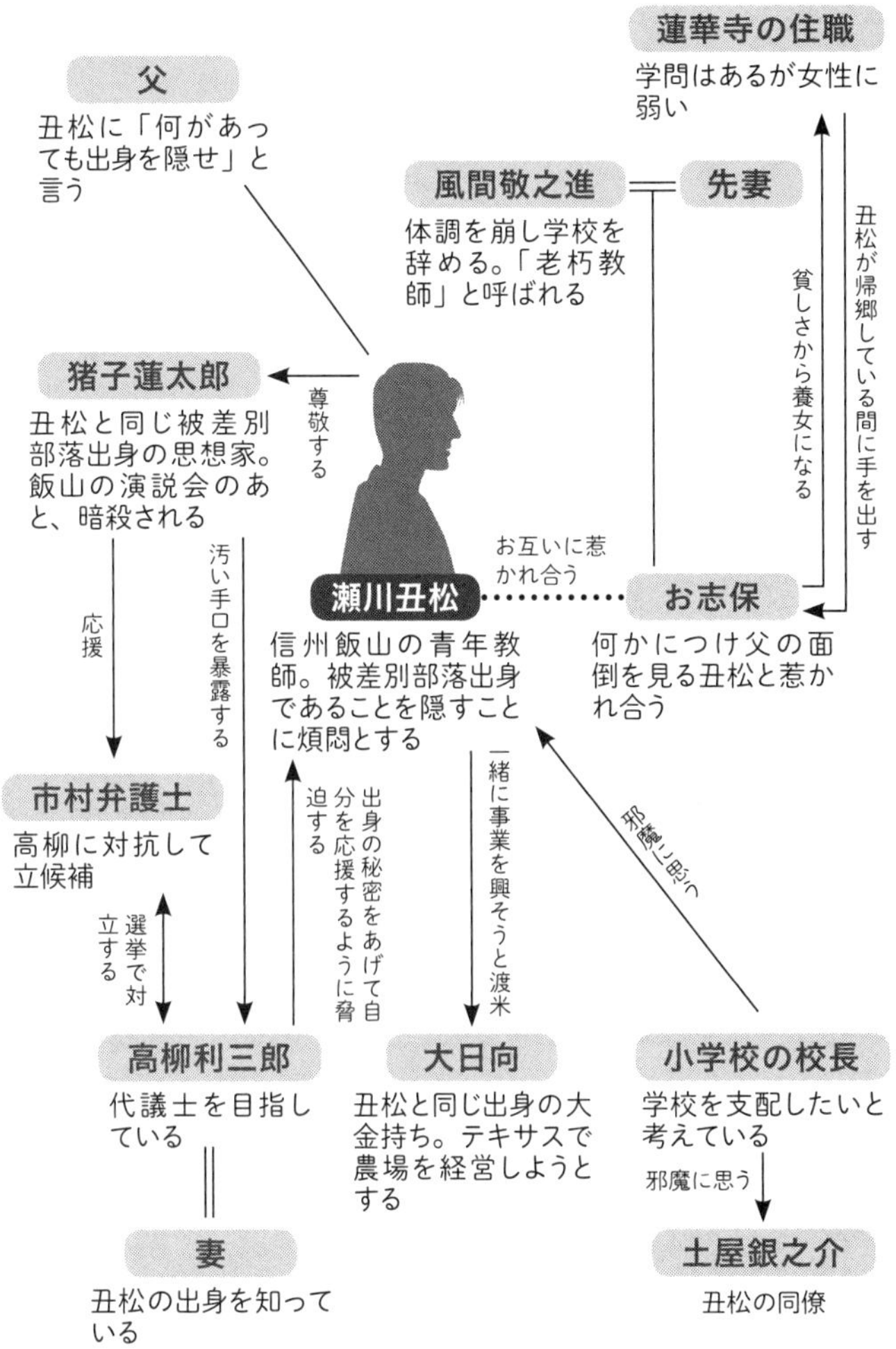

父
丑松に「何があっても出身を隠せ」と言う
蓮華寺の住職
学問はあるが女性に弱い
風間敬之進
先妻
体調を崩し学校を辞める。「老朽教師」と呼ばれる
貧しさから養女になる
丑松が帰郷している間に手を出す
猪子蓮太郎
尊敬する
丑松と同じ被差別部落出身の思想家。飯山の演説会のあと、暗殺される
お互いに惹かれ合う
瀬川丑松
信州飯山の青年教師。被差別部落出身であることを隠すことに煩悶とする
お志保
何かにつけ父の面倒を見る丑松と惹かれ合う
応援
汚い手口を暴露する
市村弁護士
高柳に対抗して立候補
選挙で対立する
出身の秘密をあげて自分を応援するように脅迫する
一緒に事業を興そうと渡米
邪魔に思う
高柳利三郎
代議士を目指している
大日向
丑松と同じ出身の大金持ち。テキサスで農場を経営しようとする
小学校の校長
学校を支配したいと考えている
邪魔に思う
妻
丑松の出身を知っている
土屋銀之介
丑松の同僚

浮雲《うきぐも》

林芙美子《はやしふみこ》

1949年発表

激しい恋に落ちた男女は、敗戦後の日本で落ちぶれていく

林芙美子

1903～1951年。山口県下関市に生まれる。行商人の子どもで各地を転々とし、尾道高等女学校を卒業後、愛人を追いかけて上京。翌年婚約を破棄され、女給や女工をして生活する。そのときの日記が『放浪記』として出版され、ベストセラーになった。ほかに『晩菊』『稲妻』など数々の作品を残した女流作家。

第二次世界大戦真っ只中の南国での激しい恋

幸田ゆき子は、第二次世界大戦後の日本に仏印（フランス領インドシナ）から帰ってきた。敗戦までは仏印の農林省研究所でタイピストをしていたのである。仏印に渡るまでは姉の夫の弟である伊庭《いば》の家に寄宿していた。ある夜、伊庭は家族の目を盗んでゆき子に夜這いをしてきたのである。3年間、ゆき子は嫌いな伊庭と不倫を続けなければならず、仏印へ渡ったのはそんな生活から逃れたいからだった。

仏印でダラットへ赴任したゆき子は、農林省の富岡という冷酷な印象の男と出会う。妻があるということを知りつつも、ゆき子は富岡に急速に惹かれていった。赴任地には加野という男もいた。加野はゆき子に惚れて、ゆき子に猛烈に愛を告白する。ゆき子は富岡との関係に溺れていく一方で、一途な加野の心を弄《もてあそ》んだ。ゆき子と富岡の関係に嫉妬した加野は、富岡を刺そうとしてゆき子の腕を傷つけてしまう。

仏印では皆、何かに憑かれたように激情に身を委ねていた。富岡も帰国したら妻と別れてゆき子と一緒になると約束していた。

だが日本へ帰りついたゆき子が富岡に連絡しても、富岡からは一向に返事はこなかったのである。

日本に戻ってきた男女に突きつけられた現実

思いきってゆき子は富岡の家を訪ね、2人はまた以前の関係に戻っていった。だが富岡には仏印にいたときのような激情はなかった。富岡は農林省を辞め、戦後の廃頽《はいたい》した日本で年老いた母と妻を養っていかねばならず、妻がいるときさえ富岡を訪ねてくるゆき子が重荷だった。富岡は早くゆき子と別れたかった。

その頃、ゆき子は偶然知り合った外国人のジョオと親しくなる。ジョオは時折ゆき子の仮住まいへ訪ねてくるようになっていた。そのことを知った富岡は、別れたいと思っていたゆき子を今度は手放したくないと思うようになる。

この状況をどうにもできない2人は、半ば心中でもするつもりで伊香保温泉に向かった。

落ちぶれて屋久島までたどり着いた2人の運命

伊香保温泉での宿代を払うため、富岡は自分の時計を売った。そして富岡は時計を買ってくれた飲み屋の亭主の妻、おせいと深い関係になってしまう。すでにゆき子と心中する気もなくなっていた。

ゆき子は東京に戻ってきてからしばらくして、おせいが富岡を追って東京へ出てきたことを知る。おせいは富岡と同棲していた。

富岡の子どもを妊娠していたゆき子は、それを知って中絶をする。だが、その後おせいは、追いかけてきた亭主に絞殺されてしまう。また加野も病気のため死んだという知らせが届く。

富岡はおせいの死後、どんどん落ちぶれていった。富岡の妻も病気で亡くなった。ゆき子はこれで富岡と一緒になれると思ったが、富岡にその気はなかった。

やがてゆき子は、伊庭の紹介で勤めていた新興宗教の大金を盗む。そしてちょうどその頃、元の職場の関係で屋久島へ勤め先が決まった富岡とともに、ゆき子は屋久島へと旅立っていった。

だがゆき子は屋久島へ向かう途中で病気になる。屋久島に着いてから病状は深刻になっていき、ついには喀血《かっけつ》して死んでしまう。

1人残された富岡は、自分をまるで何時《いつ》、何処《どこ》で消えるともしれない浮雲のように思うのだった。

作品の背景

◎『浮雲』は約3年の年月をかけて月刊誌に書かれた、林芙美子の晩年の代表作である。戦中の仏印と戦後の暗い日本を舞台に、男女の恋愛を通して、厳しい現実を生きなければならない人間の苦悩を描き出した。
◎自分の波乱万丈な人生経験を日記として記した『放浪記』で一躍名前を知られた林は、戦争勃発後、中国や東南アジアへ赴いて従軍作家として活躍した。

人物相関図

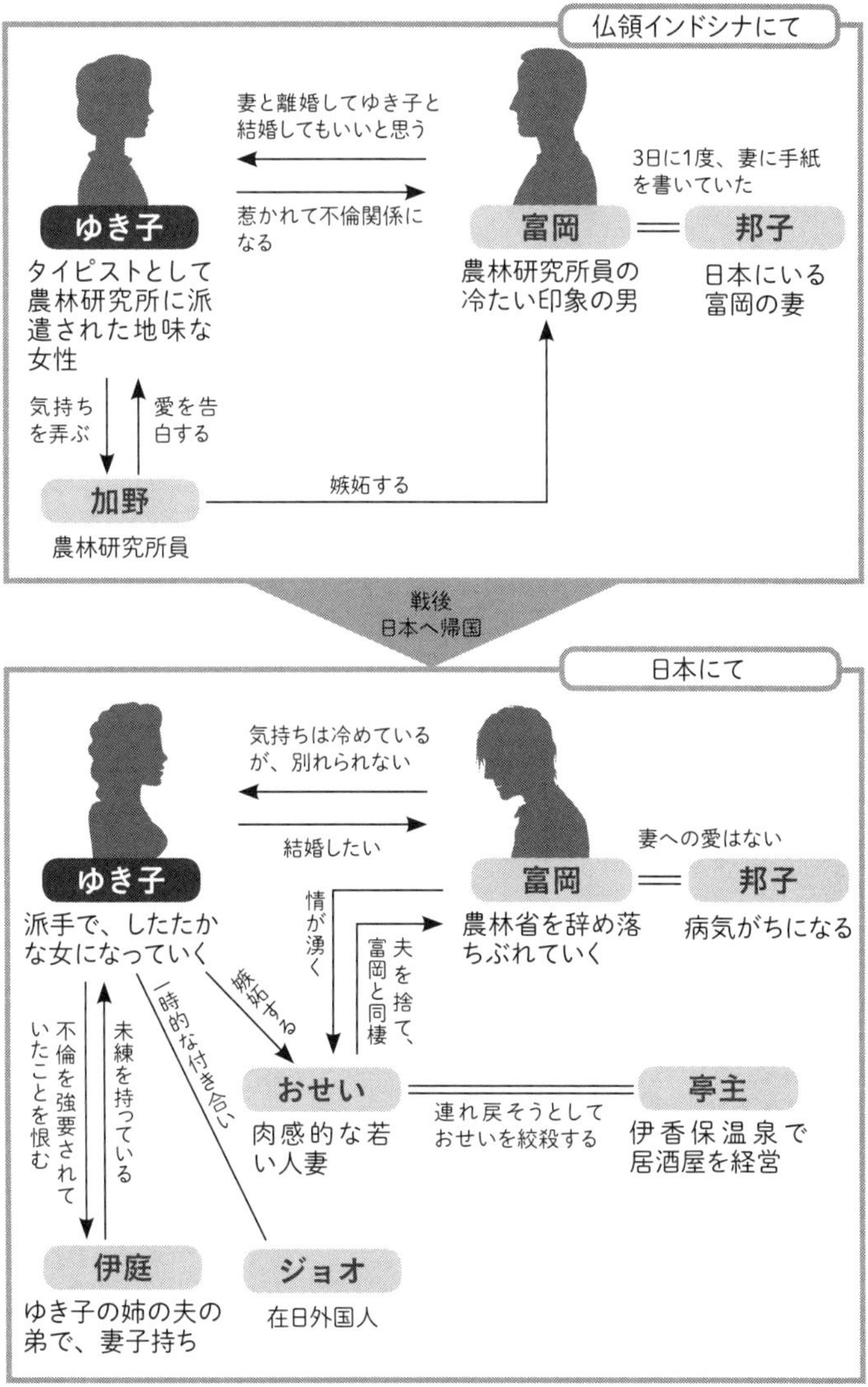

仏領インドシナにて
ゆき子
タイピストとして農林研究所に派遣された地味な女性
妻と離婚してゆき子と結婚してもいいと思う
惹かれて不倫関係になる
富岡
農林研究所員の冷たい印象の男
3日に1度、妻に手紙を書いていた
邦子
日本にいる富岡の妻
気持ちを弄ぶ
愛を告白する
加野
農林研究所員
嫉妬する
戦後
日本へ帰国
日本にて
ゆき子
派手で、したたかな女になっていく
気持ちは冷めているが、別れられない
結婚したい
富岡
農林省を辞め落ちぶれていく
妻への愛はない
邦子
病気がちになる
情が湧く
夫を捨て、富岡と同棲
嫉妬する
一時的な付き合い
不倫を強要されていたことを恨む
未練を持っている
おせい
肉感的な若い人妻
連れ戻そうとしておせいを絞殺する
亭主
伊香保温泉で居酒屋を経営
伊庭
ゆき子の姉の夫の弟で、妻子持ち
ジョオ
在日外国人

蟹工船《かにこうせん》

小林多喜二《こばやしたきじ》

1929年発表

労働者たちは人間性を取り戻すため、闘いを挑む

小林多喜二

1903～1933年。秋田県に生まれる。小樽高等商業学校卒業後、北海道拓殖銀行に勤めるが、『不在地主』の執筆が原因で解雇される。プロレタリア文学に目覚め、『蟹工船』により作家として認められた。やがて非合法下の共産党に入党し、『党生活者』などを書くが、1933年逮捕され、拷問によって獄死した。

過酷な労働条件の中で、命の危険に脅える漁夫たち

「地獄さ行ぐんだで！」

蟹工船博光丸に乗り込む漁夫たちはそう言いながら、函館の街を見ていた。雑夫のいるハッチには、14、15歳の少年ばかりいる。函館の貧民窟や秋田の農村からの子どもたちだ。

漁夫たちの「巣」では、薄暗い中で漁夫が豚のようにごろごろしていた。吐き気のしそうな臭いがし、まるで「糞壺《くそつぼ》」だった。これから4か月間、ここで過ごすのだ。

秋田や青森、岩手から来た「百姓の漁夫」は皆、「金を残して」内地に帰ることを考えているが、たいてい陸に降りると函館や小樽で金を使い果たしてしまい、内地に帰れなくなる。そして雪の北海道で「越年」するために、安い賃金で体を売らなければならない。

騙されて東京から連れて来られた学生もいる。鉱山で働いていたが、ガス爆発に遭

って恐ろしくなり鉱山を降りて、この蟹工船に乗ってきた元坑夫もいた。それを聞いた漁夫は「ここだってそう変わらないが…」と言った。

冬の海は荒く、凍える寒さが刺し込んでくる。監督は鮭殺しの棍棒《こんぼう》を持って、大声で怒鳴り散らす。

蟹工船には川崎船を8隻乗せていたが、波にもぎ取られないように縛りつけるために、漁夫たちは命を安々《やすやす》と賭けねばならなかった。

仕事を終え「糞壺」に戻ると、ストーブは燻《くすぶ》っており冷凍庫に投げ込まれたように寒い。

ある日、博光丸と並んで進んでいた秩父丸からＳＯＳが送られてきた。一刻を争う状況のようで船長は舵機室に入ろうとする。

すると監督は「余計な寄り道しろと、誰が命令した」と言う。ボロ船を助けていたら1週間もフイにする。船には保険があるから、沈没すれば得をすると言うのだ。

船長は何も言えなかった。やがて無電室に「乗組員425人。救助される見込みなし」と連絡が入り、船は沈没した。皆、自分の運命と重ね合わせた。

彼らは命を守るために団結して立ち上がる!

荒れる海に監督は無理に川崎船を出させ、1隻が行方不明になったこともあった。3日して無事戻ってきたが、その船員たちはカムサツカの岸に打ち上げられ、ロシア人に助けられたと言う。

そしてロシア人から「赤化」をされたらしい。働かない金持ちがどんどん富を得て、働いている人たちが貧乏になっていく。威張っている奴らを団結してやっつけろ、ということを教え込まれたのだ。

蟹工船での作業はさらに過酷を極めていった。「糞壺」では女に餓えた漁夫が雑夫に夜這いをかける。虫が湧き、まるで地獄だった。

やがて皆の体は疲労で動かなくなっていった。そして、集団でさぼることを覚える。全員でのろのろ仕事をしていると、監督もどうしようもない。

そのうち、前から脚気《かっけ》のため寝込んでいた漁夫が死んでしまう。27歳だった。監督は仕事に差し支えると言って碌《ろく》な葬式もさせず、死体を海に投げ込ませた。

それから漁夫や学生、雑夫、水夫たちは、意思統一を図る方法を考え出した。そして自分たちの命を守るために団結して、監督や船長に歯向かったのである。監督を押さえつけ、「要求条項」を突きつけた。

しかし監督は落ち着いていた。すでに帝国の軍艦に連絡をしていたのである。帝国の軍艦は国民の味方ではなく、金持ちの手先だった。首謀者9人が捕まり、軍艦に引き渡されてしまう。

だが彼らは諦めなかった。彼らは再び立ち上がったのだった。

作品の背景

◎小林多喜二は、3・15事件を取り扱った『一九二八年三月十五日』を雑誌「戦旗」に発表して注目を集める。『蟹工船』はそれに続く第2作で、社会の底辺にいる労働者たちの過酷で非人間的な日常と、そこから発生していく闘争を描いている。

◎マルクス主義を学んだ多喜二は、プロレタリア文学に目覚めて労働運動に参加する。作品を通して、日本における革命的プロレタリア文学の基礎を築いていった。

人物相関図

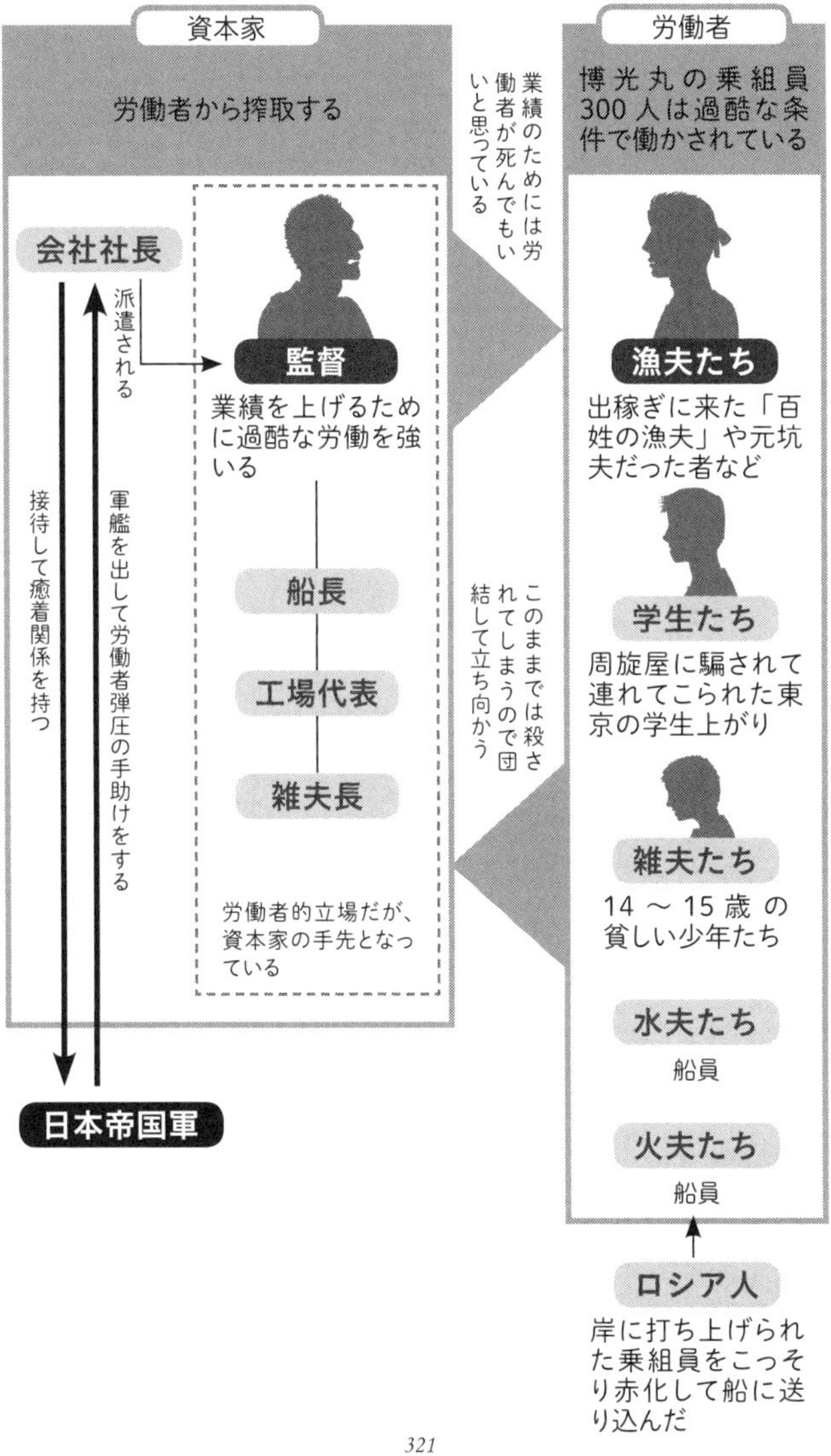

資本家
労働者から搾取する
会社社長
派遣される
監督
業績を上げるために過酷な労働を強いる
船長
工場代表
雑夫長
労働者的立場だが、資本家の手先となっている
接待して癒着関係を持つ
軍艦を出して労働者弾圧の手助けをする
日本帝国軍
業績のためには労働者が死んでもいいと思っている
このままでは殺されてしまうので団結して立ち向かう
労働者
博光丸の乗組員300人は過酷な条件で働かされている
漁夫たち
出稼ぎに来た「百姓の漁夫」や元坑夫だった者など
学生たち
周旋屋に騙されて連れてこられた東京の学生上がり
雑夫たち
14～15歳の貧しい少年たち
水夫たち
船員
火夫たち
船員
ロシア人
岸に打ち上げられた乗組員をこっそり赤化して船に送り込んだ

〈あらすじ参考資料〉

『暗夜行路』（志賀直哉、新潮文庫）／『伊豆の踊子』（川端康成、新潮文庫）／『田舎教師』（田山花袋、新潮社）／『浮雲』（林芙美子、新潮社）／『浮雲』（二葉亭四迷、岩波書店）／『大つごもり』「にごりえ・たけくらべ」（樋口一葉、新潮文庫）／『お目出たき人』（武者小路実篤、新潮社）／『婦系図』「泉鏡花集成12　婦系図　日本橋」（筑摩書房）／『カインの末裔』「カインの末裔・クララの出家」（有島武郎、岩波文庫）／『風の又三郎』「新編　風の又三郎」（宮沢賢治、新潮文庫）／『蟹工船・党生活者』（小林多喜二、新潮社）『雁』（森鷗外、岩波文庫）／『銀河鉄道の夜』「新編銀河鉄道の夜」（宮沢賢治、新潮社）／『黒い雨』（井伏鱒二、新潮文庫）／『こころ』（夏目漱石、新潮社）／『金色夜叉』「紅葉全集　第7巻」（尾崎紅葉、大岡信ほか編／岩波書店）／『細雪　上・中・下』（谷崎潤一郎、新潮社）／『山椒大夫』「山椒大夫・高瀬舟　他四篇」（森鷗外、岩波文庫）／『斜陽』（太宰治、新潮文庫）／『次郎物語』「次郎物語　上・中・下」（下村湖人、新潮文庫）／『しろばんば』（井上靖、新潮文庫）／『真実一路』（山本有三、新潮文庫）／『其面影』「二葉亭四迷全集　第一巻」（筑摩書房）／『小さき者へ・生まれ出づる悩み』（有島武郎、新潮社）／『痴人の愛』（谷崎潤一郎、新潮文庫）／『父帰る』（菊池寛、新潮社）／『当世書生気質』「日本の文学1　坪内逍遙・二葉亭四迷・幸田露伴」（中央公論社）／『にごりえ』（樋口一葉、岩波書店）／『二十四の瞳』（壺井栄、新潮社）／『人間失格』（太宰治、新潮社）／『野菊の墓』（伊藤佐千夫、集英社）／『野火』（大岡昇平、新潮文庫）／『破戒』（島崎藤村、岩波文庫）／『白痴』「坂口安吾全集04」（坂口安吾、筑摩書房）／『鼻』（芥川龍之介、新潮社）／『ひめゆりの塔』（石野径一郎、旺文社文庫）／『蒲団』「蒲団・一兵卒」（田山花袋、岩波文庫）／『放浪記』「日本の文学47　林芙美子」（中央公論社）／『濹東綺譚』「日本文学全集13永井荷風」（河出書房）／『坊っちゃん』（夏目漱石、新潮文庫）／『不如帰』「不如帰　小説」（徳富蘆花、岩波書店）／『舞姫』「森鷗外全集1」（森鷗外、筑摩書房）／『夫婦善哉』「ちくま日本文学全集　織田作之助」（筑摩書房）／『藪の中』「藪の中・将軍」（芥川龍之介、角川文庫）／『友情』（武者小路実篤、新潮文庫）／『雪国』（川端康成、岩波文庫）／『夜明け前』「ちくま日本文学全集　島崎藤村」（筑摩書房）／『羅生門』（芥川龍之介、新潮社）／『檸檬』「ちくま日本文学全集　梶井基次郎」（筑摩書房）／『路傍の石』「山本有三集　新潮日本文学11」（新潮社）／『和解』（志賀直哉、新潮社）

〈参考文献〉

「カラー版新国語便覧」（第一学習社）／「クリアカラー国語便覧」（数研出版）／「コンサイス日本人名事典　改訂新版」（三省堂）／「トロッコ・鼻　ポケット日本文学館6」（芥川龍之介、講談社）／「改定新版　新総合国語便覧」（第一学習社）／「宮沢賢治の音楽」（佐藤泰平、筑摩書房）／「群像日本の作家　大岡昇平」（金井美恵子ほか、小学館）／「現代語訳　樋口一葉　にごりえ他」（伊藤比呂美、河出書房新社）／「古典の事典②、③、⑤、⑧」（古典の事典編纂委員会、河出書房新社）／「古典文学鑑賞辞典」（西沢正史編、東京堂出版）／「国語総合資料集」（第一学習社）／「国語便覧」（浜島書店）／「国語の窓」（正進社）／「細雪　上巻・中巻・下巻」（谷崎潤一郎、ほるぷ出版）／「新・差別用語」（山中央、汐文社）／「新総合国語便覧」（第一学習社）／「新潮日本文学2　島崎藤村集」（新潮社）／「新潮日本文学9　有島武郎集」（新潮社）／「新潮日本文学アルバム　井上靖」（新潮社）／「新潮日本文学アルバム　井伏鱒二」（新潮社）／「新潮日本文学アルバム　大岡昇平」（新潮社）／「新潮日本文学アルバム　武者小路実篤」（新潮社）／「新潮日本文学アルバム13　芥川龍之介」（新潮社）／「新潮日本文学アルバム16　川端康成」（新潮社）／「新潮日本文学アルバム2　夏目漱石」（新潮社）／「新潮日本文学アルバム3　樋口一葉」（新潮社）／「新潮日本文学辞典」（新潮社）／「新版　社会人のための国語百科」（内田保男・石塚秀雄編集代表、大修館書店）／「増補改訂版　樋口一葉研究」（松坂俊夫、教育出版センター）／「謎解き・風の又三郎」（天沢退二郎、丸善）／「日本の古典名著」（自由国民社）／「日本の文学　樋口一葉・徳富蘆花・国木田独歩」（中央公論社）／「日本近代文学の名作」（吉本隆明、毎日新聞社）「日本近代文学大事典　第一～三巻」（講談社）／「日本現代文学全集」（講談社）／「日本現代文学全集95織田作之助・田中英光・原民喜集」（講談社）／「日本人名事典」（三省堂）／「日本大百科全書2001」（小学館）／「日本文学史辞典古典編」（三谷栄一・山本健吉編、角川書店）「日本文学事典」（平凡社）／「日本文芸鑑賞事典1・3・4・5・6・8・9・10」（ぎょうせい）／「日本文學全集　武者小路實篤集」（新潮社）／「白樺たちの大正」（関川夏央、文芸春秋）／「爆心地ヒロシマに入る」（林重男、岩波書店）／「舞姫・雁・阿部一族・山椒大夫・外八篇」（森鷗外、文春文庫）／「名作再訪」（東京新聞文化部編・河出書房新社）／「明治の古典2　尾崎紅葉　金色夜叉」（森敦訳、学習研究社）／「明治の文学　第4巻　坪内逍遥」（坪内祐三、宮沢彰

夫編、筑摩書房）／「要解　日本文学史事典」（三谷栄一編、有精堂）／「要解　日本文学史辞典　増補版」（三谷栄一編、有精堂）／「路傍の石」（山本有三、旺文社）／「路傍の石」（山本有三、偕成社）

〈参考ホームページ〉

木田金次郎美術館／青空文庫／森鷗外記念館／文京区／台東区／樋口一葉記念館／三鷹市／小豆島観光協会／（社）日本文藝家協会

本書は、『図説5分でわかる日本の名作』『図説5分でわかる日本の名作傑作選』（小社刊／2004年）を改題、修正の上、再編集したものです。

本文デザイン…青木佐和子　／　本文イラスト…石川由以　／　編集協力………新井イッセー事務所

青春新書
INTELLIGENCE

こころ涌き立つ「知」の冒険

いまを生きる

"青春新書"は昭和三一年に――若い日に常にあなたの心の友として、その糧となり実になる多様な知恵が、生きる指標として勇気と力になり、すぐに役立つ――をモットーに創刊された。

そして昭和三八年、新しい時代の気運の中で、新書"プレイブックス"にその役目のバトンを渡した。「人生を自由自在に活動《プレイ》する」のキャッチコピーのもと――すべてのうっ積を吹きとばし、自由闊達な活動力を培養し、勇気と自信を生み出す最も楽しいシリーズ――となった。

いまや、私たちはバブル経済崩壊後の混沌とした価値観のただ中にいる。その価値観は常に未曾有の変貌を見せ、社会は少子高齢化し、地球規模の環境問題等は解決の兆しを見せない。私たちはあらゆる不安と懐疑に対峙している。

本シリーズ"青春新書インテリジェンス"はまさに、この時代の欲求によってプレイブックスから分化・刊行された。それは即ち、「心の中に自らの青春の輝きを失わない旺盛な知力、活力への欲求」に他ならない。応えるべきキャッチコピーは「こころ涌き立つ"知"の冒険」である。

予測のつかない時代にあって、一人ひとりの足元を照らし出すシリーズでありたいと願う。青春出版社は本年創業五〇周年を迎えた。これはひとえに長年に亘る多くの読者の熱いご支持の賜物である。社員一同深く感謝し、より一層世の中に希望と勇気の明るい光を放つ書籍を出版すべく、鋭意志すものである。

平成一七年

刊行者　小澤源太郎

編者紹介

本と読書の会

本と読書を心から愛する同志の集い。日本文学から海外の名作、古典から現代の作品まで、興味の対象は幅広い。
本書では、日本文学の金字塔50編を取り上げ、感動のエッセンスをちりばめたあらすじと、ひと目でわかる人物相関図で、「物語の世界」を再現している。

図説《ずせつ》
教養《きょうよう》として知《し》っておきたい
日本《にほん》の名作《めいさく》50選《せん》

青春新書
INTELLIGENCE

2016年10月15日　第1刷

編　者　本《ほん》と読書《どくしょ》の会《かい》

発行者　小澤源太郎

責任編集　株式会社プライム涌光
電話　編集部　03(3203)2850

発行所　東京都新宿区若松町12番1号 〒162-0056　株式会社青春出版社
電話　営業部　03(3207)1916　振替番号　00190-7-98602

印刷・中央精版印刷　製本・ナショナル製本

ISBN978-4-413-04496-7